KATIE WEBER

Be Still

STILL I

Katie

WEBER

KATIE WEBER

Be Still

ROMANCE

Die Deutsche Nationalbibliothek verzeichnet diese Publikation in der Deutschen Nationalbibliografie; detaillierte bibliografische Daten sind im Internet über http://dnb.dnb.de abrufbar.

Freiherr-vom-Stein-Str. 23, 69517 Gorxheimertal
Buchcoverdesign: Katie Weber – unter Verwendung von Bildmaterial von shutterstock.com
Korrektorat: Nathalie Kunze

Bestellung und Vertrieb:
Nova MD GmbH, Vachendorf

Druck: Sowa Sp. z o.o.
ul. Raszynska 13
05-500 Piaseczno, Polska

ISBN: 9783964434630

Für Mama,

in tiefer Liebe. ♡

1

Cage

Das weiße Kleid an ihrem Körper sah majestätisch aus. Kelsey schien unglaublich glücklich und eigentlich sollte mich das freuen, schließlich wollte ich nur das Beste für sie. Dennoch war es seltsam zu beobachten, wie meine Ex-Freundin, meine ehemalige Wegbegleiterin, einen anderen heiratete.

Zwar war unsere Trennung schon ewig her, doch so ganz verstand ich das alles immer noch nicht. Wie war es soweit gekommen? Wann und warum? Ich wusste gar nicht mehr so recht, was der Grund unserer damaligen Trennung war, wusste nicht, ob sie oder ob ich mich dazu entschlossen hatte. Oder gar wir beide?

Momentan schien alles wie ein Film an mir vorbeizulaufen. Mein gesamtes Leben hatte sich verändert und ich stand wie ein Geist vollkommen neben mir und sah tatenlos, vor allem aber ratlos, dabei zu. Ich war nicht mehr der, der die Entscheidungen traf, sondern nur noch ein erbärmlicher Zuschauer einer Cage Lancaster Show, die ich nicht verstand und dessen Drehbuch ich sicherlich anders geschrieben hätte.

Was war bloß mit mir los, dass nichts mehr so war, wie es schien und nichts mehr so lief, wie ich es wollte, wie ich es doch eigentlich immer geplant hatte? War das alles nur ein böser Traum oder saß ich hier tatsächlich gerade auf der Hochzeitsfeier meiner Ex-Freundin und versuchte mich für sie und ihren jetzt frisch angetrauten Ehemann, meinem besten Freund Shawn, zu freuen?!

Scheinbar.

Denn ich wusste, ich liebte Kelsey nicht mehr. Das zwischen uns war schon lange Vergangenheit. Und dennoch war es merkwürdig und irgendwie auch falsch, den beiden zuzusehen, wie sie sich küssten, wie sie sich ewige Liebe schworen und die Ringe tauschten.

Eigentlich sollte ich längst daran gewöhnt sein, denn ich sah die beiden nicht zum ersten Mal so vertraut und verliebt zusammen. Schließlich war Shawn nach wie vor mein bester Freund und würde es immer bleiben. Nur weil sich meine Ex-Freundin in ihn verliebte und er ihre Liebe erwiderte, bedeutete das noch lange nicht, dass ich meine Freundschaft zu ihm kündigte. Ich hatte keinen Grund dazu, denn die Liebe tat immer nur das, was sie tun wollte. Keiner der beiden hatte es so geplant, niemand konnte wissen, dass es irgendwann mal so kommen würde, dass es nun so endete.

Vielleicht waren die beiden schon immer füreinander bestimmt gewesen?

Vielleicht war das der einzig wahre Grund, weshalb ich je mit Kelsey zusammen war?

Vielleicht war ich vom Schicksal nur Mittel zum Zweck dieser Liebe?

Vielleicht aber redete ich mir das alles nur ein, um es erträglicher für mich zu machen.

Ganz sicher sogar.

Mir war klar, Kelsey wollte nur nett sein. Sie wollte mich dabeihaben, auch wenn ihr bewusst war, dass es seltsam war, mich zu ihrer eigenen Hochzeit einzuladen. Doch genau wie zu Shawn hatte sich mein Verhältnis zu ihr kaum verändert, wir waren Freunde, unsere Trennung vor über einem Jahr verlief unkompliziert und wir waren im Guten auseinandergegangen. Wieso hätte ich diese Einladung also nicht annehmen sollen? Wäre es nicht feige gewesen, nicht zu kommen? Schließlich war mein gesamter Freundeskreis hier und heute anwesend. Ich hatte also kaum eine andere Wahl, auch wenn mir gerade so gar nicht nach Feiern zumute war und jeder hier schien es zu wissen. Deswegen schenkten sie mir immer wieder diesen mitleidvollen Blick, den ich mühsam mit einem lockeren Lächeln wegzuwischen versuchte.

Die aktuelle Saison ... Sie lief bisher nicht so, wie erwartet. Und je mehr Probleme und Spekulationen hinzukamen, je näher die Playoffs rückten, desto mehr sehnte ich es herbei. Zum ersten Mal in meiner gesamten Karriere wünschte ich mir das Ende der Saison. Und das nicht einfach nur, weil ich geschlaucht und müde war. Ich hatte längst das Vertrauen verloren – in mein Team, vor allem aber auch in mich selbst. Ich wollte endlich meine Ruhe, wollte mein Leben ordnen und in richtige Bahnen lenken. Denn das schien momentan schlicht unmöglich ...

»Hallo, schöner Fremder, ist noch ein Platz frei neben dir?«

Die Frage riss mich aus den Gedanken und sofort bildete sich eine Gänsehaut auf meinem Körper, als mir bewusst wurde, dass ich diese unvergleichbare Stimme kannte. Und doch hatte ich sie schon eine Ewigkeit nicht mehr gehört, hatte sie sehr häufig vermisst und gehofft, ich würde irgendwann noch einmal in meinem Leben in ihren Genuss kommen können. Vielleicht hatte ich gerade deshalb das Gefühl, ich bildete mir das alles nur ein und traute mich kaum, mich umzudrehen und ausgerechnet der Frau wieder in die Augen zu sehen, die damals alles veränderte, die mein Blatt wendete und mich zu einem anderen Mann machte – einem, der nur seine Karriere liebte.

Alexis war meine erste, große Liebe. Doch unsere Pläne kreuzten sich, wir hatten keine Chance. Sie ging nach England, um dort zu studieren und ihren Traum zu verwirklichen, genau wie ich, als ich nach der Highschool in die Staaten zog, um mein Sportstipendium und später meine Hockeykarriere ins Laufen zu bringen.

Unsere Träume kollidierten miteinander und so geschah das, was wir in unserem jugendlichen Leichtsinn nicht vermeiden konnten. Wir stellten unser beider Zukunft über unsere Liebe zueinander, über unsere damalige Beziehung. Und im Nachhinein wusste ich – es war ein Fehler.

»Ich weiß, du erinnerst dich an mich, Cage. Und ich weiß auch, dass …«

Noch ehe sie ihren Satz beenden konnte, nahm ich all meinen Mut zusammen und drehte mich zu ihr um, ließ sie augenblicklich verstummen. Alexis sah bezaubernd aus – wie immer. Sie hatte sich kaum verändert, schien nur erwachsener und reifer zu sein, als bei unserem letzten Aufeinandertreffen vor knapp fünf Jahren. Ihre himmelblauen Augen strahlten wie jedes verdammte Mal mit der Sonne um die Wette und ihr atemberaubendes Lächeln, auch wenn es in diesem Moment ein wenig nervös und unsicher wirkte, umgab mich sofort mit einer unendlichen Wärme.

Aus irgendeinem Grund war ich froh, dass sie hier war und dass ich sie nach so vielen Jahren endlich wiedersehen konnte, obwohl ich nicht so recht wusste, was sie hier tat und weshalb Kelsey ausgerechnet Alexis zu ihrer Hochzeitsfeier eingeladen hatte. Doch das war mir in diesem Moment völlig egal, denn die Freude sie wiederzusehen überwog deutlich. So deutlich, dass ich keine Sekunde länger zögerte und den freien Stuhl neben mir zur Seite schob, damit sie sich setzen konnte.

Lächelnd nahm sie mein stummes Angebot an und ließ sich zaghaft neben mir nieder. Sie schien mehr als nur nervös, doch mir ging es nicht anders. Wir hatten uns eine lange Zeit nicht mehr gesehen, hatten nichts voneinander gehört und so wusste ich nicht, wie es ihr ging, was sie so machte, wo sie nun lebte und ... mit wem.

»Es ist schön, dich zu sehen«, entkam es uns beiden gleichzeitig wie aus einem Mund und wir mussten unweigerlich lächeln.

»Entschuldige, aber es ist irgendwie ... ein wenig seltsam«, gestand sie flüsternd, in der Hoffnung, die anderen Gäste an unserem Tisch würden uns nicht verstehen oder uns nicht zuhören.

»Ja. Ich weiß, was du meinst.« Schmunzelnd musterte ich sie etwas genauer. Ihre goldblonden Haare hatte sie speziell für diese Hochzeitsfeier leicht verspielt hochgesteckt und mit ein paar kleinen, weißen Blumen verziert, was wirklich schön aussah und ihr unglaublich gut stand. Es sah nicht übertrieben aus, wirkte immer noch sehr lieblich und bodenständig, so wie ich es von ihr gewohnt war. Denselben Eindruck erweckte auch ihr fliederfarbenes Kleid. Denn es war eher schlicht und dennoch hübsch, dank der edlen Spitze, die Dekolletee und Rücken verdeckte. Alexis sah wunderschön aus. Wie eben immer, wenn ich sie sah ...

»Darf ich fragen, was du hier machst?«, fragte ich leise und meine Mundwinkel zogen sich verräterisch nach oben, während sie verträumt zu Kelsey und ihrem frisch angetrauten Ehemann sah, die gerade offensichtlich das Buffet eröffneten.

»Shawn«, wisperte sie grinsend. »Er hat gehört, dass ich wieder in der Stadt bin und wollte mich unbedingt dabeihaben. Also haben er und Kelsey mich eingeladen«, erklärte sie mit nervösem Lächeln.

»Du bist wieder in der Stadt?«, purzelte die Frage regelrecht und unaufhaltsam aus meinem Mund. »Seit wann und wie lange bleibst du?« Plötzlich spürte ich so etwas wie eine sanfte Hoffnung in mir aufsteigen. Auch wenn es zwischen uns schon lange vorbei war, so wäre es doch sehr schön, ein bisschen Zeit mit ihr verbringen zu können, sich zu treffen und ein wenig zu reden, Spaß zu haben.

Alexis sah mich unsicher und zweifelnd an, seufzte kaum hörbar und durchbohrte mich mit ihren Augen, während ich tief in meinem Magen langsam spürte, dass etwas nicht stimmte und sie mir irgendetwas zu sagen versuchte, etwas, was ihr eventuell oder auch offensichtlich schwerfiel.

»Cage, ich ... Ähm, ich weiß gar nicht so recht, wie ich dir das jetzt sagen soll, aber ... Ich bin nicht nur zu Besuch hier«, stammelte sie flüsternd und biss sich nervös auf die Unterlippe, während ich zu verstehen versuchte, was sie mir damit sagen wollte.

»Wie meinst du das?«

Tief durchatmend strich sie sich verunsichert eine Haarsträhne hinter das Ohr und sah mich mit einem entschuldigenden Lächeln an. »Ich lebe hier. Bin wieder hierhergezogen. Vor ein paar Wochen schon ... Und diesmal habe ich vor zu bleiben.«

Die Erkenntnis schlug peinigend auf mich ein, denn damit hätte ich niemals gerechnet. Nie hatte ich daran gedacht, Alexis würde irgendwann wieder zurückkommen, würde wieder in meiner – in unserer – Heimatstadt leben wollen. Doch scheinbar hatte ich mich getäuscht.

»Soll das heißen, du bist wieder zurück? Du hast hier eine Wohnung und einen Job gefunden und willst tatsächlich hierbleiben?«

Alexis lächelte, diesmal etwas selbstsicherer. Überzeugter. »Ja, ich bin und bleibe tatsächlich hier. Auch wenn es noch ein wenig gewöhnungsbedürftig und seltsam ist. Vor allem, wenn man ständig Leute im Supermarkt oder an der Tankstelle trifft, die man noch von früher kennt.« Sie lachte leise und sah mich durchdringend an. »Ich hoffe, das ist okay für dich und du kommst damit klar – jetzt, wo du seit einigen Jahren aus den Staaten zurück bist und dir hier ein neues Leben aufgebaut hast.« Erneut wurde sie etwas unsicher und biss sich auf die Unterlippe.

Ich sah allerdings keinen Grund, weshalb ich nicht damit zurechtkommen sollte, sie nach so vielen Jahren wieder in meiner Nähe zu haben. Der Gedanke war genau genommen sogar ganz schön. Schließlich gehörte sie nach wie vor zu meinem Freundeskreis und wir verstanden uns trotz all der Differenzen und Streitigkeiten von damals.

Ermutigend lächelte ich sie an. »Ich freue mich, dass du wieder da bist, ehrlich.«

Alexis atmete hörbar erleichtert aus und grinste. »Dann findest du das nicht irgendwie merkwürdig und willst mir auch nicht aus dem Weg gehen?« Sie lachte nervös.

»Weswegen sollte ich? Etwa wegen der Sache von vor fünf Jahren? Das ist doch Schnee von gestern und war auch nicht weiter von Bedeutung. Das hast du damals selbst gesagt, oder?« Prüfend bohrte sich mein Blick in ihren, um die Wahrheit darin zu finden, doch Alexis verzog keine Miene, blinzelte nicht einmal. Lediglich ihr Körper verriet sie, der sich bei der Erinnerung an unsere letzte gemeinsame Nacht vor über fünf Jahren sichtlich anspannte.

Bereute sie es?

»Ich meine das ernst, Alexis. Ich freue mich wirklich, dass du wieder hier bist, denn ich bin sicher, hier wirst du glücklich. Und ich glaube, wir beide haben absolut keinen Grund, uns zu meiden. Wir sind nie im Bösen auseinandergegangen, haben nie schlecht übereinander geredet oder haben uns verflucht und daher wünsche ich dir nach wie vor das Allerbeste«, flüsterte ich andächtig, während ich mich genau wie früher einst unaufhaltsam im blauen Himmel ihrer Augen verlor.

Doch, statt sich ein wenig zu entspannen, versteifte sie sich immer mehr. »Ich bin nicht allein zurückgekommen, Cage ...«, huschte es Alexis plötzlich schrecklich leise über die Lippen, ihre Stimme schien so zerbrechlich, dass ich sie kaum verstand. »Ich ... Ich lebe mit jemandem zusammen«, erklärte sie, suchte nach den richtigen und vor allem passenden Worten. »Mit jemandem, der ...«

Ein lauter Knall unterbrach sie und wir schauten beide zu dem Brautpaar, erkannten, dass es die gigantische Hochzeitstorte war, die nun pompös und mit viel Tischfeuerwerk und Wunderkerzen angekündigt wurde. Wieder wurde mir für einen kurzen Moment bewusst, in welch makabrer Situation ich mich gerade befand. Meine Ex-Freundin hatte soeben meinen besten Freund geheiratet und meine erste, große Liebe saß mir nach fünf langen Jahren wieder gegenüber und gestand mir, dass sie ebenfalls ...

Ja, was eigentlich?

Was genau wollte sie mir sagen? Dass sie auch bereits verheiratet war? Hatte sie einen Mann, mit dem sie zusammenlebte? Wundern würde es mich ja nicht, stören jedoch umso mehr. Doch auch das war etwas, das ich mir weder so recht eingestehen, noch verstehen wollte.

»Sie heißt Josie«, hörte ich Alexis auf einmal wieder neben mir reden und sah verwundert zu ihr rüber.

Josie? War es also doch kein Mann, von dem sie mir gerade erzählen wollte? Ich verstand nicht ganz. »Josie?«, fragte ich verunsichert und sah sie durchdringend an.

»Josephine«, hauchte Alexis leise, sah mir reumütig in die Augen. »Sie ist meine Tochter.«

2

Cage

Ungläubig und wie von einem Zehntonner überrollt starrte ich sie an, wusste nicht, wie ich reagieren, geschweige denn, was ich tun oder sagen sollte. Alexis überfuhr mich mit dieser Neuigkeit, hatte ich mich doch eben erst damit abgefunden und auch angefreundet, sie würde wieder hier sein. Nun gestand sie mir also tatsächlich auch noch, dass sie eine Tochter hatte? War das ihr verdammter Ernst?

Wieso erzählte sie mir das? Warum ausgerechnet jetzt und wieso konnte es nicht warten, bis wir irgendwann allein waren und uns in Ruhe und ohne diesen Trubel um uns herum hätten unterhalten können? Ich verstand es nicht. Und wenn ich ehrlich war, so wollte ich es auch nicht verstehen. Es tat weh zu hören, dass sie Mutter eines kleinen Mädchens war, es schmerzte zu wissen, dass auch Alexis – nein, *vor allem* Alexis – für immer an jemanden gebunden war. Ganz egal, ob sie mit dem Vater ihrer Tochter überhaupt noch zusammen war oder nicht. Sie würde immer mit ihm verbunden bleiben.

Die Gewissheit darüber zerfraß mich innerlich.

Auch wenn ich die meiste Zeit versuchte, gelassen zu wirken und einen abgeklärten Eindruck auf alle Menschen um mich herum zu machen, so war ich im Grunde genau das Gegenteil davon. Alexis wusste das, sie kannte mich – so, wie ich wirklich war und nicht so, wie die Presse mich darstellte. Ich war weder der Hockey-Badboy der kanadischen NHL, noch hatte ich ein Aggressionsproblem, wie mir die Medien immer wieder unterstellten. Ich war nachdenklich, sensibel und leidenschaftlich in allem, was ich tat. Und deswegen traf mich die Erkenntnis darüber, dass ausgerechnet Alexis – *meine* Alexis – Mutter geworden war, ganz besonders.

Ich wollte es nicht glauben.

»Cage«, riss Alexis' besorgte Stimme mich aus meiner Starre und ich hob den Blick, sah ihr, so tapfer wie es mir in diesem Moment nur möglich war, in die Augen, nickte verstehend, auch wenn mein Verstand noch lange nicht alles begriffen hatte, weil mein Herz es zu verhindern wusste.

»Es tut mir leid, dass ich dich damit so überfalle und das auch noch ausgerechnet hier auf der Hochzeit von Kelsey und Shawn.« Alexis drehte sich unsicher zu dem Brautpaar hinter uns um und seufzte tief. »Kelsey sieht wirklich wunderschön aus.« Ein sanftes, aber reumütiges Lächeln schlich sich auf ihre Lippen, ehe sie sich wieder zu mir umdrehte und mich entschuldigend ansah. »Ich weiß, dass es schwer für dich sein muss, auch wenn ihr euch schon vor einem Jahr getrennt habt.« Alexis griff nach meiner Hand, was ich nur zögerlich zuließ. »Ich weiß, dass es nicht der passende Ort ist, dir von meiner Tochter zu erzählen, weiß, dass es nicht schön ist, dich so auflaufen zu lassen, ausgerechnet jetzt, nachdem wir uns zum ersten Mal nach fünf Jahren wiedersehen konnten und du eigentlich meine Unterstützung und meinen Halt brauchst«, wisperte sie leise und ließ meinen Blick nicht los. »Ich hatte nur leider keine andere Wahl, Cage«, gestand sie bedauernd und schaute sich kurz um.

»Sie ist hier, nicht wahr? Josie, meine ich. Du hast sie mitgenommen«, mutmaßte ich, schluckte trocken und schwer, ehe meine Stimme versagte und zerbrach.

Alexis nickte zaghaft. »Ich konnte sie nicht zu Hause lassen und als ich dann gesehen habe, dass du auch hier bist, wusste ich, ich muss es dir endlich sagen, ich muss dir von ihr erzählen und ...« Wieder einmal stoppte sie und schien zu überlegen, ob sie überhaupt weiterreden sollte, doch in ihren Augen erkannte ich längst, dass da mehr war, was sie mir sagen wollte.

Dazu kam es leider nicht mehr, denn abermals wurde Alexis von einem lauten Knall unterbrochen – diesmal war es das Feuerwerk hoch über unseren Köpfen, das allerdings eine Fehlzündung hatte, denn noch war es nicht dunkel genug, um das wunderschöne Schauspiel der Lichter am Nachthimmel bewundern zu können.

Ein amüsiertes Gelächter ging durch die Gäste und Alexis und ich sahen uns nachdenklich an. »Wollen wir vielleicht kurz ein paar Schritte laufen, damit wir reden können?«, fragte ich unsicher, denn ich sah ihr viel zu deutlich an, dass ihr noch etwas Schweres auf dem Herzen lag, das sie loswerden wollte.

Dankbar nickend nahm Alexis meinen Vorschlag an und stand auf, um mir zu folgen.

Da die Hochzeit auf einem alten Gutshof unweit der Stadt stattfand, war es schwer einen Platz für uns beide zu finden, an dem wir wirklich allein und ungestört sein konnten. Doch Alexis und ich kannten uns hier hervorragend aus, kannten den Hof und die umliegenden Wälder in- und auswendig, waren früher sehr oft hier gewesen. Und so liefen wir ein paar Schritte und setzten uns auf der hinteren Seite des Hofes auf eine abgesenkte Mauer.

»Also, was ist los?« Ich sah sie auffordernd an, wusste doch, dass da irgendetwas war, was sie mir sagen wollte, kannte sie immer noch viel zu gut. »Gestehst du mir jetzt auch noch, dass du nicht nur eine Tochter hast, sondern auch schon lange glücklich verheiratet bist? Etwa auch mit einem Freund von mir?«, scherzte ich zwar, allerdings nur, um meine Unsicherheit und den Frust darüber zu verbergen. Schließlich war sie bereits nervös genug.

Lächelnd schüttelte sie den Kopf, sah mich ausgiebig musternd an und schluckte hart. Tränen sammelten sich in ihren Augen, die mich vollkommen verwirrten. »Großer Gott, du ... Du siehst ihr so unfassbar ähnlich. Ich hatte das vorher nie so recht glauben wollen, doch so ist es. Es ist wirklich faszinierend.« Es war nur ein schrecklich leises Flüstern, unbedacht und unüberlegt, das sah ich ihr an. Und doch verstand ich kein Wort, war viel zu sehr damit beschäftigt, meine Enttäuschung herunterzuschlucken. »Es tut mir wirklich so unendlich leid, Cage. Ich weiß, ich kann das alles nicht wiedergutmachen, kann die Zeit leider nicht mehr zurückdrehen, aber ...« Ihre Tränen erstickten ihre Stimme, trieben mich immer weiter einer ungewissen Angst entgegen.

Was war es, was sie mir sagen wollte und weswegen entschuldigte sie sich bei mir?

»Hätte ich doch bloß früher gewusst, du würdest heute hier sein ... Ich wollte dir das nicht antun! Ehrlich nicht. Ich wollte es dir nicht in so einer Situation sagen müssen – auf der Hochzeitsfeier deiner Ex-Freundin. Das tut mir furchtbar leid, Cage. Es war nicht meine Absicht, dich ausgerechnet hier und jetzt damit zu konfrontieren, aber ich schätze, es geht nicht anders. Ich habe keine Wahl – du hast keine Wahl ... Und ich fürchte, wir werden ...«

»Alexis!«

Irritiert über diese Unterbrechung drehten wir uns beide um und sahen plötzlich meine Schwester auf uns zukommen, an der Hand ein kleines, blondes Mädchen mit strahlend blauen Augen.

»Du bist also wirklich wieder hier. Und ich dachte schon, Kelsey macht Witze, als sie sagte, diese kleine Prinzessin gehört zu dir.« Laney schloss Alexis mit breitem Grinsen in ihre Arme, als sich das kleine Mädchen auf einmal zwischen die beiden drängte.

»Mommy, Onkel Shawn hat mir eine Blume geschenkt«, quiekte sie und sprang Alexis direkt in die Arme, während ich wie ein Idiot erstarrte und nicht wusste, wie ich reagieren sollte.

Das blonde Mädchen streckte ihrer Mutter sichtlich stolz und mit leicht geröteten Wangen eine kleine Lilie entgegen und strahlte bis über beide Ohren. Ihre himmelblauen Augen erinnerten mich an jene, in die ich mich einst verliebt hatte. Und ihr Lächelns war das wahrhafte Abbild Alexis' Lächeln, das war nicht zu bestreiten.

Es war Josie, die fragend und neugierig zu mir herüber sah, als ich ihre Mutter ratlos musterte. Schüchtern schmiegte sie sich an Alexis' Schulter, die so gar nicht wusste, was sie tun oder sagen sollte. Zumal Laney bei uns stand und meine ehemals große Liebe herzlich anlächelte.

»Ihr habt euch also schon kennengelernt?«, fragte Alexis meine Schwester. Diese nickte nur stumm und grinste wieder, jedoch nicht ohne mir vorher einen vielsagenden Blick zuzuwerfen.

Alexis gab Josie einen liebevollen Kuss auf die Stirn, als ich wieder zu ihr sah und sich etwas in meinem Magen in Gang setzte.

»Schön, dass du wieder in der Stadt bist«, sagte meine Schwester ehrlich lächelnd. »Ich nehme an, ich werde euch beide jetzt häufiger sehen können.« Laney zwinkerte Alexis zu, doch dieser schien es eher unangenehm zu sein. »Falls du mal einen Babysitter brauchst, weißt du hoffentlich, dass du mich jederzeit anrufen kannst. Cage gibt dir sicher später meine Nummer, denn ich will euch ehrlich gesagt nicht weiter stören. Ich wollte eigentlich nur Josie zu ihrer Mama bringen, deswegen war ich auf der Suche nach euch.«

»Danke dir, Laney. Du bist ein Schatz.« Alexis nahm meine Schwester noch einmal vorsichtig in den Arm und wandte sich dann flüsternd an ihre Tochter, die daraufhin Laney angrinste und ihr zum Abschied winkte.

Meine Schwester ließ uns wieder allein und ich konnte nicht anders, als Alexis dabei zu beobachten, wie sie versuchte, Josie die kleine Lilie ins blond gelockte Haar zu stecken.

Ihr fliederfarbenes Kleidchen passte perfekt zu dem von Alexis, wahrscheinlich wollte die Kleine genauso schön aussehen wie ihre Mutter, was ich nur allzu gut nachvollziehen konnte. An ihrem schmalen, kleinen Handgelenk entdeckte ich ein zwar schlichtes, aber goldenes Armband, eines, das dem, welches ich Alexis einst geschenkt hatte, sehr ähnelte. Ich wusste, es konnte nicht dasselbe sein, doch ich fand es schön und es schmeichelte mir auch irgendwie, dass Alexis ihrer Tochter zumindest ein Ähnliches kaufte.

Kichernd forderte die Kleine ihre Mutter auf, die Blume fester in ihr Haar zu stecken, damit sie diese beim Tanzen nicht verlor und ich spürte, wie sich ein zaghaftes Lächeln auf meine Lippen schlich, ohne zu wissen, warum. Normalerweise konnte ich nichts mit Kindern anfangen. Ich hatte schlicht noch keinerlei Erfahrungen mit ihnen sammeln können und benahm mich immer wie ein unbeholfener Vollidiot, wenn einer meiner Mannschaftskameraden seinen Sohn oder seine Tochter zum Training mitnahm.

»Mommy, tanzt du später noch mit mir?«, fragte Josie mit immer noch leicht geröteten Wangen und schielte einmal kurz zu mir herüber.

»Sicher, Schatz, das machen wir.« Alexis lächelte ihre Tochter an und stellte sie wieder auf ihre eigenen Füße, nachdem die Blume tatsächlich im goldblonden Haar festsaß, sodass sie nicht mehr herausfallen konnte.

Josie schien nicht so recht zu wissen, was sie nun tun oder sagen sollte, stand etwas schüchtern neben ihrer Mutter, sah unsicher zu mir auf und zupfte am Kleid von Alexis.

Mir ging es jedoch nicht anders. Auch ich wusste mit der Situation nichts anzufangen und starrte beide deswegen nur stumm an.

»Mommy«, flüsterte Josie plötzlich leise, was ich allerdings dennoch verstand. »Wer ist der Mann?«, wollte sie neugierig wissen und ich musste beinahe grinsen, weil sie mich dabei so skeptisch musterte.

Alexis verspannte sich erneut, wurde blass wie eine Wand und sah hilflos zu Boden, ohne ihrer Tochter eine Antwort zu liefern. Entweder fehlten ihr die richtigen Worte oder sie wollte mich Josie einfach nicht vorstellen.

Der letzte Gedanke kränkte mich so sehr, dass ich mich von selbst zu der Kleinen kniete und ihr meine Hand entgegenhielt, während ich tapfer lächelte und versuchte, nicht wie ein unheimlicher Typ zu wirken. »Hallo, Kleine«, begrüßte ich sie. »Ich bin Cage, ein alter Freund deiner Mom«, erklärte ich ihr und hoffte, sie würde mich nicht direkt und auf Anhieb schrecklich finden.

Doch Josie musterte mich zunächst nur, sah dann einmal kurz zu ihrer Mutter auf, die mich jetzt leichenblass und mit geschocktem Blick ansah, und schüttelte dann meine Hand. »Hallo!« Sie lächelte, diesmal nicht ganz so schüchtern. »Ich bin Josephine, aber alle nennen mich Josie«, sagte sie stolz und grinste.

Entzückt sah ich kurz zu Alexis, doch diese räusperte sich nur umständlich und sah mich mit feuchten Augen und einem erneut unfassbar reumütigen und entschuldigenden Blick an.

»Sag mal, wie alt bist du denn schon, Josie?«, versuchte ich es also doch lieber wieder bei dem kleinen Mädchen mit dem zauberhaften Lächeln. »Gehst du schon in den Kindergarten?«, schob ich grinsend hinterher und versuchte mich mit der Kleinen ein wenig anzufreunden. Denn schließlich war sie ganz offensichtlich die Tochter einer der wichtigsten Personen in meinem Leben. Alexis bedeutete mir noch immer sehr viel. Und ich wollte keinesfalls, dass ausgerechnet ihre Kleine mich nicht mochte oder mich gar verabscheute.

Nach kurzer Überlegung zeigte mir Josie vier Finger vor und strahlte. »Ich bin vier und gehe schon lange in den Kindergarten und bald komme ich sogar in die Schule«, erzählte sie voller Vorfreude und Alexis lachte einmal kurz auf, auch wenn ich heraushörte, dass es ein verzweifeltes und leicht schluchzendes Lachen war.

»Nein, Schatz, das ist nur die Vorschule«, korrigierte Alexis ihre Tochter und strich ihr sanft und liebevoll über die Haare, während sie meinen Blick mied. »Schatz, wärst du so lieb und würdest die kleine Blume dort hinten an der Mauer für mich pflücken? Dann kann ich mir auch eine ins Haar stecken«, bat sie Josie lächelnd, die sichtlich begeistert von der Idee schien und sofort nickte.

»Die da hinten?«, fragte die Kleine und zeigte auf ein Gänseblümchen am unteren Rande der Hofmauer, das einige Meter von uns entfernt blühte.

Ich wusste, es war nur ein Vorwand, Josie ein paar Sekunden von uns beiden zu trennen, mischte mich daher nicht ein und wartete, bis die Kleine zu dem Gänseblümchen rannte und es vorsichtig zu pflücken versuchte.

»Da sind noch ein paar mehr. Wenn du willst, kannst du die auch für mich pflücken«, rief Alexis ihr zu und sah mich dann niedergeschlagen und entschuldigend an. Abermals.

»Es tut mir so unendlich leid, Cage. Ich muss dir wirklich dringend etwas sagen, aber es geht einfach nicht, wenn ...«

»Mommy, ich pflücke dir drei Stück«, unterbrach Josie die Erklärung ihrer Mutter.

»Ist gut, Schatz. Mach das!«, rief Alexis zur Antwort und wandte sich dann schnell wieder mir zu, ehe ihre Tochter zurückkam.

»Ich kann nicht mit dir darüber reden, solange Josie die ganze Zeit bei uns ist, das geht einfach nicht, vertrau mir! Es ist nicht so, dass ich es dir nicht sagen will oder dass ich es extra hinauszögere, aber es geht ehrlich nicht, solange sie dabei ist. Bitte vertrau und verzeih mir ... Bitte, verzeih mir!«

3

Alexis

Stolz und breit grinsend kam Josie wieder zu uns zurück und hielt mir die drei hübschen Gänseblümchen entgegen. »Mommy, ich will sie dir ins Haar machen«, bettelte sie mit ihrem kleinen Schmollmund und ich musste lächeln, auch wenn mir momentan eigentlich nicht zum Lächeln zumute war.

Ich wollte es Cage so gerne sagen, musste es endlich tun. Es war unglaublich schrecklich und makaber, was ich hier mit ihm trieb. Doch es ging trotzdem nicht anders, ich konnte ihm nichts erzählen, solange Josie bei uns war, solange sie zuhören könnte. Also hatte ich keine andere Wahl als mitzuspielen, mir nichts anmerken zu lassen – zumindest ihr gegenüber, und mir die Gänseblümchen von ihr ins Haar stecken zu lassen.

Abermals sah ich Cage entschuldigend an, doch dieser schien so gar nicht zu verstehen, was ich ihm denn so Wichtiges und Dringendes sagen wollte. Offensichtlich dachte er bisher nicht einen Moment darüber nach, wie ähnlich Josie nicht nur mir sah, sondern vor allem auch ihm. Laney hatte es offenbar sofort bemerkt und ich war ihr unendlich dankbar, dass sie ihrem Bruder nichts gesagt hatte.

Cage schien vollkommen ahnungslos und das sogar nachdem Josie ihm verraten hatte, wie alt sie war. Er hätte nur eins und eins zusammenzählen müssen, doch das tat er nicht. Dabei schien es mir so verräterisch und eindeutig, wenn man bedachte, dass wir uns vor knapp fünf Jahren das letzte Mal gesehen hatten. Schließlich war ich mir sicher, er erinnerte sich an den verhängnisvollen Abend und wusste genau, was passiert war.

Dennoch konnte oder wollte Cage die Fakten nicht sehen, schien sie vielleicht auch nicht so recht wahrhaben zu wollen, was ich natürlich verstehen konnte. Ihm machte ich sicherlich keinen Vorwurf deswegen – es war alles nur meine Schuld, meine eigene fatale Entscheidung.

»Darf ich dir vielleicht dabei helfen?«, durchbrach ausgerechnet Cage‘ Stimme meine Gedanken und ich blickte zu dem Vater meiner Tochter, wie er sie liebevoll anlächelte.

Mein Körper verspannte sich und mein Herz schien jedes Mal zu explodieren, seitdem ich die beiden so zusammen sah. Ich zitterte und musste mich unendlich zusammenreißen, damit ich mich nicht verriet. Der Anblick der beiden zerstörte mich innerlich, denn meine Schuldgefühle nicht nur ihm – Josies Vater –, sondern auch meiner eigenen Tochter gegenüber wuchsen ins Unermessliche und ich hatte unfassbar große Mühe, mich selbst aushalten zu können.

Ich hasste mich in diesem Augenblick dafür, dass ich es ihm nicht schon viel früher gesagt hatte. Hasste mich dafür, dass ich meiner Tochter den Vater vorenthalten und sie nicht an seinem Leben hatte teilhaben lassen. Ich hasste mich für all das!

Dennoch wusste ich tief in mir drin, dass es Gründe gab, weshalb ich mich für diese Lösung entschied und diese Gründe überwogen damals, wenn ich Zweifel bekam, ob ich tatsächlich das Richtige tat. Doch mit diesem Schwall an Gefühlen und Gedanken, die in diesem Moment auf mich einpeitschten und mich zu Boden rangen, seitdem ich Vater und Tochter nach vier langen Jahren endlich vereint sehen und erleben konnte, damit hatte ich schlicht nicht gerechnet.

Ich hatte nicht erwartet, dass plötzlich alles in mir verrücktspielte und ich mir unweigerlich und augenblicklich wünschte, ich hätte mich damals anders entschieden, hätte nie diesen Fehler begangen, die beiden voneinander zu trennen, Cage und Josie im Ungewissen zu lassen.

»Du kannst die hier rein machen.« Meine Kleine hielt ihrem Vater eines der Gänseblümchen hin und deutete auf eine Stelle direkt neben meinem rechten Ohr.

»Das wird hübsch aussehen, Mommy«, meinte Josie strahlend bis über beide Ohren, als sie und Cage sich ans Werk machten, meine Haare zu verschönern. Josie kicherte leise vor sich hin, als ihr Dad sich offenbar absichtlich ungeschickt anstellte und sie ständig dabei um Hilfe bat, mir das Gänseblümchen in die Haare zu stecken.

Ich konnte nicht anders, musste schmunzeln über sein Verhalten Josie gegenüber. Schließlich hatte er doch absolut keine Ahnung, dass er gerade tatsächlich seiner eigenen Tochter dabei half, ihre Mutter aufzuhübschen. Und dennoch war er unheimlich aufmerksam und ließ sich auf Josie ein, spielte sozusagen den netten Onkel, damit sie ihn direkt ins Herz schloss, ohne zu ahnen, dass der liebe Onkel eigentlich ihr wunderbarer Dad war.

Absurd.

Unwirklich.

Und ich fühlte mich so unendlich schrecklich deswegen!

»Fertig!«, verkündete Josie nach einer Weile, in der ich einfach nur versuchte stillzuhalten und mir immer noch nichts anmerken zu lassen. »Jetzt siehst du schön aus, Mommy«, lachte meine Kleine und ich sah sie und Cage gespielt empört an.

»Wie? Etwa erst jetzt?«, schmollte ich, musste aber dennoch grinsen und Josie schüttelte sofort den Kopf.

»Du bist immer schön«, gab sie zu und hauchte mir einen Kuss auf die Lippen, während Cage bestätigend und mit einem undefinierbaren Lächeln auf seinen Lippen nickte. Ein Lächeln, das ich so bisher noch nicht von ihm kannte.

»Wollen wir vielleicht wieder zu den anderen gehen?«, fragte er und sah uns liebevoll an, deutete zum Gutshof, aus dem seit einigen Minuten schallende Musik dröhnte. »Schließlich hatten wir noch nichts von der Torte«, schob er grinsend hinterher und brachte Josie damit in Panik.

»Oh nein! Mommy, bitte! Ich mag auch noch ein bisschen Torte haben. Die sah so schön bunt aus wie ein Regenbogen«, bettelte meine Kleine mit großen Kulleraugen, denen ich sowieso selten etwas abschlagen konnte.

»Ist gut, lasst uns die Torte plündern gehen, bevor die anderen Gäste sie aufessen und uns nichts übrig lassen!« In diesem Moment war mir leider nicht so recht bewusst, was ich da sagte, und genau das würde sich prompt rächen, das ahnte ich.

Uns. Ein Wort mit viel zu gewichtiger Bedeutung ...

Unsicher sah ich zu Cage, der mich wieder einmal nur musternd, aber lächelnd ansah, während Josie vor uns herlief und den Weg zu ihrer Regenbogentorte suchte.

»Deine Tochter also, hm?« Cage grinste verschmitzt. Dabei sah er aus wie der Junge von damals, in den ich mich unsterblich verliebt hatte. »Gibt es einen Grund, warum du sie ausgerechnet Josie genannt hast?«

»Josephine«, wisperte ich nur leise, versuchte meine Stimme stark und klar zu halten, doch es gelang mir nicht. Erneut brach sie ab, denn ich hatte schlichtweg Angst, was passieren würde, würde Cage die Zeichen endlich deuten, die ich ihm gab.

»Josephine«, wiederholte er mit verträumtem Lächeln. »Der Name meiner Grandma.«

Ich stolperte fast, als die Worte über seine Lippen kamen, doch in letzter Sekunde fing Cage mich auf, noch bevor ich den Boden küssen konnte. Mein Herz schlug mir bis zum Hals und meine Kehle schnürte sich so sehr zu, dass ich kaum atmen konnte.

Cage schien meine Anspannung zu merken und starrte mich aus einer Mischung von Unglauben und Verwirrung entgegen, während er mich noch immer in seinen Armen hielt.

Noch bevor er weitere Fragen stellen und mich in eine Zwickmühle bringen konnte, zupfte Josie plötzlich an dem Ärmel seines Hemdes.

»Könntest du mir bitte ein Stückchen Torte holen?«, fragte sie ihn mit ihrem typischen Hundewelpenblick und ich wunderte mich über ihre Offenheit Cage gegenüber. Schließlich kannte sie ihn doch gerade mal ein paar Minuten. Wieso fragte sie also nicht mich, ob ich ihr ein Stück der Torte holen konnte? Seltsam.

»Natürlich«, erwiderte ihr Dad lachend. »Aber wir machen das gemeinsam, ja?« Cage warf mir noch einmal einen fragenden Blick zu, ehe er Josie an die Hand nahm und die beiden mich stehenließen.

Meine Tochter schien meine Unsicherheit bisher nicht zu merken, wofür ich unglaublich dankbar war. Dennoch war es absolut surreal und seltsam, sie plötzlich zusammen mit ihrem Vater zu sehen. Und das auch noch ohne, dass einer der beiden etwas davon ahnte.

Es war schrecklich und tat mir unendlich weh, denn ich wollte keinen der beiden verletzen. Josie war zwar noch zu klein, um das alles zu verstehen und ich wusste, sie würde damit relativ gut zurechtkommen. Zumindest irgendwann einmal. Doch wie es Cage damit gehen würde, würde er endlich erfahren, dass er nicht nur eine Tochter hatte, sondern dass ich ihn all die Jahre belogen und ihm sein Kind vorenthalten hatte, darüber konnte und wollte ich nicht nachdenken.

»Die beiden sehen zusammen irgendwie total niedlich aus«, kam es plötzlich von meiner Rechten und als ich mich umdrehte, war es ausgerechnet Kelsey, die neben mir stand und meiner kleinen Familie hinterher sah. »Ich wusste schon immer, Cage würde ein guter Dad sein«, flüsterte sie andächtig lächelnd. »Allerdings war ich damals noch lange nicht soweit und ich glaube, er hat es sich bisher nur nicht wirklich zugetraut«, gestand sie und drehte sich dann wieder zu mir um, sah mich verstehend an und seufzte leise.

»Du weißt, ich will nur das Beste für ihn, oder?«, fragte sie wispernd und ich nickte sachte. »Dann sag es ihm bitte bald, lass ihn nicht zu lange warten.«

Ertappt und wie zur Salzsäule erstarrt stand ich da, schluckte hart und versuchte meinen weichen Knien nicht nachzugeben.

»Ich bin sicher, du hattest deine Gründe, warum du es ihm bis heute nicht gesagt hast. Und ich bin auch sicher, dass sie damals aus deiner Sicht richtig waren. Aber …« Kelsey sah erneut zu Josie und Cage, die gerade an der Hochzeitstorte standen und sich zwei Kuchenteller schnappten.

»Woher …?«, rutschte es mir unweigerlich heraus, denn ich begriff nicht, wie sie das wissen konnte und vor allem, wie lange schon.

Kelsey lächelte warm und deutete zu den beiden. »Auch wenn das heute meine Hochzeit ist und ich mich vielleicht mehr auf Shawn und mich konzentrieren müsste, fiel mir Josie sofort ins Auge, als du uns beiden gratuliert hast. Ich erkannte sofort die Ähnlichkeit. Josie hat dasselbe freche, breite Grinsen wie ihr Vater und ihre aufgeschlossene Art erinnerte mich auch stark an Cage.« Kelsey lächelte noch immer, schien mich zu verstehen und mir keine Vorwürfe machen zu wollen, was mich sehr überraschte.

»Ich hatte schon befürchtet, dass es vielleicht einige sehen könnten«, gestand ich beschämt. »Schließlich kennen ihn seine Freunde und seine Schwester am besten und daher ...« Ich seufzte, wurde immer unsicherer und wusste nicht, was ich tun sollte. Ich hatte Angst, Cage würde es von jemand anderem erfahren und das wollte ich keinesfalls. Es war meine Bürde, es ihm zu sagen. Denn ich allein trug die Schuld an dieser Tragödie.

»Ich wünsche euch wirklich, dass er schnell damit klarkommt, denn ich glaube, es ist kein Fehler, der Kleinen ihren Papa zu lassen.« Kelsey nahm meine Hand und drückte sie kurz, um mich aufzumuntern, was seltsam war, denn schließlich war sie diejenige, die damals nach Cage' und meiner Beziehung in sein Leben trat und eine sehr lange Zeit mit ihm zusammen war.

»Ich habe wirklich Angst davor. Denn jetzt, wo ich die beiden zum ersten Mal zusammen sehe, da ...«

»Da wird dir auf einmal bewusst, dass es vielleicht doch falsch war, die beiden voneinander getrennt zu haben?«, vollendete sie meinen Satz.

Ich nickte zaghaft.

»Du kennst Cage mindestens genauso gut wie ich, wenn nicht sogar besser. Daher solltest du wissen, dass er keine nachtragende Person ist. Er weiß, dass jeder Mensch Fehler macht und wichtig ist für ihn nur, dass man diese auch einsieht und eingesteht. Natürlich wird er im ersten Moment geschockt sein und sich verraten fühlen, aber ... Ich bin sicher, mit der Zeit legt sich das und der Wunsch, seine Tochter richtig kennenzulernen und bei ihr sein zu können, wird deutlich überwiegen.«

Dankbar lächelnd sah ich Kelsey an, konnte nicht fassen, dass es ausgerechnet sie war, die mir Mut zu machen versuchte, die mir Kraft gab, das Richtige zu tun.

»Ehrlich, Alexis, die beiden sind einfach nur zu süß zusammen«, flüsterte sie plötzlich leise lachend, als sie wieder zu Cage und Josie blickte.

Überrascht drehte ich mich zu den beiden um und erkannte, wie Vater und Tochter in unbewusst exakt gleicher Haltung an einem Tisch saßen und auf die exakt selbe Art und Weise ihre Torte aßen.

Das war eigentlich unmöglich. Und doch war es genau so, es war kein Traum. Die beiden waren sich ähnlicher, als ich dachte und ähnlicher, als ich je geglaubt hatte.

Sie waren eben Vater und Tochter.

Meine kleine Familie.

4

Alexis

Warnend sah ich meine Tochter an, als sie zu den Gummibärchen in der kleinen Schale auf dem Küchentisch greifen wollte. Sie wusste genau, dass ich vor dem Frühstück keine Süßigkeiten erlaubte und trotzdem versuchte sie es immer wieder, ganz egal, wie aussichtslos es schien.

»Du weißt, vor dem Essen gibt es nichts, Schatz. Außerdem gibt es gleich Pancakes. Die magst du doch so gern.«

Ertappt blickte Josie zu mir auf und schob die Unterlippe schmollend vor, doch da musste ich dennoch hart bleiben, so schwer es mir in solchen Momenten auch fiel. »Stellst du den Teller bitte schon mal auf den Tisch?«, bat ich sie und drückte ihr das Geschirr in die Hand. »Ich mache uns beiden noch schnell eine heiße Milch mit Honig.« Zwinkernd sah ich sie an und lächelte. Weil ich wusste, dass sich ihr Gesicht sofort erhellen würde, wenn sie eine heiße Milch mit Honig bekam. Gerade im Herbst und Winter liebte sie es, das warme Getränk zu schlürfen, bevor ich sie dann zum Kindergarten brachte.

Josie strahlte tatsächlich wieder und half mir anschließend den Tisch für das Frühstück vorzubereiten.

Gestern bei der Hochzeitsfeier von Kelsey und Shawn war es nicht mehr allzu spät geworden. Noch vor dem eigentlichen Feuerwerk brachte ich Josie nach Hause, da sie bereits auf Cage‘ Schoß eingeschlafen war, nachdem sie gleich zwei Tortenstückchen verputzt hatte.

Zwar wollte ich noch ein wenig auf der Hochzeit bleiben und vor allem hatte ich wirklich die Hoffnung, es würde sich eine Gelegenheit ergeben, mit Cage noch einmal allein sein zu können und ihm die Wahrheit zu sagen, doch Josie wich gestern Abend seltsamerweise nicht mehr von seiner Seite. Und so hatte ich keine andere Wahl und musste den Mund halten, so schwer es mir auch fiel. Dabei wollte ich den Vater meiner Tochter nicht weiter belügen. Ich konnte es nicht mehr.

Seitdem ich die beiden zum ersten Mal zusammen gesehen hatte, wusste ich, ich musste es ihm endlich sagen, ich musste mich entschuldigen, so gut ich nur konnte und musste ihm endlich die Wahrheit erzählen.

Es schien falsch von mir zu denken, Josie würde es ohne Cage besser gehen und sie hätte ohne ihn ein normales und ruhiges Leben, so wie alle anderen Kinder in ihrem Alter. Doch so, wie Josie ihn sofort in ihr Herz geschlossen hatte, wusste ich jetzt, dass es ein unfassbar großer Fehler von mir gewesen war. Vermutlich brauchte sie ihren Vater mehr, als sie ihre Privatsphäre, Ruhe und eine normale, nicht öffentliche Kindheit brauchte. Daran hatte ich bisher nie gedacht. Ich war mir immer so sicher, dass es besser für sie war, wenn weder sie noch jemand anderes wusste, wer ihr Vater war. Ich hatte Angst vor dem, was dann passieren könnte. Mit ihr, mit mir – mit uns allen und unseren Leben. Alles würde sich mit einem Mal ändern und meine Kleine würde plötzlich in der Öffentlichkeit stehen, würde von Fotografen verfolgt und belagert werden.

Ich wollte dieses Leben nicht für sie. Und doch wusste ich jetzt, sie brauchte ihren Vater.

»Mommy, dein Telefon macht komische Geräusche«, unterbrach Josie meine Gedanken und sah mich fragend an, als sie mir mein Handy vor die Nase hielt, das unaufhörlich vibrierte, da ich es seit gestern Abend immer noch auf lautlos gestellt hatte.

Eine unbekannte Nummer wurde angezeigt und ich dankte meiner Tochter, dass sie mich darauf aufmerksam gemacht hatte, damit ich rangehen konnte.

»Hallo?«, meldete ich mich skeptisch, ohne meinen Namen zu nennen.

»Hey.« Ich erkannte Cage' sanfte Stimme und erstarrte. »Ich bin's – Cage.«

Gänsehaut breitete sich auf meinen Armen aus, doch ich versuchte sie zu ignorieren. »Oh, hey! Ich hatte nicht damit gerechnet, dass du dich so schnell meldest«, gestand ich leise und sah zu Josie rüber, um nachzusehen, ob sie lauschte oder verstand, mit wem ich gerade redete.

»Ja, ich eigentlich auch nicht, aber ...« Ich hörte Cage verlegen lachen und runzelte die Stirn. Ich kannte ihn zu gut, um zu wissen, dass er nur äußerst selten verlegen oder vorsichtig war. Doch gerade war er es unüberhörbar und das ließ mich unweigerlich nervös werden. »Ich bin ehrlich gesagt gerade in der Nähe«, sagte Cage zögerlich und räusperte sich einmal umständlich. »Zumindest wenn die Adresse stimmt, die mir Kelsey von dir gegeben hat.«

Heilige Scheiße! Er wollte doch nicht etwa ...?

»Wäre es für dich okay, wenn ich kurz vorbeikomme? Ich glaube, es gibt ein paar Sachen, über die wir vielleicht reden sollten.«

Sofort blieb ich alarmiert vor der Herdplatte stehen, drehte mich von meiner Tochter weg, damit sie nicht bemerkte, dass ich unsicher wurde und etwas nicht stimmte. Ich hatte keine Ahnung, ob Cage die Wahrheit herausgefunden hatte oder weshalb er ausgerechnet jetzt vorbeikommen wollte, denn ich hatte ihm gestern Abend, bevor ich mit Josie gegangen war, noch einmal erklärt, dass wir uns unbedingt allein treffen müssten, sobald er Zeit hatte. Nicht hier, nicht, wenn Josie dabei war.

»Alexis? Bist du noch dran?«, durchbrach Cage' Stimme meine Starre.

»Ja, ähm ...«, krächzte ich leise, als Panik in mir aufstieg. Trotzdem konnte ich ihm nicht absagen. Es war schließlich Cage – Josies Dad und meine erste und einzige große Liebe. Ich konnte ihm nicht aus dem Weg gehen und wenn ich ehrlich war, wollte ich das auch gar nicht. »Wir wollten gleich frühstücken«, sagte ich tief durchatmend und blickte zu Josie, die bereits am Tisch saß und mich aus großen, blauen Augen erwartungsvoll ansah.

»Es gibt Pancakes und wenn du willst, darfst du gerne ...«

»Ich bin in knapp zwanzig Minuten bei euch, wenn ihr noch so lange warten könnt«, unterbrach er mich hastig und ich wusste, dass er in diesem Moment grinste – das typische Lancaster-Grinsen, das ich so sehr liebte und das die ganze Welt bereits gesehen hatte.

»Natürlich, kein Problem. Josie wird sich sicher freuen, dich zu sehen«, erwiderte ich lächelnd, meiner Worte nicht bewusst.

»Ich freue mich auch«, gestand Cage beinahe flüsternd und räusperte sich leise. »Und keine Sorge, ich weiß, wir können dann nicht reden über ... was auch immer du mir sagen willst, aber ...« Er überlegte einen Moment lang. »Ich bin sicher, wir finden heute oder spätestens morgen eine freie Minute allein.« Cage wirkte überzeugt und schien noch immer absolut keine Ahnung zu haben, was ihn erwartete.

»Gut, okay ... Ich ... Wir ... Wir warten dann auf dich.« Ich stammelte unbeholfen, wusste gar nicht, was ich sagen sollte, denn die Situation war schier seltsam. Ein gemeinsames Frühstück als Familie, ohne dass Tochter und Vater wussten, dass sie zusammengehörten ... Das konnte ja heiter werden.

»Es ist nur ein gemeinsames Frühstück, Alexis«, hörte ich Cage plötzlich am anderen Ende der Leitung amüsiert lachen. »Kein Grund, nervös zu werden. Oder?«

Von wegen ...

Wenn er doch nur wüsste, was ich ihm erzählen wollte.

Wenn er doch nur ahnen würde, dass es nicht einfach nur ein gemeinsames Frühstück war.

Mein schlechtes Gewissen würgte mir die Luft ab, als ich aufgelegt hatte und zu Josie sah, die mich jetzt neugierig musterte. »Wer war das, Mommy? Kriegen wir Besuch?«, fragte sie voller Vorfreude und ich geriet ein wenig ins Stocken.

Es war seltsam, den Vater meiner Tochter beim Namen nennen zu müssen und nicht einfach *Dad* sagen zu können. »Cage wird gleich bei uns vorbeikommen und mit uns frühstücken.« Ich lächelte sie unsicher an. »Du weißt doch noch, wer Cage ...«

Ihr hastiges Nicken und das breite Grinsen unterbrachen mich und ein fester Stich durchfuhr meine Brust. Es tat unheimlich weh zu sehen, wie sehr Josie ihren Vater schon mochte und wie groß ihre Freude war, ihn wiedersehen zu können. Und das alles, ohne zu wissen, wer er wirklich war.

»Ich möchte neben Cage sitzen«, forderte meine Tochter, schnappte sich einen weiteren Teller sowie Besteck und legte es auf den Platz direkt neben ihrem auf den Tisch.

Ich wusste nicht, ob ich wahnsinnig glücklich oder tieftraurig darüber sein sollte, meine Gefühle fuhren Achterbahn und ich hatte Probleme, mich zusammenzureißen.

»Mommy, machst du für Cage auch ein Glas Milch mit Honig?«, fragte meine Kleine lächelnd und ich konnte nicht anders als zu nicken.

Ich wusste nicht, wie ich das ertragen sollte. Gestern Abend schon fiel es mir unheimlich schwer, die beiden zu beobachten, doch jetzt auch noch in meiner eigenen Wohnung? Beim Frühstück? Wie sollte ich da meinen Mund halten können und Cage nichts verraten? Ich wusste es wirklich nicht.

Als einige Minuten später alles bereit auf dem Tisch stand, Josie sich noch schnell und artig vorher die Hände gewaschen hatte, klingelte es tatsächlich auch schon an der Tür.

Ich bat Josie sitzen zu bleiben und nicht wieder aufzuspringen, denn sonst hätte sie sicherlich vor lauter Freude den ganzen Tisch unabsichtlich wieder abgeräumt, und daher nickte sie nur ungeduldig, bevor ich Cage aufmachte und ihn mit zittrigen Händen und weichen Knien hereinbat.

»Tut mir leid, wenn ich dich damit vielleicht ein wenig überfahren habe vorhin, ich habe nicht so wirklich darüber nachgedacht, als ich mich selbst eingeladen habe«, entschuldigte er sich, noch ehe er die Wohnung betreten hatte, und kratzte sich leicht verlegen am Kopf.

Ich lächelte amüsiert. »Kein Problem, wirklich. Wenn es unpassend gewesen wäre, hätte ich es schon gesagt.«

Cage atmete erleichtert aus und hielt plötzlich ein Einmachglas mit dunklem Inhalt hoch. »Ich habe frischen Ahornsirup dabei, falls du ... Ich meine, falls *ihr* den auf eure Pancakes machen wollt.«

Ich lachte. »Josie liebt frischen Ahornsirup. Ich glaube, den könnte sie selbst ohne Pancakes in sich reinschütten, wenn sie dürfte.«

»Geht mir ganz genauso.« Cage grinste. »Aber ... das weißt du sicher noch.«

Augenblicklich verstummte ich wieder und meine Kehle schnürte sich zu. Nicht nur, weil ich bemerkte, dass Cage und Josie weitere Gemeinsamkeiten hatten, die mir vorher nicht aufgefallen waren, sondern weil mich Cage jetzt mit einem

Blick ansah, der mein Herz zum Rasen brachte und meine Nervosität ins Unermessliche steigen ließ. Es war derselbe Blick, mit dem er mich früher immer angesehen hatte ...

»Ich dachte mir schon, dass du genau über dieses Thema mit mir reden wolltest, wenn wir allein sind«, flüsterte Cage leise und lächelte – diesmal deutlich selbstbewusster als zuvor.

Ich blinzelte ein paar Mal etwas verloren vor mich hin, bis ich begriff, dass er scheinbar davon ausging, dass ich über *ihn und mich* reden wollte, jedoch nicht darüber, dass er der Vater meiner Tochter sein könnte.

»Ähm ...«, krächzte ich erneut und schluckte schwer. »Komm doch einfach rein, Josie wartet schon am Tisch auf uns.« Ich setzte mir ein liebevolles Lächeln auf und hoffte, Cage würde nicht bemerken, wie unsicher ich war.

Grinsend folgte er mir in unsere winzige Küche, die zugegeben nicht sonderlich schön und gut ausgestattet war, aber immerhin fehlte uns dennoch bisher an nichts. »Hallo Josie«, begrüßte er mit offenem Lächeln meine Tochter und wuschelte ihr einmal lachend durch ihre blonden Locken.

Ich konnte kaum glauben, dass derselbe Mann vor mir stand wie damals. Früher konnte er nur recht wenig mit Kindern anfangen, soweit ich mich erinnerte. Natürlich mochte er sie, doch durch seine fehlende Erfahrung schien er bisher eher ungelenk mit ihnen umgehen zu können. Zumindest früher einmal.

Josie grinste ihn breit an und deutete auf den Stuhl neben sich. »Ich hab dir einen Platz freigehalten.« Cage tat erstaunt, freute sich aber sichtlich und setzte sich neben seine Tochter, bevor er mir den Sirup reichte, damit ich ihn über Josies und seine Pancakes fließen lassen konnte.

Mit leicht aufgeklapptem Mund starrte ich die beiden vor mir an, als sie gleichzeitig zu essen begannen und in kürzester Zeit schon drei Pancakes vertilgten. Manchmal wunderte ich mich schon, wo das alles in so ein kleines Kind hineinpasste, doch dann erinnerte ich mich wieder daran, wer ihr Vater war und wusste, dass sie essen konnte wie ein Scheunendrescher, ohne sich dabei Speck anzufuttern.

»Was ist los?«, fragte Cage nach einer Weile mit vollem Mund kauend, weil ich noch immer nichts gegessen, sondern sie nur angestarrt hatte.

»Nichts, alles okay«, schoss es peinlich berührt aus mir heraus und ich versuchte, mich so normal wie möglich zu verhalten, ohne mich dabei zu verraten oder Misstrauen in den beiden zu wecken. Unsicher lächelnd griff ich jetzt auch nach einem Pancake und sah dann zu Josie. »Schatz, reichst du mir bitte das Nutella«, bat ich meine Tochter, die mir daraufhin einen angewiderten Blick schenkte, was Cage ebenso bemerkte.

»Magst du etwa kein Nutella?«, fragte er überrascht und wurde von Josie daraufhin mit verzogenem Gesicht angesehen, bevor sie voller Ekel begann den Kopf zu schütteln.

»Ein kleines Mädchen, das *nicht* gerne Nutella isst?« Cage sah mich erstaunt und zweifelnd an, musste jedoch grinsen. »Wie hast du das denn hinbekommen?« Er lachte und ich schluckte abermals schwer, weil sich meine Kehle zuschnüren wollte.

»Na ja, sie mag generell kein Nussnugat, mochte es noch nie, in keiner Form. Nicht als Schokolade oder sonst irgendwie«, erklärte ich und Cage zwinkerte Josie zufrieden zu.

»Gut so, Josie. Ich mochte das Zeug auch noch nie«, erzählte er ihr fast schon stolz und ich verschluckte mich beinahe.

Wann würde Cage es endlich bemerken? Die Zeichen waren doch mehr als eindeutig. Wieso sah er es nicht und weswegen fiel es ihm nicht auf? Josie war ohne Frage und ohne jeden Zweifel sein

Kind, sein eigen Fleisch und Blut, seine Tochter. Sie sah ihm nicht nur sehr ähnlich, sie hatte auch die gleichen Vorlieben wie er. Warum begriff er das denn immer noch nicht, wieso war er so blind?

Oder ... wollte er es nicht sehen? Wollte er Josie vielleicht gar nicht?

»Mommy hat mal gesagt, das hab ich alles von Daddy. Der mag auch kein Nutella«, platzte es quietschfröhlich aus Josie heraus, während ich mich jetzt doch an meinem Pancake verschluckte und wie wild zu husten begann und Cage seine Tochter und mich stutzig musterte.

5

Cage

Josie schmatzte fröhlich vor sich hin, während mir ihre Worte seltsamerweise noch immer im Kopf nachhallten. Wie ein Echo, das ich nicht abstellen konnte.

Ich wusste nicht, warum das so war oder ob es überhaupt einen Grund dafür gab, aber es war schon ein wenig irritierend. Zumal sie gerade tatsächlich über ihren Vater gesprochen hatte. Wusste sie also, wer er war? Doch wieso lebte er nicht mit den beiden zusammen? Was hatte Alexis ihr erzählt und wie hatte sie es begründet, dass Josies Vater nicht bei ihnen war, so wie die Väter ihrer Freunde zum Beispiel?

Mir gingen tausende Fragen durch den Kopf, als ich den kleinen, blonden Engel beim Essen beobachtete.

Bereits gestern hatte ich bemerkt, dass dieses kleine Mädchen und mich irgendetwas verband, auch wenn ich nicht wusste, was es war. Doch die Kleine schien mich auf Anhieb zu mögen und ich konnte nicht abstreiten, dass ich sie auch gernhatte, was eher untypisch für mich war. Ich hatte mit Kindern bis vor Kurzem nichts am Hut, konnte nichts mit ihnen anfangen. Doch Josie ... Bei ihr war das etwas anderes. Sie war ihrer Mutter einfach zu ähnlich und das gefiel mir. Denn schließlich mochte ich auch Alexis immer noch. Sie war nicht ohne Grund meine erste, große Liebe und ich wusste bis heute, weshalb ich sie so sehr geliebt und was ich damals, wie auch heute, an ihr hatte. Ich wusste, Alexis hatte Josie gut erzogen, zumindest hatte ich bisher den Eindruck. Sie war eine großartige Mutter, da war ich mir sicher.

Dennoch verstand ich nicht, was es mit dem vermeintlichen Vater des Engels auf sich hatte. Wohin verschwand er und wann? War er von allein gegangen oder hatte Alexis ihn verlassen? Wusste er überhaupt von Josie und kümmerte er sich um sie?

Ich hoffte, Alexis würde es mir bald sagen, denn ich machte mir schon ein wenig Sorgen um die beiden. Nicht, dass ich das Gefühl hatte, sie würden allein – zu zweit – nicht zurechtkommen. Doch wenn es nach mir ging, dann hatten sie mehr als diese winzige Wohnung verdient, mehr als diese abgenutzte, kleine Küche. Alexis gab mit Sicherheit alles, um ihrer Tochter das Bestmögliche zu geben und zu ermöglichen, doch ich sah ihr an, dass sie sich offensichtlich mehr für Josie wünschte und das konnte ich nur zu gut verstehen.

Nachdem hauptsächlich Josie und ich die restlichen Pancakes verdrückt hatten, half die Kleine ihrer Mutter und mir den Tisch abzuräumen – ohne Murren und Meckern. Vermutlich war sie es bereits so gewohnt, schließlich lebten die beiden nur zu zweit hier und hin und wieder brauchte ihre Mutter etwas Hilfe, das merkte bestimmt auch Josie bereits mit ihren vier Jahren.

»Sag mal, du hast mir meine Frage von gestern Abend ja noch gar nicht richtig beantwortet, fällt mir gerade ein«, räusperte ich mich, als ich Alexis beim Abwasch half und das von ihr gespülte Geschirr abtrocknete, während Josie noch ihre warme Milch mit Honig leertrank, die ihr bis eben noch zu heiß war.

»Welche meinst du?« Alexis lächelte leicht verunsichert und reichte mir den letzten Teller.

»Ich wollte wissen, wieso du sie ausgerechnet Josephine genannt hast«, erinnerte ich sie und sah sie neugierig an, während Alexis' Lächeln augenblicklich erstarb und sie hart und mühevoll schluckte.

Ich wusste, da war etwas im Busch, etwas, was sie mir sagen wollte. Und vermutlich war das auch der wahre Grund, warum ich heute Morgen ausgerechnet bei ihnen in der Gegend unterwegs war und auf die dreiste Idee kam, mich einfach bei den beiden einzuladen und vorbeizukommen. Meine Neugierde, vor allem, was den Namen der Kleinen betraf, war immens groß und ich konnte es nicht verhindern, dass ich Alexis noch einmal darauf ansprach.

»Nun ... Na ja, das ist ...« Alexis schien unheimlich nervös und kaute plötzlich auf ihrer Unterlippe, was früher einmal das untrügliche Zeichen dafür war, dass sie etwas zu verheimlichen hatte. Die Frage war nur: Was war es, was sie mir nicht sagen konnte? Denn offensichtlich wollte sie es mir mitteilen, ziemlich dringend, wenn ich ihren Blick richtig deutete. Doch scheinbar wusste sie weder, wie sie es ausdrücken sollte, noch ob sie das in Gegenwart von Josie tun konnte.

»Mommy sagt, sie hat mich nach meiner Great-Granny benannt«, mischte sich in dem Moment Josie unerwartet ein und strahlte mich stolz an, während sie ihre Milch trank.

»Deine Great-Granny?«, huschte es mir überrascht über die Lippen, denn so langsam verstand ich gar nichts mehr. Ich kannte Alexis' Großeltern und war mir ziemlich sicher, dass weder eine ihrer Grandmas je Josie oder Josephine geheißen hatte, noch so genannt wurde. Die einzige Grandma, die so hieß und die ich – und auch Alexis – kannte, war meine eigene. Meine Grandma hieß Josephine und ich wusste, Alexis hatte sie sehr gemocht und hatte deswegen auch damals zusammen mit mir getrauert, als sie gestorben war.

Ich war verwirrt und stand einen Moment lang einfach nur da und starrte den Boden vor meinen Füßen an, ehe sich Josie wieder zu Wort meldete.

»Great-Granny Josie ist jetzt bei den Engeln und wacht über uns, hat Mommy erzählt. Sie ist mein Schutzengel.« Die Kleine lächelte etwas traurig und setzte mit diesem Satz irgendetwas in meinem Kopf in Gang, was mich leicht verstörte.

Alexis neben mir schien wie versteinert und starrte nur leer und benommen vor sich hin, während ich das kleine Mädchen vor mir musterte. »Wer ... Wer war denn deine Great-Granny, weißt du das denn?«, fragte ich zwar Josie, doch sah augenblicklich zu Alexis, die vollkommen erstarrt und leichenblass vor mir stand und den Blick von mir abwandte. Sie machte sich nicht einmal die Mühe, ihrer Tochter beim Erklären und mir dabei zu helfen, zu verstehen, was hier eigentlich los war.

Ich wurde immer stutziger und immer mehr Details, Antworten von gestern Abend, von heute früh und von vorhin rasten durch meinen Schädel, versuchten mir irgendetwas zu sagen, irgendein Rätsel zu lösen, doch noch machte es nicht Klick und ich verstand rein gar nichts.

Alexis‘ Tochter sah mich aus großen, himmelblauen Augen an und lächelte. »Meine Great-Granny Josephine war Daddys Grandma.«

Ein lautes, klirrendes Geräusch ließ mich und Josie zusammenzucken, bevor wir zu Alexis sahen, die erschrocken auf den Boden starrte, auf dem nun die Scherben eines Glases verstreut lagen und meine Gedanken daran hinderten, ihren Weg endlich zum Ziel zu finden. Sofort griff ich nach Josies Hand, hob sie von ihrem Stuhl auf meinen Arm, damit sie nicht auf den Boden trat und sich eventuell noch verletzte.

»Ich bring dich mal schnell in dein Zimmer, damit deine Mom und ich alle Scherben aufsammeln können, ja?« Ich sah den blonden Engel lächelnd an und sie nickte brav, stellte keine weiteren Fragen oder quengelte. Josie schien ganz ruhig, sorgte sich offensichtlich um ihre Mutter, die in der Tat ein wenig seltsam und ängstlich aussah.

»Mein Zimmer ist hier drüber«, zeigte sie mir den Weg durch die winzige Wohnung. »Kannst du mir vielleicht eine DVD anmachen? Bitte!« Mit einem zuckersüßen Blick sah mich die Kleine an und natürlich konnte ich ihr nicht widerstehen. Zumal es mir sowieso ganz gut passte, dass sie einen Film schauen wollte. So hatte ich vielleicht ein paar Minuten allein mit Alexis und würde endlich herausbekommen, was ihr Verhalten zu bedeuten hatte und ... vor allem die Sache mit Josies Great-Granny.

War das alles nur ein sehr dummer, seltsamer Zufall, dass die Grandma ihres Vaters auch Josephine hieß, oder ...?

Ich konnte und wollte den Satz nicht zu Ende denken.

Es schien zu absurd!

»Welchen Film magst du denn schauen?«, fragte ich und staunte über die überaus große Sammlung an Kinderfilmen, die Alexis ordentlich in einem Regal für ihre Tochter verstaute.

»Den da, mit der Prinzessin«, deutete Josie auf eine rosa Hülle, auf der eine blonde Prinzessin zu sehen war, und ich musste schmunzeln. »Geht es

Mommy gut?«, hörte ich es plötzlich von der Kleinen leise und verunsichert fragen, die sich artig in ihr Bettchen setzte und einen Plüschhund in ihren Arm nahm. Es erschreckte mich ein wenig, dass es für die Vierjährige so deutlich war, dass etwas mit ihrer Mutter nicht stimmte, daher wollte ich sie etwas beruhigen, bevor ich die DVD in den Recorder schob und den Fernseher einschaltete.

»Natürlich geht es ihr gut«, versicherte ich ihr, auch wenn ich mir da selbst nicht so sicher war. Trotzdem versuchte ich zu lächeln. »Sie ist wahrscheinlich nur ein bisschen müde von der Feier gestern, weißt du?«, versuchte ich die Kleine zu beruhigen. »Aber es wird ihr schon ganz schnell besser gehen. Ich helfe deiner Mom jetzt erst einmal die Scherben einzusammeln und dann wird sie sich ein bisschen ausruhen, okay? Ich kümmere mich um sie.«

Josie nickte zufrieden, kuschelte sich an ihren Plüschhund und lächelte, also ließ ich sie allein, schloss die Tür ihres Zimmers allerdings nicht ganz, nur um sicher zu gehen.

Seufzend betrat ich wieder die Küche und fand Alexis auf dem Boden vor, wie sie verzweifelt versuchte die Scherben einzusammeln. »Hey, hör auf. Lass das, du tust dir nur weh«, bat ich sie, hielt ihre

Hand fest, damit sie sich nicht verletzte. »Lass mich das lieber machen und setz dich erst einmal.« Ich versuchte ihr in die Augen zu sehen, doch sie ließ es nicht zu, drehte ihren Kopf zur Seite und mied meinen Blick. »Alexis, was ist denn bloß mit dir los? Hey, ich bin es doch nur«, flüsterte ich sanft, legte meine Hand an ihre Wange und drehte ihren Kopf vorsichtig und zärtlich zurück in meine Richtung, wollte, dass sie mir in die Augen sieht. Doch als sie endlich zu mir aufblickte, erkannte ich erst, dass sie weinte. Vollkommen verzweifelt.

Ich machte mir Sorgen. Und das nicht zu knapp. Was war es, dass offensichtlich meine Anwesenheit bei ihr auslöste, was sie so fertig machte? Warum nur schien sie so aufgelöst und was hatte das alles mit Josies Vater zu tun? Ich begriff es immer noch nicht, doch so langsam aber sicher dämmerte mir etwas – etwas, was ich bisher nicht sehen konnte. Oder auch nicht sehen wollte.

Josephine war *meine* Grandma gewesen. Sie war damals mein ein und alles – genauso wie für Alexis. Und dann war da noch die Sache mit Josies Alter ...

Irgendetwas wollte mir etwas sagen. Doch, was? Ich war nicht dumm und blind schon gar nicht. Dennoch schien des Rätsels Lösung zu weit entfernt, um sie greifen zu können.

»Cage, ich muss dir etwas sagen. Ich kann nicht mehr warten, ich kann das nicht mehr aushalten, wenn ich euch ...« Alexis‘ Stimme brach ab, wurde schrecklich zerbrechlich und ich half ihr wieder auf die Beine zu kommen und bat sie erneut, sich zu setzen.

Die Scherben waren erst einmal egal, die würde ich noch später wegräumen können. Doch jetzt war Alexis wichtiger, denn irgendetwas belastete sie so sehr, dass es sie regelrecht erdrückte, das spürte ich eindeutig.

»Ist okay, du weißt, du kannst mir alles sagen«, zwang ich sie abermals mir in die Augen zu sehen, doch ihre Tränen wollten dennoch nicht aufhören zu laufen. Ich hoffte, Josie würde sie so nicht sehen müssen, und blickte einmal kurz quer durch den Flur, um mich zu vergewissern, dass die Kleine immer noch in ihrem Zimmer war.

»Du machst dir Sorgen um sie, oder?«, kam es verzweifelt lächelnd von Alexis und ich nickte leicht.

»Natürlich mache ich das. Sie sollte dich so nicht sehen, sie macht sich schließlich auch Gedanken und hat Angst, dass es dir nicht gut geht. Ist doch klar, dass ich mir da nicht nur um dich Sorgen mache, sondern auch um deine Tochter«, gestand ich ruhig und leise, hoffte, dadurch würde sich Alexis wieder ein wenig beruhigen, doch das Gegenteil war der Fall.

Ihre Tränen liefen nur noch stärker, ließen sich nun gar nicht mehr aufhalten und so lachte sie einmal kurz auf, verzweifelt und tränenerstickt, bevor sie mir in die Augen sah und hart schluckte. »Das ist nicht der wahre Grund, warum du dir um die Kleine Sorgen und Gedanken machst, Cage.«

Wieder war es nur ein Wispern, zerbrechlich und schwach, und hatte dennoch eine solch starke und heftige Wirkung auf mich, dass erneut alle Fragen und Antworten in meinem Kopf ratterten, die ich von Alexis und vor allem von Josie seit gestern Abend bekommen hatte.

Das Alter.

Ihre Angewohnheiten.

Ihr Vorname.

Ihre Ähnlichkeit zu mir ... Ja, denn auch die war mir eigentlich sofort aufgefallen. Nur wollte ich es bisher nicht wahrhaben. Doch jetzt schlugen die Fakten erbarmungslos auf mich ein, ließen mir kaum noch einen Zweifel und im Grunde wartete ich nur noch auf die erlösenden und gleichzeitig folternden Worte, auf die Bestätigung und Gewissheit.

»Cage, Josie ist ... Sie ist deine Tochter.«

Das Echo in meinen Ohren ließ nicht nach, nachdem Alexis endlich *das* ausgesprochen hatte, was ich doch eigentlich längst und seit vielen Stunden ganz tief in mir drin ahnte. Das, was ich schon seit dem ersten Moment bei Josie gespürt hatte. Und dennoch stieß die Erkenntnis bis eben nicht so recht zu mir durch, weil etwas in mir zweifelte, etwas, dass es nicht wahrhaben wollte.

Es konnte nicht sein.

Durfte nicht!

Das war unmöglich.

Und doch glaubte ich Alexis in diesem Moment jedes einzelne Wort.

Die Zweifel waren mit einem Mal hinfort und ich wusste, es stimmte, sie log mich nicht an, denn ich spürte es längst viel zu deutlich: Josie *war* meine Tochter. Sie war es tatsächlich.

Panik ergriff mich und ich sprang regelrecht von meinem Platz auf, stumm, verwirrt, fassungslos und entsetzt. Denn ich begriff jetzt auch, dass Alexis mich nahezu fünf Jahre lang belogen und meine Tochter vor mir versteckt hatte. Ich verstand nicht, warum sie das getan hatte, verstand aber gleichzeitig nicht, wieso sie mir das jetzt sagte, warum sie mich das wissen ließ nach so langer Zeit.

Ich verstand gar nichts mehr, verstand mich genauso wenig, mich und meine Gedanken, meine Gefühle. Ich verstand die Welt nicht mehr, begriff nicht, wie das passieren konnte, warum sie mir mein Kind all die Zeit verschwiegen hatte, begriff allerdings auch nicht, dass Josie tatsächlich meine Tochter war und das alles, obwohl ich es doch eigentlich spürte, obwohl ich es ahnte.

Ich stand vollkommen neben mir, starrte Alexis nur verloren an und wusste weder ein noch aus, wusste nicht, was ich sagen oder tun sollte, wusste nicht, was ich denken durfte und wie ich mich nun verhalten sollte.

Ich war verwirrt. Schrecklich durcheinander. Und absolut ratlos.

Der Fluchtinstinkt ergriff mich und noch ehe ich begriff, was hier geschah, trat ich ein paar Schritte zurück, gepeinigt von der Scham, von der Wut, die sich immer tiefer in mich hineinbohrte, gepeinigt von der Tatsache, belogen und betrogen worden zu sein, und nur aus diesem Grund nicht für mein Kind, für mein Erstgeborenes da gewesen zu sein können.

In diesem Augenblick verspürte ich tatsächlich so etwas wie Hass Alexis gegenüber und das war etwas, was ich nie für möglich gehalten hätte, doch

... So war es jetzt! Ich wusste, es war kein Traum und sie belog mich nicht. Josie war meine Tochter, sie war mein Kind, mein Engel! Und Alexis hatte sie mir genommen, hatte mich nicht an ihrem Leben teilhaben und mich nicht zusehen lassen, wie sie aufwuchs, wie sie sprechen und gehen lernte. Nein, all das hatte ich verpasst, nur weil ...

Warum zur Hölle eigentlich?

»Cage, bitte ... Lauf nicht weg, sondern lass uns bitte darüber reden. Josie zuliebe«, bat mich die Mutter meiner Tochter leise, mit Tränen, die ihr unaufhaltsam die Wangen herunterliefen. Dennoch kamen ihre Worte in diesem Moment nicht bei mir an. Viel zu aufgebracht, wütend und durcheinander war ich. Das Einzige, was ich tun konnte, war zu gehen, zu verschwinden. Wenigstens für ein paar Minuten, für ein paar Stunden oder Tage – je nachdem, wie lange ich brauchen würde, um das alles überhaupt begreifen, um es verstehen zu können.

Und so trat ich immer weiter die Flucht an, ging ein paar Schritte nach hinten, stumm und schweigend, denn ich wusste, wenn ich jetzt den Mund aufmachen würde, würden Worte herauskommen, die ich niemals wieder zurücknehmen konnte, die ich eventuell bereuen würde.

Egal wie sehr ich Alexis in diesem Moment verabscheute und wie tief der Schmerz und die Wut saßen, sie war immer noch und würde für immer die Mutter meiner Tochter sein. Daher hielt ich die Klappe und sagte kein Wort, ging nicht auf ihr Betteln und Flehen ein, ging immer weiter im Rückwärtsgang zurück, bis ich die Tür, samt Türklinke, in meinem Rücken spürte und wusste, ich musste mich nur noch umdrehen und gehen.

6

Cage

Tränen voller Wut und Verzweiflung liefen über meine Wangen, etwas, was ich bisher nicht von mir kannte. Trotzdem war ich in diesem Augenblick nicht stark genug, um sie aufzuhalten und zu stoppen. Es ging einfach nicht, zu sehr wühlte mich das alles auf.

Ich verstand immer noch nichts, die Welt stand urplötzlich kopf und ich wusste nicht mehr, wo oben und unten war, wusste nicht mehr, was ich denken oder fühlen sollte. Einerseits war es die unfassbar große Wut auf Alexis, wie sie mir und auch Josie das antun konnte. Und dennoch waren da auch Gefühle, die ich nicht einordnen konnte, da ich mich darüber freute, dass es ausgerechnet Josie, dieser kleine, blonde Engel war, die meine Tochter sein sollte.

Ich mochte sie. Ich mochte sie vom ersten Moment an, ohne zu wissen, warum ich das tat.

Normalerweise war ich nie so offensiv bei *fremden* Kindern, doch Josie machte es mir von Beginn an leicht, mit ihr umzugehen und sie in mein Herz zu schließen.

Sie war ... perfekt.

Sie war ein Engel, süß und irgendwie auch quirlig und frech. Doch genau das mochte ich an ihr. Sie erinnerte mich stark an Alexis. Und wenn ich ehrlich war, auch ein wenig an mich selbst.

Ihre Art war bezaubernd und mir war klar, dass sie mit Leichtigkeit alle Menschen um sich herum um ihren kleinen Finger wickeln würde. Doch so wie ich gesehen hatte, nutzte sie dies nicht aus. Auch wenn sie erst vier Jahre alt war, wusste sie, was sie durfte, was erlaubt war und was nicht. Alexis hatte sie offensichtlich auch ohne mich ganz gut erzogen. Das machte mich zwar stolz, aber auch unglaublich wütend.

Dabei wusste ich bis eben nicht mal, dass ich überhaupt Kinder wollte. Dass ich mich tatsächlich darüber freuen könnte zu wissen, dass es da jemanden gab, der zu mir gehörte, dem ich ein Vater sein durfte.

Scheiße nochmal, diese ganzen widersprüchlichen Gefühle verwirrten mich total.

Vor einigen Minuten war ich noch sicher gewesen, kein guter Dad sein zu können. Nicht jetzt, nicht in meiner jetzigen Situation. Ich hatte mich nicht bereit gefühlt und hatte auch sicherlich nicht gerade viele Gedanken daran verschwendet, weil ich ebenso sicher war, so schnell nicht die Gelegenheit dazu zu finden, es auszuprobieren und diesen Schritt zu wagen. Denn es gab einfach niemanden in meinem Leben, mit dem ich diesen Weg gerne gegangen wäre. Niemand aus meiner Gegenwart zumindest.

Doch mit Alexis ... Wenn es eine Frau in meinem Leben, aus meiner Vergangenheit gab, mit der ich mir so etwas überhaupt hätte jemals vorstellen können, dann war das mit ihr. Und jetzt war ausgerechnet sie diejenige, die mich belogen und mir all das genommen hatte – meine eigene Tochter.

Verflucht!

Wieso bloß hatte sie all die Jahre nichts gesagt? Wie konnte sie das alles nur geheim halten? Wer wusste überhaupt davon und was hatte sie ihren eigenen Eltern darüber erzählt? War ihnen bewusst, dass ausgerechnet *ich* Josies Vater war, oder hatten auch sie keine Ahnung davon?

Millionen von Fragen durchfuhren meinen Schädel und blieben in einer Art Kreisverkehr stecken. Ich schaffte es nicht, meinen Kopf auch nur eine Minute auszuschalten und zur Ruhe zu kommen, zu sehr beschäftigte mich das alles.

Zwar war ich aus Alexis' Wohnung geflüchtet, war gegangen und hatte sowohl meine Tochter als auch ihre Mutter alleingelassen, jedoch kam ich nicht weit. Unweit ihres Hauses blieb ich stehen, sank zu Boden und seitdem saß ich hier, konnte mich nicht vor- und nicht mehr zurückbewegen. Ich wusste nicht einmal, wohin ich überhaupt gehen sollte. Denn bevor ich nicht selbst mit all dem klar kam und die meisten Fragen beantwortet waren, konnte ich es niemandem erzählen. Ich wollte es nicht, es sollte niemand davon wissen, solange ich selbst noch nicht wusste, was ich nun tun sollte.

Allein saß ich hier in der Nähe des kleinen Sees, der an den Wald angrenzte, in der Hoffnung, meine Gedanken und Gefühle würden sich irgendwann ein wenig ordnen und sortieren, damit ich endlich wusste, was zu tun war. Ich wusste nicht, wie lange ich hier schon saß, wusste nicht, wie spät es war oder ob jemand bereits nach mir suchte, denn mein Handy hatte ich vorhin sowieso im Wagen liegen gelassen, wollte nicht gestört werden.

Ich verstand das alles nicht.

Was für einen Grund hatte Alexis mir meine Tochter wegzunehmen? Und vor allem und was mir persönlich sogar noch wichtiger war: Was hatte sie meiner Tochter erzählt, wo ihr Vater all die Jahre war und warum er nicht bei ihnen sein konnte? Hatte sie Josie erzählt, ich hätte die beiden verlassen? Oder wäre gar tot? Wie konnte sie ihre Tochter überhaupt darüber anlügen und was für eine Ausrede hatte sie ihr bloß erzählt?

Ich würde ihr niemals verzeihen, hätte sie Josie Märchengeschichten über ihren Vater – über mich – erzählt, die so gar nicht stimmten und mich in ein schlechtes Licht rückten. Nein, das würde ich ihr niemals verzeihen!

Doch wenn ich ehrlich war, wirkte Josie bisher nicht so, als würde sie schlecht über ihren Vater denken. Doch vielleicht bildete ich mir das alles nur ein.

»Cage!«, ertönte eine mir mittlerweile bekannte Kinderstimme und ich zuckte unweigerlich zusammen.

Das konnte nicht sein, das durfte jetzt bitte nicht passieren. Ich war noch lange nicht dazu bereit, Josie wieder vor die Augen zu treten, ich konnte es nicht, würde es nicht schaffen. Und doch hatte ich keine andere Wahl. Weglaufen war für mich keine

Option, denn Josie sollte nicht sehen, wie ich sie verließ, wie ich sie einfach stehenließ und ging, daher blieb ich sitzen und wischte mir hektisch die Tränen aus dem Gesicht, schluckte meine Wut auf Alexis für einen Augenblick runter und machte mich darauf gefasst, meiner Tochter in die himmelblauen, wunderschönen Augen zu sehen und ihr ein Lächeln auf das Gesicht zu zaubern.

Verwundert kam Josie neben mir zum Stehen und hatte eine kleine Decke in ihren Händen, die sie mir entgegenhielt. »Mommy sagt, es ist schon kalt geworden«, erklärte sie mit einem kleinen Lächeln auf ihren Lippen, doch das Einzige, was mein Kopf mir in diesem Moment sagte, als ich den blonden Engel ansah, war, dass sie meine Tochter war, mein Kind, mein Leben.

»Was machst du hier?« Neugierig und gleichzeitig besorgt sahen mich ihre blauen Kulleraugen an und ich hörte, wie jemand bei uns beiden in der Nähe stehenblieb, sich jedoch nicht zu uns traute. Ich wusste, es war Alexis und ich war froh darüber, dass sie Josie und mir diese wenigen Minuten allein gab, dass sie sich nicht einmischte.

»Ich ... Ich wollte nur ein bisschen frische Luft schnappen«, sagte ich leise und versuchte zu lächeln, wollte meine Tochter nicht beunruhigen.

»Geht es dir denn nicht gut?«, klang sie nun doch besorgt und setzte sich in ihrem schönen Kleidchen einfach neben mich auf die Wiese. Verwöhnt war meine Kleine offensichtlich nicht.

»Doch, doch, es ist alles gut. Ich brauchte nur ein bisschen frische Luft.« Ich pikste sie leicht grinsend in die Seite, damit sie nicht das Gefühl hatte, dass es mir schlecht ging, und Josie kicherte leise.

Vorsichtig schlug ich die kleine Decke auf, die sie mir mitgebracht hatte und legte sie sorgsam um uns beide herum, denn erst jetzt bemerkte ich, dass es tatsächlich mittlerweile relativ abgekühlt war. Wie es schien, war ich tatsächlich länger hier draußen, als ich dachte und was ich ebenfalls erst jetzt bemerkte, war, dass Alexis offenbar ganz genau gewusst hatte, wohin mich meine Füße nach meiner Flucht tragen würden. Denn dieser Platz hier an dem kleinen See war schon immer etwas Besonderes für mich. Sie wusste das und erinnerte sich scheinbar noch sehr gut daran. Anders konnte ich mir nicht erklären, dass sie und Josie mich so schnell hier gefunden hatten.

»Mommy macht mir später mein Lieblingsessen«, prahlte die kleine Prinzessin stolz, grinste über das ganze Gesicht und ich wusste, was sie mir damit sagen wollte. »Möchtest du wieder mit uns essen? Mommy macht für uns bestimmt genug Nudeln.« Sie strahlte regelrecht und ich musste unweigerlich lachen.

»Pasta? Dein Lieblingsessen ist also Pasta, ja?«, fragte ich die Kleine ungläubig, konnte es immer noch nicht fassen, wie viel sie doch eigentlich von mir hatte. Zuerst die Sache mit dem Nutella und jetzt auch noch *das*.

Nickend grinste Josie mich an und drehte sich dann nach hinten, schaute ihre Mutter flehend an. »Darf Cage mit uns essen, Mommy? Bitte!« Es war seltsam, dass sie mich *Cage* nannte, jetzt, da ich wusste, dass sie meine Tochter war, doch sicher wäre es noch seltsamer gewesen, wenn sie mich *Dad* genannt hätte. Außerdem wusste Josie noch gar nichts von all dem. Und wenn ich ehrlich war, ich hatte absolut keine Ahnung, wie man einem Kind sagen sollte, dass ihr Vater urplötzlich wieder da war, dass es ihn tatsächlich gab und dass er für sie da sein wollte, ab sofort und ... Na ja, für immer.

»Natürlich darf er das«, hörte ich Alexis leise schluchzen. Auch wenn ich wusste, sie versuchte tapfer zu bleiben und Josie nichts von ihrem Gefühlschaos zu zeigen, konnte sie es vor mir nicht geheim halten. Und doch schaffte ich es nicht, mich umzudrehen und ihr in die Augen zu sehen. Der

Schmerz saß tief. Die Wut war übergroß. Und daher wollte ich nichts riskieren, wollte Josie gegenüber nichts Falsches sagen, wenn ich Alexis ins Gesicht sehen würde.

Sie war die Mutter meiner Tochter, ja. Doch genau aus diesem Grund war es so unfassbar für mich, wie sie Josie und mir das alles antun konnte.

»Siehst du, du darfst!« Josie grinste mich an, freute sich offenbar darüber, dass ich heute Abend bei ihnen bleiben würde. Ich war heilfroh, dass die Kleine mich so gerne mochte und bei mir sein wollte. Etwas anderes hätte ich schlicht nicht ertragen, ich hätte Alexis zur Hölle gewünscht, wenn meine Tochter mich hassen oder meiden würde. Doch das tat sie nicht. Gott sei Dank tat Josie das nicht. Ganz im Gegenteil sogar. Sie hörte auf mich, vertraute mir bisher und das machte mich zugegeben schrecklich glücklich.

»Gut, dann machen wir das doch so«, begann ich leise, atmete tief durch und sah meine Tochter lächelnd an. »Ich fahre jetzt nochmal schnell zu mir nach Hause, ziehe mich um und dann komme ich später noch einmal zu euch und wir essen zusammen Pasta. Was hältst du davon?«

»Okay«, willigte der blonde Engel sofort ein und lachte.

Das Umziehen war eigentlich nur ein winziger Vorwand, um noch einmal etwas Abstand zu den beiden zu bekommen. Nicht, dass ich mich von meiner Tochter fernhalten wollte, aber ... Ich brauchte noch ein paar Minuten Zeit allein, denn ich hatte das alles immer noch nicht so recht begriffen. Auch wenn ich mich längst ein bisschen als Josies Vater fühlte. Ich wusste, ich konnte und durfte nicht so agieren, zumindest nicht so offensichtlich, denn Josie wusste von all dem nichts und ich wollte sie damit keinesfalls vor den Kopf stoßen, musste erst einmal mit Alexis über alles reden, musste meine Fragen beantwortet bekommen und mit ihr letztendlich eine Lösung finden, wie es jetzt weitergehen sollte. Denn auch wenn ich plötzlich Vater einer vierjährigen Tochter war und ich mich keineswegs dafür bereit fühlte, diese Rolle einzunehmen und auszufüllen, so wollte und würde ich Josie niemals im Stich lassen, ich würde sie nicht mehr verlassen, würde ihr nicht mehr von der Seite weichen und mein Bestes geben, ein würdiger und guter Dad zu sein, egal, wie unwirklich und surreal das alles noch für mich war.

Es war dennoch Tatsache und Fakt: Ich war Vater einer vierjährigen Tochter. Und auch wenn ich nicht wusste, wie ich das schaffen sollte und meine berufliche Situation aktuell nicht gerade die Beste war, so würde ich trotzdem nicht vor dieser Verantwortung davonlaufen und durfte keinesfalls versagen.

Entschlossen und mit diesen Gedanken stand ich langsam vom kalten Boden auf, nahm Josies kleine Hand in meine und hob sie hoch, damit sie sich nicht erkältete. Die Decke nahm ich in die andere Hand und sah meine Kleine musternd an. Sie war tatsächlich das Ebenbild von Alexis und mir. Unverkennbar gehörte sie zu uns und daher war ich mir sogar sicher, dass ein Vaterschaftstest unnötig war. Doch leider hatte ich keine Ahnung, ob es rechtlich aus irgendwelchen Gründen sein musste, um irgendetwas zu beweisen und Josie dann auch offiziell als meine Tochter anzuerkennen. Darüber musste ich mich unbedingt noch erkundigen. Doch in diesem Augenblick genoss ich tatsächlich die Nähe meiner kleinen Tochter, die Wärme ihrer winzig, kleinen Hand in meiner und ihr zuckersüßes Lächeln.

»Cage, ich bin mir nicht sicher, ob du jetzt wirklich fahren solltest«, durchbrach plötzlich Alexis' schrecklich leise Stimme den Moment und ich spürte sofort, wie die Wut erneut in mir hochkroch.

Mit zusammengepressten Lippen und leichtem Hass in meinem Blick sah ich zu der Mutter meiner Tochter, die krampfhaft versuchte ihre Tränen im Zaum zu halten und nicht erneut loszuweinen. Ich sah ihr an, dass sie sich unheimlich schämte, dass sie es bereute und dass es ihr leidtat. Doch das milderte meine Wut keinesfalls. Viel zu tief saß der Schmerz, viel zu sehr hatte sie mein Vertrauen missbraucht und gebrochen und ich wusste nicht, wie ich ihr je verzeihen könnte ...

»Keine Sorge, ich werde wiederkommen. Ich halte nämlich mein Wort und hau nicht einfach ab, wenn ...« Die Worte kamen unüberlegt über meine Lippen und ich stoppte sie, bevor ich noch etwas sagte, das meine Tochter nicht hören sollte.

»Das weiß ich, Cage«, wisperte Alexis reumütig, brachte mich damit allerdings fast aus der Fassung.

»Und warum zum Teu- ... Warum Alexis? Ich will von dir *einen* guten Grund dafür wissen. Nur *einen Einzigen*, einen, der das alles entschuldigt, hörst du«, flüsterte ich in ihre Richtung, damit Josie uns nicht hörte.

Alexis schluchzte leise. »Ich meinte doch nur damit, dass ich nicht will, dass du jetzt in diesem Zustand Auto fährst, Cage! Das ist gefährlich und ...«

»Sag *du* mir nicht, was ich tun oder lassen soll, Alexis! Dafür bist du gerade wirklich in der falschen Position, verdammt! Ich brauche noch ein paar Minuten allein, um damit klarzukommen, um es verstehen zu können. Oder denkst du, es wäre jetzt alles paletti und wunderbar, nur weil ich jetzt weiß, dass ich eine Tochter habe? Wie hast du dir das überhaupt vorgestellt? Wie soll ich mich der Kleinen gegenüber jetzt verhalten und wer bin ich überhaupt für sie?«, sprudelte es leise flüsternd nur so aus mir heraus.

Alexis wischte sich hastig die Tränen aus dem Gesicht und sah mich entschuldigend an. »Es tut mir leid, Cage. Ich kann mir vorstellen, wie du dich fühlen musst und dazu hast du jedes Recht der Welt. Ich weiß, du bist wütend auf mich und das ist okay für mich, denn es war ganz allein meine Schuld, mein Fehler ...«

Fehler? Und warum zum Teufel hatte sie es dann getan, warum hatte sie fünf Jahre lang geschwiegen, wenn es doch ein Fehler war?!

»Mommy, darf ich Cage ein paar von meinen Fruchtbärchis abgeben?«, durchbrach Josies Stimme meine Gedanken und Alexis' seltsame Entschuldigung. Noch bevor ihre Mutter antworten konnte, hielt mir die Kleine stolz lächelnd in ihrer kleinen Hand ein paar rote und grüne Gummibärchen entgegen und meine Wut auf Alexis verpuffte genauso schnell, wie sie gekommen war.

»Danke dir, jetzt werde ich wenigstens nicht verhungern auf dem Heimweg.« Ich grinste, als ich die Gummibärchen an mich nahm und meine Tochter damit nur noch mehr zum Strahlen brachte.

In diesem Moment wusste ich, was auch immer geschehen würde, ich würde alles dafür tun, diesen kleinen Engel zu beschützen und ihr alles bieten zu können, was sie brauchte. Ich würde ihr ein guter Dad sein, ganz egal, was es mich kostete.

7

Alexis

Es war bereits Abend und die Sonne wollte längst untergehen, als ich auf die Uhr starrte und hoffte, Cage würde bald wieder hier sein. Mir war nicht wohl dabei, als er einfach gefahren war, auch wenn ich wusste, dass es nur wenige Minuten bis zu seinem Haus oder gar zu seiner Familie oder zu seiner Schwester waren. Ich wusste nicht so recht, wohin er tatsächlich fuhr und ob er mit irgendwem darüber reden wollte, doch ich machte mir Sorgen um ihn.

Ich konnte ihn verstehen und sah es ihm an, wie verletzt und enttäuscht er von mir war. Und dass ausgerechnet Josie ihn dann auch noch zum Abendessen bei uns eingeladen hatte, das machte es ihm sicherlich nicht leichter.

Ich war froh darüber, dass er seine Tochter nicht von sich stieß, sondern scheinbar sogar bei ihr sein und sie kennenlernen wollte. Von mir aus konnte er all seine Wut und Enttäuschung auf mir abladen, denn genau das hatte ich verdient. Doch es war mir wichtig, dass Josie nichts von all seiner Wut abbekam oder spürte, dass da etwas nicht stimmte. Ich wollte nicht, dass sie das auf diese Art und Weise erfuhr. Zumal ich bisher noch gar keinen Plan und immer noch absolut keine Ahnung hatte, wie ich das meiner Tochter beibringen sollte, dass der Mann, den sie mittlerweile schon so vergötterte und mochte, nicht einfach nur irgendein alter Freund ihrer Mutter war, sondern ihr Vater.

»Mommy, wann kommt Cage wieder? Das Essen ist doch schon bald fertig und dann wird es kalt.« Josie sah mich mit großen, traurigen Augen an, als sie die Küche betrat und den gedeckten Tisch entdeckte.

»Ich weiß nicht, mein Schatz. Vermutlich musste er noch etwas erledigen und wird in ein paar Minuten hier sein, mach dir keine Gedanken. Cage hält immer seine Versprechen«, erwiderte ich und lächelte meine Tochter aufmunternd an, meinte jedes Wort ernst, das ich sagte. Denn anders kannte ich diesen Mann auch gar nicht. Ich wusste, er würde seine Tochter niemals enttäuschen wollen, würde sie nicht belügen und alleinlassen. Und doch war meine Angst damals zu groß gewesen,

Josie all diesem Trubel um die Person ihres Vaters auszusetzen.

»Da! Das ist er!«, quietschte Josie laut, als plötzlich das Läuten der Haustür ertönte und sie direkt zum Flur eilte. »Ich mach auf, Mommy!«, rief sie noch hinterher, bevor ich ihr folgen konnte.

Euphorisch riss meine Kleine die Tür unserer Wohnung auf, als ich den Knopf zum Öffnen der Haustür drückte, und stürzte lachend in den Gang des Hauses, um ihrem Vater entgegenzurennen. »Schatz, pass bitte auf! Nicht so stürmisch, sonst ...«

»Hab dich!« Cage grinste überrascht, als er Josie auffing, die beinahe die Treppe hinuntergestolpert wäre.

Seufzend schüttelte ich den Kopf über unsere Tochter und sah ihren Vater dankbar an, der Josie auf seinem Arm hielt und auf mich zukam. Tatsächlich hatte er sich noch einmal umgezogen und sah schon deutlich gefasster aus als vorhin. Auch wenn ich die Wut mir gegenüber immer noch in seinen Augen erkennen konnte, denn Cage ignorierte mich beinahe, als er mit Josie unsere Wohnung betrat und direkt in die Küche ging, ohne mich eines Blickes zu würdigen.

Meine Brust zog sich schmerzhaft zusammen, doch ich wusste, das war okay so. Er durfte das.

Und ich war ihm deswegen weder böse, noch war ich enttäuscht über sein Verhalten. Ich verstand es voll und ganz und verdiente es nicht anders.

»Mhhh, hier riecht es aber schon sehr lecker.« Cage rieb sich mit der freien Hand den Bauch und lachte Josie an, die ihm die Geste nachmachte und dabei kicherte.

»Das ist meine Lieblingssoße, Mommys Spezialsoße«, klärte sie ihren Vater voller Vorfreude auf und dieser tat erstaunt und beeindruckt, schenkte mir dennoch keinen Blick, kein einziges Lächeln, was mich zwar leise seufzen ließ, doch ich machte ihm deswegen keinen Vorwurf. Schließlich hasste ich mich selbst für das, was ich ihm und auch Josie mit all dem angetan hatte. Wieso sollte er also anders darüber denken und fühlen?

»Setzt euch, ihr zwei. Das Essen ist schon fertig, ich mach euch etwas auf die Teller.« Ich versuchte zu lächeln, wollte die beiden nicht voneinander trennen und übernahm die ganze Arbeit, doch Cage nahm mir plötzlich seinen Teller ab, nachdem er Josie auf ihren Kinderstuhl gesetzt hatte, und sah mich besorgt an.

»Setz dich, ich mach das schon«, raunte er leicht heiser und so bestimmend, dass ich gar nicht erst wagte ihm Widerworte zu geben und mich langsam und verwirrt auf meinen Platz setzte.

»Mommy, haben wir Käse? Ich möchte ganz viel Käse über meine Soße«, flehte Josie.

Ich nickte. »Natürlich, Schatz! Ich habe nur vergessen, ihn aus dem Kühlschrank zu holen, warte einen Augenblick.« Ich wollte gerade wieder aufstehen, als ich Cage' Hand auf meiner Schulter spürte, die mich wieder sanft hinunter drückte, ohne auch nur ein Wort zu sagen.

Als ob er hier wohnen würde, schlenderte Cage zum Kühlschrank und suchte nach dem Parmesankäse, den Josie so gerne über ihrer Pasta mochte. »Ist das der hier?«, fragte er und holte eine Verpackung heraus, die er seiner Tochter zeigte.

Diese grinste nickend. »Ja! Der ist lecker!« Sie rieb sich erneut den kleinen Bauch und ließ Cage damit auflachen.

Diese Situation war total seltsam und vollkommen ungewohnt für mich. Bisher waren Josie und ich immer allein, es sei denn, meine Eltern waren zu Besuch. Doch das geschah eher selten. Und dann war es auch noch Cage – ausgerechnet er, der Vater meines Kindes, mein Ex-Freund und meine erste, große Liebe –, der plötzlich bei uns war und zusammen mit uns zu Abend aß. Der

Anblick war unwirklich und doch irgendwie richtig zugleich.

»Reicht das so für sie oder machst du da immer gleich ein bisschen mehr drauf?« Cage' Frage durchbrach meine Gedanken und zum ersten Mal an diesem Abend sah er mir direkt in die Augen, als er gerade dabei war Josies Teller mit Nudeln und Soße zu füllen.

Ich wusste, er wollte alles richtig machen, doch hatte er nun mal bisher absolut keine Erfahrung, musste daher notgedrungen bei mir nachfragen, auch wenn ich wusste, dass es ihn wurmte, dass er das nicht allein schaffte.

»Nein, so ist es vollkommen okay. Meist isst sie sowieso nicht so viel und wenn doch, bekommt sie eben noch eine Portion«, erwiderte ich lächelnd, bekam jedoch keines von ihm zurück.

»Bitte sehr, die Damen! Dann wünsche ich einen guten Appetit«, grinste Cage Josie an, als er endlich fertig war uns zu bedienen und sich neben seine Tochter setzte.

Unsere Kleine strahlte. »Guten Appetit.« Sie lachte ihren Vater an, drehte sich dann allerdings auch zu mir und grinste breit. »Guten Appetit, Mommy!«

Cage' Mundwinkel zuckten verdächtig, als sich schließlich ein stolzes Schmunzeln auf seinen Lippen ausbreitete, zumindest bildete ich mir das ein. »Guten Appetit, Alexis«, hörte ich ihn dann aber doch tatsächlich flüstern, bevor er und Josie sich über ihre Teller hermachten und ich die beiden fasziniert beobachtete. Wieder einmal saßen sie genau gleich, in exakt derselben Haltung, und die Art, wie sie ihre Gabel hielten, und aßen, war absolut identisch. Es sah unfassbar niedlich aus und so grinste ich in mich hinein und aß meine Nudeln.

Als Josie ihre erste Portion vertilgt hatte und einen Nachschlag verlangte, lachte Cage amüsiert. »Dir scheint es aber wirklich zu schmecken, was?«

Josie nickte grinsend und leckte sich über die soßenbeschmierten Lippen. »Mommys Nudeln sind die Besten!«

Cage warf mir einen – überraschenderweise – kurzen, aber bestätigenden Blick zu. »Es schmeckt wirklich unheimlich gut, ja«, murmelte er in seinen Bart, als er Josie und sich noch eine zweite Portion auf die Teller packte.

Ich war bereits pappsatt und genoss das genüssliche Schmatzen meiner – *unserer* – Tochter. Unglaublich, wie schnell sie sich an Cage gewöhnt und wie gern sie ihn bereits hatte. Es machte mich unbeschreiblich glücklich!

»Mommy, gibt es Nachtisch?« Josies blauen Kulleraugen sahen mich bettelnd an, doch diesmal musste ich hart bleiben. Sie hatte heute bereits genug Süßes bekommen und ich wollte nicht, dass sie vor dem Schlafengehen aufgedreht wurde.

»Schatz, du musst schon bald ins Bett und ich denke, Cage muss auch demnächst wieder gehen, wir können jetzt nicht noch extra Nachtisch machen«, erklärte ich daher mit einer kleinen Notlüge. »Wir können das ja beim nächsten Mal machen und dann kannst du dir auch etwas wünschen, was du gerne als Nachtisch hättest, okay?«

Sie nickte leicht enttäuscht.

»Wann ... wann geht sie denn normalerweise ins Bett?«, fragte Cage zögerlich, als Josie von ihrem Stuhl kletterte und ins Badezimmer rannte, um sich die Hände zu waschen, da sie sich mit Soße eingeschmiert hatte.

»Meistens zwischen 19 und 20 Uhr. Je nachdem, ob ich sie ins Bett bekomme oder ob sie herumbockt«. Ich zuckte lächelnd mit den Schultern, denn es schien seltsam, dem Vater meines Kindes erklären zu müssen, welche Angewohnheiten seine Tochter hatte. Allerdings wusste ich, er konnte nichts für sein Unwissen und die fehlende Erfahrung, schließlich hatte *ich* sie ihm genommen.

»Bockt sie denn oft?«, wisperte er beinahe, sah mir dabei jedoch nicht in die Augen, schaute nur zur Tür, ob Josie immer noch im Badezimmer war.

»Hin und wieder. Aber das ist normal in ihrem Alter. Sie versucht alles Mögliche auszutesten, auch ihre Macht ihrer Mutter gegenüber«, erzählte ich und musste fast grinsen, als Cage nun doch überrascht und interessiert zu mir herübersah.

»Mommy, kann ich noch ein bisschen Arielle schauen?« Josie stand plötzlich wieder in der Küche und Cage konnte sich das Lachen nicht verkneifen.

»Arielle?«, fragte er belustigt, erinnerte er sich doch, dass es *unser* Disneyfilm war, den wir früher immer gemeinsam geschaut hatten.

»Ja, wieso auch nicht, es ist ein sehr schöner Film, mit richtig guter Musik«, entgegnete ich mit verunsichertem Lachen und sah dann zu meiner Tochter, die unser Gelächter so gar nicht verstand. »Ist gut, Schatz. Ich mach dir gleich den Film an, aber vorher solltest du noch Zähne putzen und deinen Pyjama anziehen«, bat ich meine Kleine und diese nickte artig und verschwand erneut im Badezimmer.

Lächelnd sah ich zu Cage und seufzte. »Ich fürchte, ich muss ihr nachgehen, sonst putzt sie ihre Zähne vielleicht nur oberflächlich.« Ich stand auf, um meiner Tochter zu folgen, doch Cage hielt mich fest, den Blick unsicher und zögernd in Richtung Badezimmer.

»Darf ich ... Na ja, darf ich vielleicht ...«

»Sicher«, huschte es augenblicklich über meine Lippen, auch wenn es mich verwunderte, dass er direkt dabei sein wollte.

Zusammen gingen wir zu Josie in unser winziges Badezimmer und fanden unsere Tochter pitschnass und mit ihrer Krokodilzahnbürste auf dem kleinen Kindertritthocker vor, wie sie uns entgegenstrahlte. Cage musste automatisch grinsen, als er Josie so sah.

»Machst du das auch ordentlich, Schatz?«, prüfte ich schnell nach, ob sie auch die hinteren Zähne putzte und nicht nur die vorderen Milchzähne, die sowieso schon bald einer nach dem anderen ausfallen würden. Nickend grinste Josie mich an, zeigte mir stolz, dass sie das schon ganz allein konnte, während Cage uns neugierig und entspannt an den Türrahmen gelehnt beobachtete.

Schnell spülte Josie ihren Mund mit Wasser aus und griff nach ihrem Pyjama, der auf der kleinen

Ablage im Badezimmer lag. Das tat er immer, denn sonst würde ich ihn vermutlich nie wiederfinden, sobald meine Tochter ihn irgendwo hinschmeißen würde. »Dann ziehen wir dich mal um.« Tadelnd sah ich sie wegen der nun pitschnassen Kleidung an. Doch Gott sei Dank war es nur Wasser und keine Soße, die an ihrem Kleidchen klebte.

»Ähm ... Ich denke, ich warte lieber im Wohnzimmer auf euch«, hörte ich Cage aus dem Hintergrund sagen und sah ihn fragend an, verstand erst im Nachhinein und als er längst aus dem Badezimmer verschwunden war, warum er so plötzlich wegwollte.

Für mich schien an der Situation nichts Seltsames, da ich schließlich wusste, dass Cage der Vater meiner Tochter war, die ich gerade aus- und umziehen wollte, doch offensichtlich dachte er weiter als ich und sah es als unpassend, dass er uns beiden dabei zusah. Schließlich war Josie ihm sicherlich immer noch recht fremd und er musste sich noch daran gewöhnen. Und zum anderen lag es auch garantiert daran, dass Josie sich vielleicht schämte oder genierte, da sie eben nicht wusste, dass Cage nicht einfach nur ein Freund von uns war, sondern ihr Dad.

Schnell zog ich Josie ihren bunten Pyjama an, wusch noch einmal ihr Gesicht und ging mit ihr zurück zu Cage, der ein wenig nervös und aufgewühlt wirkte.

»Cage, guckst du mit mir Arielle?«, fragte Josie und lächelte ihn zuckersüß an, damit er bloß nicht absagte, doch diesmal schien er mit sich zu kämpfen, anstatt ihr sofort eine Antwort zu geben.

»Ich würde wirklich gerne, glaub mir, aber ...« Ich sah es ihm an, dass er nicht wusste, was er sagen sollte, schließlich wollte er seine Tochter nicht enttäuschen, daher kam ich ihm zur Hilfe.

»Schatz, Cage muss auch irgendwann mal nach Hause, weißt du? Er kann nicht den ganzen Abend bei uns bleiben.«

Josie schmollte trotzdem und ließ Cage tief seufzen, doch ich wusste, wenn er jetzt einknickte, hätte sie später leichtes Spiel bei ihm später und das wollte ich keinesfalls. Er war und blieb immer noch ihr Vater, nicht irgendein Freund, den man mit Leichtigkeit um den Finger wickeln konnte.

»Verabschiede dich von Cage, Schatz, du wirst ihn bestimmt schon sehr bald wiedersehen, da bin ich sicher«, unterbrach ich ihren Vater schnell, der gerade etwas sagen wollte. Vermutlich hätte er ihrem Hundewelpenblick nachgegeben, doch das konnte ich nicht zulassen.

»Versprochen?« Josie sah zu ihrem Dad hinauf, der daraufhin erneut tief seufzte, sich zu ihr hinkniete und überzeugt nickte.

»Auf jeden Fall, ganz bald schon«, versprach er lächelnd, als Josie sich plötzlich von mir losriss und zu ihm rannte, ihre Arme um seinen Hals schlang und ihn zum Abschied drückte.

Es zerriss mir fast das Herz und ich wusste, Cage ging es nicht anders.

Zum tausendsten Mal an diesem Tag kamen mir die Tränen, als ich erkannte, dass es Cage unfassbar schwerfiel, Josie in seinem Arm zu halten und sie wieder loslassen zu müssen, immer noch den lieben, netten Freund zu mimen, anstatt wie ein normaler Vater bei ihr zu bleiben und sie ins Bett zu bringen. Ich sah es ihm deutlich an, sah den Schmerz in seinen Augen, die Wut, die sich abermals gegen mich richtete, bevor er Josie losließ, ihr noch ein letztes Mal durch die blonden Locken wuschelte und ihr eine wunderschöne Nacht wünschte.

8

Alexis

Schnell brachte ich Josie ins Bett, ließ eine kleine Lampe für sie an und schaltete den Film für sie ein, den ich vermutlich sowieso spätestens in ein paar Minuten wieder ausschalten konnte, da sie eingeschlafen war. »Gute Nacht, Schatz! Schlaf schön.« Sanft gab ich meiner Tochter einen Kuss und reichte ihr ihren Plüschhund, damit sie später nicht nach ihm suchte.

»Gute Nacht, Mommy.«

Ich verließ ihr Zimmer, ließ dabei die Tür allerdings einen Spalt offen, um sie hören zu können, falls sie nach mir rief oder etwas sein sollte, ging mit rasendem Herzklopfen zurück zum Wohnzimmer und fand dort tatsächlich Cage vor dem Fenster vor, was ich, wenn ich ehrlich war, nicht erwartet hatte. Ich dachte, er wäre längst wieder verschwunden, einfach gegangen, doch er war immer noch hier, wartete auf mich, so, wie ich ihn darum gebeten hatte.

»Du bist also noch hier«, entkam es meinen Lippen, doch Cage drehte sich nicht zu mir um, starrte weiterhin nach draußen in den Garten.

»Nicht deinetwegen, Alexis. Ich bin noch hier, weil ich Fragen habe. Fragen, die noch heute eine Antwort brauchen, denn sonst drehe ich durch, da bin ich mir sicher.«

Ich seufzte, verstand sein dringendes Bedürfnis nach Aufklärung, doch hatte Zweifel, ob es heute Abend so gut und passend wäre. »Ich werde dir alles beantworten, was du wissen willst, glaub mir, aber ... Josie ist immerhin noch wach und ...«

»Ich werde nicht fragen, warum und wieso du es getan hast, das wirst du mir ein anderes Mal erklären müssen, Alexis. Ich will nur ein paar ganz normale Sachen über Josie erfahren, mehr nicht. Und dann müssen wir uns treffen, so schnell wie möglich und das allein. Ich werde nicht ewig auf alle Antworten warten. Am besten, wir treffen uns direkt morgen. Ich würde Laney fragen, ob sie ein paar Stunden auf Josie aufpassen könnte, und dann erzählst du mir alles, allein und in Ruhe. Ich will das verstehen können, hörst du? Ich will begreifen, wie es soweit kommen konnte!«

Ich nickte sofort und ohne jegliche Einwände.

»Gut, dann ...« Endlich drehte er sich zu mir um und sah mich mit Tränen in den Augen an, was mir beinahe den Boden unter den Füßen entriss. »Ist... Ist sie glücklich, Alexis? Geht es ihr gut und ist sie gesund? Ich meine, so richtig gesund?«

Jetzt waren es abermals meine Tränen, die mir unkontrolliert die Wangen hinunterliefen, die ich nicht mehr verbergen konnte. »Ja, es geht ihr gut, Cage. Sie ist glücklich und ein ganz normales Kind. Und sie ist gesund, hatte noch nie große Probleme, war auch noch nie im Krankenhaus oder hatte sich etwas gebrochen. Es ist alles in bester Ordnung«, schluchzte ich leise, war unfassbar gerührt von seinen Ängsten und Sorgen, jedoch schien das mein schlechtes Gewissen ins Unermessliche zu treiben.

Er seufzte erleichtert, hielt seine Tränen zurück, blieb stark und tapfer, so wie ich ihn kannte und liebte. »Wann hat sie denn Geburtstag? Ich meine, wann ist sie ...?«

»Deine Tochter ist ein Dezemberkind«, erwiderte ich lächelnd und wischte mir ein paar Tränen weg. »Genau wie du.« Meine Stimme brach ab, als ich an den Moment der Geburt zurückdachte und mich plötzlich schrecklich schuldig fühlte, dass er nicht dabei sein konnte.

»Wann genau?«, flüsterte er heiser, schien seine Stimme ebenso wenig unter Kontrolle zu haben wie ich.

»Am 13. Dezember wurde sie geboren. Um zehn nach acht am Abend.«

Cage nickte verstehend und schluckte hart. »Und war alles in Ordnung? Ich meine, war es eine normale Geburt oder gab es irgendwelche Komplikationen? War Josie okay und wog sie genug?«

Ich musste schmunzeln, noch nie hatte ich Cage so gesehen. Und ich musste mir eingestehen, dass ich ihn am liebsten einfach in den Arm genommen und seine Nähe genossen hätte. »Es war eine normale, natürliche Geburt, ja. Und es verlief alles gut und sogar relativ schnell. Josie wog knapp 3300 Gramm und war 51 Zentimeter groß, es war also auch bei ihr alles okay.«

»Gut! Das ist ... gut«, stammelte Cage nickend und verunsichert, schien sich immer noch stark zusammenzureißen, um seine Gefühle im Zaum zu halten. »Am 13. Dezember 2013 wurde sie also geboren?«, begann er dann aber plötzlich leicht zu grinsen und ich nickte bestätigend. »Kurz darauf haben wir das erste Mal die Playoffs gewonnen«, wisperte er und ich bekam eine wohlige Gänsehaut, denn ich erinnerte mich unweigerlich an den Moment, als ich mit der damals gerade einmal vier Monate alten Josie auf meinem Schoß vor dem Fernseher saß und Cage dabei zusah, wie er mit seinem Team siegte. Ich war unfassbar stolz und im Nachhinein unendlich froh und glücklich darüber, dass ich diesen Augenblick mit unserer Tochter geteilt hatte.

»Sie hatte dir damals sogar dabei zugesehen, weißt du?«, ließ ich Cage an meinen Gedanken teilhaben und lächelte sanft, als er den Kopf hob und mich fragend ansah. »Ich hatte das Spiel zusammen mit Josie vor unserem winzigen Fernseher geschaut, hatte dir die Daumen gedrückt und gebetet, es würde endlich klappen und du würdest den Verdienst für all die harte Arbeit bekommen«, gestand ich leise wispernd. »Deine Tochter hatte damals einige deiner Spiele gesehen«, erzählte ich ihm, doch er schien skeptisch und wütend deswegen.

»Ohne auch nur zu ahnen, wem sie da zuschaute, nicht wahr? Mein Gott, wie konntest du nur, Alexis?«

Ich fühlte mich leicht überfahren von seinem Wutausbruch, auch wenn er leise sprach, damit Josie von all dem nichts mitbekam und ich doch eigentlich verstand, weshalb er so außer sich war.

»Weißt du eigentlich, dass Laney mich vorhin auf Josie angesprochen hat? Ich war eigentlich nur ganz kurz bei ihr, hatte ihr erzählt, dass ich bei euch beiden zu Abend esse und sie fragte mich plötzlich, ob du es mir endlich gesagt hättest ... Ist dir das bewusst, Alexis?«

Geschockt starrte ich ihn verloren an, kam kaum zu Wort, denn er ließ mich nicht einmal erklären.

»Es scheint, als würde es jeder wissen, seitdem du mit Josie gestern Abend auf dieser verdammten Hochzeit aufgetaucht bist, jeder hat ganz offensichtlich diese Ähnlichkeit zwischen uns beiden gesehen und ahnte es, nur ich nicht. Ich, als der größte Idiot, wusste von nichts, da du es nicht für nötig gehalten hast, es mir direkt bei deiner Schwangerschaft zu erzählen!« Cage' Blick durchbohrte mich, spießte mich regelrecht auf und ich fand nicht die richtigen Worte, um mich für all das und die Unannehmlichkeiten von gestern Abend zu entschuldigen. »Meine eigene Schwester wusste es quasi vor mir. Weißt du eigentlich, wie erniedrigend das ist, Alexis? Kannst du dir auch nur annähernd vorstellen, wie unfassbar dumm und verarscht ich mir vorkomme?«

Ja! Das konnte ich tatsächlich, denn mir war durchaus bewusst, was ich ihm damit angetan hatte. Doch war mir gestern Abend tatsächlich nicht klar gewesen, wie viele Menschen es merken und sehen könnten und dass es eventuell schnell zu Gerüchten kommen könnte, was exakt das war, was ich bisher immer vermeiden wollte. Ich wollte Josie in nichts von all dem reinziehen, wollte nicht, dass immer und ständig über sie geredet wurde, nur weil sie die Tochter eines *der* Star-Sportlers des Landes war. Ich wollte ihr all das ersparen und nun merkte ich erst, dass ich mit meinem jahrelangen Schweigen eigentlich alles nur noch viel schlimmer gemacht hatte.

Wenn jetzt rauskommen würde, dass Cage eine vierjährige Tochter hatte, würde das nicht nur ihn und sein Image zerstören, sondern auch Josies Leben, ihre Kindheit. Sie hätte keine freie und normale Minute mehr, würde ständig unter Beobachtung stehen, sei es nur von den Eltern und Kindern in ihrem Kindergarten oder später in der Schule. Über sie würde immer geredet werden. Und das alles war nur meine Schuld, meine ganz allein.

»Es tut mir unbeschreiblich le–«

»Nein! Lass das, hör bloß auf dich zu entschuldigen, denn das macht nichts davon besser, nichts wird dadurch leichter, Alexis. Ich will wirklich keine Entschuldigungen von dir hören, sondern eine sinnvolle und vernünftige Erklärung, einen guten Grund, der logisch und nachvollziehbar für mich erscheint. Kannst du ihn mir bieten?«

Eingeschüchtert starrte ich den Boden an, wusste erneut nicht mehr, was ich sagen oder was ich tun sollte. Mehr als mich bei ihm zu entschuldigen, war mir leider nicht möglich, denn ich wusste, meine Begründung würde ihm niemals ausreichen, er würde mich nie verstehen können, würde mir das alles vermutlich niemals verzeihen, da war ich mir sicher.

»Ist auch egal, ich will es sowieso nicht mehr hören. Nicht heute, sonst ...« Seine Stimme brach ab und ich spürte, wie er sich stark zusammenriss, um nichts Falsches zu sagen. »Wo genau geht sie in den Kindergarten?«, fragte er stattdessen und wurde plötzlich wieder recht leise, schien sich unsicher und wirkte etwas überfordert. »Ich meine, nur damit ich weiß, wo sie steckt, wenn etwas sein sollte, wenn ich sie suche oder was auch immer«, erklärte er sich, doch das musste er keineswegs. Josie war jetzt auch offiziell seine Tochter, er hatte das gute, das allerbeste Recht zu erfahren, wo seine Tochter tagsüber normalerweise war, in welchen Kindergarten sie ging.

»Im Saint-Mary-Haus in der Stadt habe ich ihr einen Platz besorgt. Das ist eine Kindertagesstätte und bis jetzt fühlt sie sich dort sehr wohl«, erzählte ich ihm, da ich sicher war, dass er gerne wüsste, ob es seiner Tochter dort auch gut ging.

»Ist das etwa der in der Nähe der Tower Bridge?«, fragte er skeptisch, aber interessiert und ich nickte.

»Genau der«, bestätigte ich und Cage erstarrte ein wenig. Weshalb wusste ich nicht, doch ich traute mich kaum, ihn danach zu fragen.

»Mein Haus ist dort ganz in der Nähe«, wisperte er plötzlich schrecklich leise und ich begann zu verstehen. »Ich bin durch die Auswärtsspiele zwar nicht sehr häufig dort, aber ... Vielleicht könnte ich sie ja hin und wieder abholen und mit zu mir nehmen, wenn ...« Er stoppte seine Überlegung kurz und sah mich dann leicht verzweifelt an. »Wann wollen wir es ihr überhaupt sagen? Und vor allem *wie*?«

Überrascht über diese Frage und darüber, dass er sich nicht aus der Verantwortung zog und mich diese Bürde auch nicht allein nehmen ließ, schüttelte ich ahnungslos den Kopf. »Ich habe absolut keine Ahnung, Cage. Und ehrlich gesagt, du musst das nicht tun, du musst bei diesem Gespräch nicht dabei sein, zumindest musst du nichts dazu sagen, denn das alles ist meine Schuld, es war mein eigener Fehler und es ist vollkommen in Ordnung und nur fair, wenn ich das allein mache«, erklärte ich, doch Cage schüttelte sofort und vehement den Kopf.

»Auf keinen Fall! Ich will und werde dabei sein, wenn sie es erfährt. Immerhin bin ich ihr …« Sein Blick flog zur Tür, um sich zu vergewissern, dass Josie nicht in der Nähe war. »Ich bin ihr Vater, Alexis. Auch wenn ich es bisher nicht sein konnte, so bin ich es ab sofort und werde daher natürlich da sein, wenn sie es erfährt. Und ich werde dir sicherlich auch versuchen zu helfen, ihr das alles zu erklären. Auch wenn ich es vermutlich selbst niemals verstehen werde«, flüsterte er bestimmend, ähnlich wie vorhin vor dem Essen, als keine Widerworte geduldet waren und so war es auch jetzt. »Ich will, dass Josie das versteht, was auch immer du ihr sagst und wie auch immer du es ihr erklärst. Ich möchte nur, dass sie es versteht! Das ist das Wichtigste für mich.«

Ich nickte stumm, war beeindruckt von seinen Worten und seiner unfassbaren Reife, die ich ihm, wenn ich ehrlich war, in dem Ausmaß vorher sicher nicht zugestanden hätte. Cage war ein Kindskopf und liebte seine Freiheit. Doch die Seite, die er mir jetzt von sich zeigte, die kannte ich bisher nicht von ihm.

»Alles, was nach diesem Gespräch folgt – ob sie mich irgendwann wirklich als ihren Vater akzeptiert oder mich als diesen nur toleriert, das wird sich dann zeigen. Doch Josie soll und *muss* es verstehen, Alexis! Ich will nicht, dass sie irgendwann denkt, ich wäre ein Feigling, wäre nur aus purer Angst oder Bequemlichkeit nicht bei ihr gewesen und hätte sie im Stich gelassen, denn so war es schließlich nicht. Das muss sie wissen, hörst du?« Abermals nickte ich nur stumm, wusste keine passenden Worte, denn er hatte schlichtweg recht. Josie musste begreifen können, dass ihr Dad bei ihr sein wollte, jedoch nicht konnte. Keinesfalls andersherum! Wenigstens *das* war ich Cage schuldig!

9

Cage

Endlich war es Morgen, denn die Nacht hielt ich keine Minute länger aus.

Ich konnte nicht schlafen, natürlich nicht. Zu viele Fragen gingen mir durch den Kopf, zu viele Tatsachen, die mich nicht nur um den Verstand brachten, sondern regelrecht vernichtend waren. Tatsachen wie die, dass ich meinem Kind nicht dabei zusehen konnte, wie es seine ersten Worte sprach, wie es seine ersten Schritte machte oder sich die ersten Freunde suchte. Es tat so unbeschreiblich weh, das zu wissen. Diese Gewissheit zu haben, man hatte vier lange Jahre verpasst und noch viel mehr ...

Wenn ich ehrlich zu mir selbst war, wusste ich, dass ich eigentlich der Typ Mann war, der die Schwangerschaft seiner – was auch immer Alexis in diesem Moment für mich gewesen wäre – miterleben wollte. Ich hätte bei ihr sein und mitfühlen wollen, ganz egal, wie oft und gerne ich auf einen knallharten Typen machte. So war ich in Wirklichkeit nicht. Wenn ich jemanden liebte, dann mit allem, was ich hatte, allem, was ich geben konnte. Und natürlich hätte ich die Schwangerschaft von Alexis gerne mitverfolgt, hätte all die vielen ersten Male miterlebt. Doch auch das hatte sie mir genommen. Sie nahm mir diese Erfahrung, ohne mich auch nur einmal danach zu fragen, ob ich es wollte oder nicht. Sie nahm mir die Entscheidung ab, *meine* Entscheidung.

»Wo willst du so früh hin? Willst du denn nichts frühstücken?«, erklang die besorgte Stimme meiner Mutter, bevor ich ihr Haus verlassen konnte.

Nachdem ich gestern von Alexis und Josie nach Hause fahren wollte, fuhr ich völlig in Gedanken versunken stattdessen geradewegs zum Haus meiner Eltern. Vermutlich weil ich insgeheim und unbewusst wusste, dass ich in dieser Nacht keinesfalls allein sein wollte. Ich konnte es nicht. Und auch wenn ich weder meiner Mom noch meinem Dad etwas von meinem Kind erzählt hatte, half es mir, einfach bei ihnen zu sein und in meinem alten Kinderzimmer schlafen zu können – dort, wo noch alles so war wie früher. Damals, als die Welt in Ordnung und ich noch auf der Highschool war.

Alexis war bei mir und es gab nur uns und unsere Freunde. Ich war weder berühmt, noch wurde ich von der Presse umgeben, wurde nicht von Paparazzi verfolgt und in den ungünstigsten Situationen fotografiert. Ich war einfach nur ein normaler Typ, der gerne und leidenschaftlich Eishockey spielte. Kein Mensch kannte meinen Namen, niemand interessierte sich für mich oder meine Liebschaften, geschweige denn für meine Klamotten oder meine merkwürdigen Angewohnheiten. Über mich wurde nicht geredet, weder in dieser Stadt noch im Rest des Landes.

Jetzt war alles anders und ich hatte keine Ahnung, wie ein kleines Mädchen wie Josie in diese Welt passen sollte. Sie war verflucht nochmal meine Tochter. Welcher Vater wollte schon, dass das eigene Kind plötzlich im Rampenlicht stand, nur weil die Gesellschaft die Privatsphäre von öffentlichen Personen nicht tolerierte? Ich wollte nicht, dass Josie in den Schusswechsel zwischen den Medien und mir gerät, wollte nicht, dass über sie berichtet oder gesprochen wurde. Doch genau so sah mein Leben aus. Seit vielen Jahren war es jetzt so und genau das brachte mir all die Probleme ein, die ich seit einiger Zeit hatte.

Mein Image war nicht gerade sauber – nicht seitdem ich ein paar Mal vor Wut und Enttäuschung über mich selbst im Hotel und einmal sogar vor der Kamera ausgerastet war.

Die aktuelle Saison lief nicht gut und bei Weitem nicht so, wie ich es seit Jahren von mir und meinem Team gewohnt war. Fehler schlichen sich ein, verpatzte Spiele, die wir normalerweise mit Leichtigkeit hätten gewinnen müssen, führten nicht nur zu einer Spaltung der Mannschaft, sie führten auch dazu, dass ich langsam das Vertrauen in mich und mein Können verlor.

Ich hatte die Schnauze voll von all dem und ganz besonders davon, dass die Presse über jeden meiner Fehltritte berichten musste, als wäre der Präsident höchstpersönlich ausfällig geworden. Ich war auch nur ein Mensch, verdammt nochmal! Was erwartete man also von mir? Ich trank hin und wieder genauso zu viel wie andere und manchmal benahm ich mich eben deswegen daneben, genau wie andere. Wo war das scheiß Problem? Ich hatte weder jemanden verprügelt, noch hatte ich mit irgendwelchen Prostituierten geschlafen wie manch anderer Spitzensportler. Ich war einfach nur wütend und enttäuscht und verhielt mich deswegen nicht immer korrekt. War das ein Grund, mich von der Presse der ganzen Welt als Arschloch zu präsentieren? Ganz sicher nicht! Doch jetzt war es eben so und die Angst darüber, Josie könnte dank mir auch nur einen Hauch dieser Negativität der Außenwelt zu spüren bekommen, war allgegenwärtig und nicht gerade klein.

Möglicherweise war das einer der Gründe für Alexis, meine Tochter bisher von mir fernzuhalten? Möglicherweise wollte sie dieses Leben in der Öffentlichkeit für Josie genauso wenig wie ich? Und möglicherweise hat sie ihr damit nur einen Gefallen getan. Möglicherweise war ich nicht gut für sie und möglicherweise ...

Scheiße nochmal, ich war ihr Dad! Ich und niemand anderes. Wie schlecht konnte das schon für sie sein? Ich würde schließlich alles dafür geben, um sie vor der Öffentlichkeit zu schützen. Ich hatte Scharen an Anwälten hinter mir, die uns helfen würden und ich war sicher, meine Familie würde ebenso hinter uns stehen und alles tun, damit Josie eine normale Kindheit genießen konnte.

Das Risiko musste ich eingehen. Sie war meine Tochter und auch wenn ich bis gestern nicht einmal wusste, dass ich gerne ein Vater für ein kleines Mädchen sein wollte, so wusste ich es nach der letzten Nacht umso deutlicher. Ich wollte Josies

Dad sein, ganz egal, wie viel Angst mir das einjagte und ganz egal, was zwischen Alexis und mir war oder ... sein würde.

Motiviert, mein neues Leben als Vater anzugehen und die Sache zwischen Alexis und mir zu klären, verabschiedete ich mich von meiner Mom, entschuldigte mich dafür, dass ich nur so kurz zu Besuch war und ihr und Dad nicht viel zu sagen hatte und machte mich auf den Weg – auf den Weg zu Josies Kindergarten, wo ich Alexis vermutete und sie dort abfangen würde, um mit ihr allein zu sein und reden zu können. Ich brauchte dringend Antworten und nur sie konnte mir diese liefern.

Mit großer, dunkler Sonnenbrille auf der Nase, damit mich nicht sofort jeder auf der Straße erkannte, machte ich mich mit meinem alten, dunklen Pick-up auf den Weg in die Stadt.

An Josies Kindergarten angekommen fuhr ich langsam an die Straßenseite und stellte meinen Wagen schräg gegenüber der Tagesstätte ab, sodass ich alles gut im Blick hatte, aber nicht so schnell gesehen wurde.

Es war seltsam hier zu sein, zu wissen, dass meine Tochter gleich mit ihrer Mutter kommen und hier den halben Tag verbringen würde. Allein.

Völlig auf sich gestellt und die dort angestellten Erzieher angewiesen. Ich konnte nur hoffen, dass sie wirklich ein normales, aufgeschlossenes Mädchen war, auch Gleichaltrigen gegenüber und nicht nur mir. Ich hoffte, sie würde dort viele und gute Freunde haben oder sie zumindest bald finden, denn ich wollte wirklich, dass sie normal aufwuchs, so normal, wie es zumindest möglich war.

Seufzend sah ich mich um, stieg aber nicht aus dem Wagen, denn die Gefahr von anderen Vätern und Müttern, die ihre Kinder gerade im Kindergarten abladen wollten, erkannt zu werden, war schier zu groß. Doch lange musste ich sowieso nicht warten, denn schon erkannte ich in einem der Seitenspiegel, wie Alexis mit Josie an der Hand den Berg hochgelaufen kam.

Meine Kleine hatte wieder einmal ein sehr süßes, quietschgelbes Kleid an und trug ihre Kindergartentasche sogar selbst, vermutlich aus purem Stolz. Ich musste grinsen, als ich die beiden so beobachtete.

Alexis schien unsere Tochter zu drängen sich zu beeilen, offensichtlich waren sie bereits spät dran. Doch Josie interessierte es nicht sonderlich. Viel spannender waren da wohl zwei Zitronenfalter, die in einem Blumenbeet, an dem sie nun stehenblieb, vor sich hin tanzten.

»Josie«, hörte ich Alexis entnervt stöhnen, ehe der kleine, blonde Engel reagierte und ihrer Mutter etwas zeigte, was ich allerdings von hier aus nicht erkennen konnte. Vorsichtig und von den beiden unbemerkt öffnete ich mein Fenster einen kleinen Spalt und hörte das niedliche Kinderlachen meiner Tochter, bevor Alexis sie auf den Arm nahm und schnellen Schrittes zum Kindergarten ging, um doch noch pünktlich anzukommen.

Es war bereits kurz vor Acht und die meisten Kinder schienen tatsächlich schon da zu sein, Josie war also eine der Letzten. Ich hoffte, Alexis hatte nicht jeden Morgen so einen Stress mit dem Hinbringen der Kleinen in den Kindergarten, denn sonst musste ich mir womöglich noch Gedanken darum machen, ihr ein Auto zur Verfügung zu stellen, damit sie das alles besser und pünktlicher schaffte. Ich war sicher, es lag nicht an ihrer Kompetenz, sondern viel eher an ihren Möglichkeiten. Alexis hatte zwar ein altes, gebrauchtes Auto, doch mir war bereits vor zwei Tagen aufgefallen, dass es längst die reinste Schrottmühle zu sein schien und daher würde es mich nicht wundern, wenn das Ding morgens häufiger mal nicht ansprang.

Scheiße, und wenn ich jetzt so darüber nachdachte, dann war es wahrscheinlich sowieso besser, wenn ich Alexis einen neuen Wagen kaufen würde. Schließlich wollte ich die höchstmögliche Sicherheit für meine Tochter garantieren können. Nicht auszumalen, was passieren würde, wenn diese Schrottmühle mitten auf dem Freeway liegen blieb. Darüber hatte ich bisher nicht nachgedacht. Doch ich fürchte, es würden mir in Zukunft noch einige Dinge einfallen und bewusst werden, an die ich früher nicht gedacht hätte und die ich ab sofort ändern oder besorgen musste.

Ich war eben nicht mehr allein, musste nicht nur auf mich selbst aufpassen, mein Fokus verlagerte sich ja bereits jetzt auf Josie und dabei wusste ich erst seit knapp einem Tag, dass ich Vater dieser Vierjährigen war. Mir war klar, es würde jetzt alles anders werden, mein Leben hatte sich seit gestern um 180 Grad gedreht und jetzt musste ich irgendwie versuchen damit klarzukommen und ein Schritt nach dem anderen gehen.

Dank meiner kreisenden Gedanken bemerkte ich beinahe zu spät, dass Alexis den Kindergarten wieder verließ und sich auf den Weg nach Hause zu machen schien. Ohne Josie natürlich. Doch bevor sie an meinem Wagen vorbeilief, öffnete ich das Fenster etwas weiter und räusperte mich leise. Sofort hob Alexis den Kopf und sah zu meinem Wagen.

»Würdest du bitte einsteigen?«, bat ich sie, ohne sie zu begrüßen oder Weiteres zu erklären.

Alexis blieb wie angewurzelt vor meinem offenen Fenster stehen und starrte mich ungläubig an. »Cage?«

Langsam nahm ich die Sonnenbrille ab, da sie den anderen Passanten ohnehin die Sicht auf mich versperrte. »Alexis, steig bitte ein, wir müssen reden. Jetzt gleich.« Ich sah sie ernst an und sie nickte stumm, auch wenn sie immer noch nicht zu glauben schien, dass ich tatsächlich hier war.

Schweigend stieg sie auf der anderen Seite ein, als ich mir die Sonnenbrille wieder aufsetzte und den Motor startete. »Hast du heute Morgen irgendwelche Termine? Musst du arbeiten oder so?«, fragte ich vorsorglich, denn ich wusste, es würde ein langes Gespräch werden, wenn wir erst einmal damit beginnen würden.

»Nein, ich habe noch die restliche Woche Urlaub, wollte eigentlich nur später Einkaufen fahren und Wäsche waschen«, gestand sie leise und blickte kurz zum Eingang des Kindergartens.

»Und was ist mit Josie? Wann holst du sie normalerweise immer ab?«, wollte ich wissen, als ich losfuhr.

»Zwischen 13 und 14 Uhr«, murmelte Alexis und wunderte sich, dass ich nicht drehte, sondern den Berg weiter hochfuhr. Sie wusste, da oben gab es nicht mehr viel. Nur noch den angrenzenden Wald, doch genau dorthin wollte ich. Um diese Uhrzeit war dort kaum ein Mensch unterwegs und ich wollte dieses Gespräch unbedingt in einer komplett neutralen Umgebung führen. Auch wenn es natürlich ein paar sehr schöne Erinnerungen aus der Vergangenheit zu diesem Ort gab, doch vielleicht machte uns das alles nur etwas leichter. Zumindest hoffte ich das.

»Sie hat vorhin nach dir gefragt«, hörte ich Alexis neben mir leise sagen, nachdenklich und unsicher, als ich den Wagen direkt zwischen ein paar alten Fichten parkte.

»Nach mir?« Ich schaltete den Motor aus und sah sie verunsichert an.

»Josie wollte wissen, ob du sie heute wieder besuchst oder ob du sie aus dem Kindergarten abholst«, erwiderte Alexis seufzend und ich spürte einen starken Druck auf meiner Brust. Merkte Josie vielleicht längst, dass ich nicht einfach nur irgendein Freund war? Hatte sie eine Ahnung, wer ich wirklich war oder fühlte sie lediglich eine Verbindung zu mir?

»Was hast du geantwortet?«, wollte ich wissen und spürte, wie die Wut erneut in mir hochkochte. Das alles würde nicht so schwer sein, hätte sie all das nicht getan und uns – ihre Tochter und mich – jahrelang angelogen.

»Ich sagte, ich wüsste es nicht und dass wir dich vielleicht später anrufen könnten.« Alexis sah mich entschuldigend an. »Ich bin selbst total überrascht über ihr Verhalten, Cage. Ich hätte nie gedacht, dass sie dich sofort so sehr mögen würde, dass sie fast schon wie eine Klette an dir hängt und dich ...« Ihre Stimme brach ab und ich wusste, sie sagte die Wahrheit. Sie hatte nicht erwartet, dass das alles so laufen würde. Seltsamerweise verstand ich das sogar.

»Wann und wie werden wir es ihr sagen, Alexis? Josie muss wissen, sie muss erfahren, wer ich bin! Ich werde nicht ewig den lieben, netten Onkel spielen. Das kann ich nicht, nicht, da ich jetzt die Wahrheit kenne«, knurrte ich und versuchte, meine Wut im Zaum zu halten, was mir allerdings schwerer fiel, als ich dachte.

»Ich weiß es nicht, wirklich nicht. Ich habe keine Ahnung, wie man das macht und was man da sagt und ...« Alexis schien überfordert mit der Situation, doch mir ging es nicht anders. Zumal ich bisher nicht einmal wusste, was Alexis meiner Kleinen über mich erzählt hatte, was für einen Grund sie für meine Abwesenheit genannt hatte und ob Josie diesen verstand.

»Wir müssen es ihr bald sagen. Wenn wir zu lange warten, macht es das alles nur noch schlimmer und sie würde es am Ende vielleicht nicht mehr verstehen.«

Zaghaft und zögernd sah mich die Mutter meiner Tochter an und schluckte hart. »Ich weiß, du hast recht. Das hattest du bis jetzt immer.« Ein sanftes aber auch sichtlich verzweifeltes Lächeln lag auf ihren Lippen, doch es erreichte mich nicht. Zu sehr war mein Herz von dem peinigenden Schmerz eingehüllt, weil ich vier Lebensjahre meiner Tochter ihretwegen verpasst hatte.

»Sie hasst dich übrigens nicht«, wisperte Alexis und ich sah sie verwundert an. Was genau meinte sie damit? »Josie hasst ihren Vater nicht, sie versteht, dass er nicht bei ihr sein konnte und weiß, dass er sie liebt und sie nicht freiwillig verlassen hat.«

Mein Herz schlug aus dem Takt, als ich ihre Worte wahrnahm.

Was sagte sie da gerade?

Bedeutete das etwa, dass Josie wusste, dass es die Schuld ihrer Mutter war und nicht die des Vaters? Wusste mein Kind, dass ich gerne bei ihr sein wollte, es aber nicht konnte? Nicht durfte?

»Was hast du ihr erzählt, Alexis? Wie konntest du diese Lüge deiner Tochter beibringen und wie konntest du es rechtfertigen?«, sprach das pure Unverständnis aus mir heraus. Mir wurde unfassbar heiß und ich merkte, wie sich ein Kloß in meinem Hals bildete und mir die Kehle zuschnürte.

»Josie hatte noch nie viele Fragen zu ihrem Vater gestellt, aber da es mir wichtig war, dass sie sich in ihrem Köpfchen nicht etwas Falsches zusammenreimt, denn schließlich sieht sie ja mindestens seit ihrem ersten Tag im Kindergarten, dass es normal ist, Vater und Mutter zu haben, habe ich ihr immer wieder etwas über dich erzählt«, begann Alexis leise flüsternd, traute sich aber kaum mir in die Augen zu sehen. »Ich erzählte ihr, dass es dich gibt, dass sie auch einen Daddy hat. Und dass er sie wahnsinnig lieb hat, nur, dass er wegen seines Berufes, den er nicht aufgeben kann, nicht bei ihr sein kann.«

Zur Hölle, was sagte sie da? Josie dachte also, ich würde meine Karriere meinem eigenen Kind gegenüber bevorzugen? Das war nicht ihr verdammter Ernst?

»Keine Sorge.« Alexis lächelte plötzlich und griff nach meiner Hand, die ich ihr zwar direkt entziehen wollte, doch sie ließ es nicht zu und sah mir eindringlich in die Augen. »Josie weiß, dass es *meine* Entscheidung war! Dich trifft keine Schuld, genau das habe ich ihr immer wieder gesagt. Sie weiß und denkt, dass ich ihren Vater und auch sie selbst damit nur schützen wollte«, erzählte Alexis ehrlich und aufrichtig, auch wenn ich in ihrem Blick erkannte, dass sie dennoch vor meiner Reaktion Angst hatte.

»Du hast ihr also gesagt, ihr Vater ist nur deswegen nicht bei ihr, weil *du* es so wolltest? Weil *du* dich dazu entschlossen hast? Aus Schutz und Liebe? Habe ich das richtig verstanden?« Ich sah Alexis skeptisch an, doch der unbeschreiblich große Gesteinsbrocken auf meinem Herzen schien leichter zu werden.

»Ja«, hauchte sie leise und versuchte weiter tapfer zu lächeln. »Dich trifft keine Schuld, das weiß sie, Cage. Sie wird dir also nicht böse sein, sie wird dich nicht meiden oder verurteilen. Wenn überhaupt, dann wird sie das irgendwann einmal mit mir tun, wenn sie das alles verstanden hat und älter ist. Vermutlich wird sie *mich* dann für all das hassen und dazu hat sie jeden Grund.« Alexis schluchzte tränenerstickt und drückte meine Hand etwas fester.

Ich wollte sie trösten, wollte ihr gut zureden und sagen, dass es Blödsinn war und dass es nicht so kommen würde, doch ich konnte nicht. Die Wut, diese unendliche Enttäuschung ließ es nicht zu, dass ich sie in den Arm nahm. Zumal mir meine Vernunft längst sagte, dass es durchaus möglich war, dass dieser Fall irgendwann einmal eintreten und Josie ihre Mutter dafür hassen könnte. So waren Teenager nun mal, wenn sie endlich verstanden, was eigentlich in ihrer Kindheit passiert war. Und wer wusste schon, wie Josie das alles verarbeiten würde?

Ich war in diesem Moment eigentlich nur unfassbar erleichtert, dass Alexis meiner Tochter nicht irgendwelche falschen Tatsachen und Märchengeschichten über mich erzählt hatte und dass ich somit eine realistische Chance bekam, mein kleines Mädchen für mich zu gewinnen, dass sie mich als ihren Vater anerkannte und mich auch so sah.

»Was weiß sie sonst noch alles von mir?«, huschte es mir leise und nachdenklich über die Lippen, während Alexis sich ein paar Tränen aus dem Gesicht wischte und mich liebevoll ansah.

»Josie weiß, dass sie nach deiner Grandma benannt wurde, aber ... das hat sie dir ja schon selbst erzählt.« Sie lächelte sanft und strich sich eine blonde Haarsträhne aus dem Gesicht. »Sie weiß, dass du beruflich Eishockey spielst, für eine richtige Mannschaft. Und darauf ist sie wahnsinnig stolz und versucht deswegen immer wieder, so oft es geht, mit mir Schlittschuhlaufen zu gehen.« Alexis grinste unweigerlich, als sie so darüber sprach und ich merkte, dass auch sie stolz darauf war, vor allem aber vermutlich auch deswegen, weil sie ihre Tochter nie belogen hatte, dass sie Wert darauf legte, Josie etwas über ihren Vater zu erzählen, auch wenn er nicht bei ihnen sein konnte.

Und ich musste mir eingestehen, ich war Alexis zumindest *dafür* sehr dankbar, war froh darüber, dass sie immerhin bei dieser Sache aufrichtig und ehrlich war, wenigstens zu unserer Tochter, wenn auch nicht all die Jahre zu mir.

10

Cage

Nachdenklich sah ich Alexis an. »Dann sollte das kein großes Problem werden, wenn wir es Josie sagen und erklären, dass ich, *ihr Dad*, wieder da bin, oder?« Jetzt, da ich wusste, dass sie unsere Tochter nie belogen hatte, fand ich keinen Grund, weshalb wir damit warten sollten. Josie musste so schnell wie möglich erfahren, dass ich ihr Vater war, dass ich zurückgekommen war und bei ihr sein wollte. Sie sollte mich nicht mehr nur als einen Freund oder Onkel sehen, das wäre nicht gut für sie.

»Ich kann dir das leider nicht beantworten, Cage. Ich weiß nicht, wie Josie darauf reagiert, ehrlich nicht. Ich habe sowieso schon das seltsame Gefühl, dass sie es längst ahnt, es aber mit ihren vier Jahren natürlich nicht verstehen kann«, gestand sie leise, bevor ich ihre Hand losließ und sie fordernd ansah.

»Dann sollten wir nicht mehr warten und es ihr endlich sagen. Am besten noch heute.«

Alexis neben mir schwieg und schien immer unsicherer zu werden.

»Wie wäre es, wenn ich sie heute wirklich vom Kindergarten abhole und dann fahren wir zusammen nach Hause. Ich meine, zu euch in die Wohnung und dann ...«

»Nein!«, entkam es augenblicklich ihren Lippen, panisch und hilflos.

»Nein?«, presste ich ungehalten zwischen den Zähnen hervor, zwang sie, mir in die Augen zu sehen, doch sie wich mir aus.

»Ich möchte auf keinen Fall, dass *du* sie vom Kindergarten abholst, das kannst du nicht machen. Das darfst du nicht tun, Cage.« Panik lag in ihrem Blick und ich begriff nicht, was ihr Problem war. Wieso stellte sie sich wieder quer, anstatt mir den Rücken zu stärken, anstatt mir zu helfen und mir auf halbem Wege entgegenzukommen?

»Wieso nicht?«, drängte ich Alexis zu einer Erklärung, doch sie seufzte nur und schien verzweifelt nach den richtigen Worten zu suchen.

»Ich will nicht, dass irgendjemand erfährt, dass *du* ihr Vater bist«, platzte es nun aus ihr heraus und ich erstarrte. Hatte ich sie richtig verstanden oder wollte sie mich auf den Arm nehmen? Das konnte nicht ihr verdammter Ernst sein!

»Wie bitte?«, raunte ich heiser und dunkel, konnte meine Wut langsam nicht mehr kontrollieren. Wie konnte sie mir das schon wieder antun?

»Das ist auch der Grund, warum ich ... Ich hatte Angst davor, was aus Josie und ihrem Leben passieren würde, würde rauskommen, dass ausgerechnet du ihr Vater bist, Cage. Das ist der Grund, weshalb ich ...«

Ein Güterzug überrollte mich. Immer und immer wieder. Denn ich begriff sofort, was sie mir damit sagen wollte. Es war genau das, was ich mir bereits letzte Nacht in meinem Hirn zusammengereimt hatte und jetzt hatte ich die Gewissheit.

»Bitte versteh mich nicht falsch, denn es liegt nicht an dir als Person, sondern an dem, was du verkörperst, an ... deinem Bekanntheitsgrad, an deinem Namen, an all dem, was du als Star-Eishockeyspieler im gesamten Land und auch in den Staaten auslöst.« Alexis beeilte sich, um es genauer zu erklären, doch längst lag mein Innerstes am Boden und wurde mit Füßen getreten, auch wenn ich es irgendwie verstehen konnte. Es tat trotzdem weh.

»Ich hatte schon immer Angst, Josie würde nicht mehr normal und behutsam aufwachsen können, wüssten die Medien, wüsste die Welt, dass sie *deine* Tochter ist. Sie hätte unter Beobachtung gestanden, dauerhaft und ungewollt, verstehst du, Cage? Josie hätte das alles doch niemals verstanden und sie hätte es auch sicherlich nicht gewollt. Welches Kind will schon auf Schritt und Tritt verfolgt werden? Weißt du, was das für sie in der Schule und auch jetzt im Kindergarten bedeutet hätte? Verstehst du, was ich dir damit sagen will, Cage? Ich wollte Josie nur beschützen! All die Jahre. Meine Entscheidung, dir und somit auch niemand anderem zu sagen, dass sie deine Tochter ist, all das beruht nur auf meiner Angst, meiner Tochter das Leben, vor allem aber die Kindheit zu zerstören, sie ihr zu stehlen.«

Ich verstand es.

Irgendwie zumindest.

Doch es tat unbeschreiblich weh mit diesem Vorwurf konfrontiert zu werden. Der Vorwurf, der Zusammenhang zwischen meiner Tochter und mir würde alles zerstören, würde ihr die Kindheit rauben ...

Der Gedanke war unerträglich für mich.

»Aber.« Ich suchte nach einer Entkräftung ihrer Theorie, wollte vehement widersprechen, doch es gelang mir nicht. Nicht in diesem Moment, nicht mit den richtigen Worten. Viel zu gut konnte ich mir vorstellen, was mit meiner Tochter passiert wäre, hätten die Medien bereits damals – vor vier Jahren – von Josie erfahren. Und es tat unfassbar weh, sich eingestehen zu müssen, dass ich selbst – ich, als ihr Vater – ihre Kindheit und somit ihr zukünftiges Leben hätte aufs Spiel setzen können.

Trotzdem machte sich Protest in mir breit, Protest gegen diese Gedanken, vielleicht auch nur aus purer Naivität oder auch Hoffnung. Ich wusste nicht, woher es kam, doch ich war ganz tief in mir drin davon überzeugt, dass es schon irgendwie gegangen wäre. Alexis und ich ... Wir hätten das schon irgendwie hinbekommen damals. Gemeinsam und ohne unsere Tochter der Öffentlichkeit auszusetzen, ohne sie in etwas hineinzudrängen, was sie bisher nicht selbst entscheiden konnte.

Ich war schon immer ein Mensch voller Hoffnung und positiven Gedanken, ich wusste, wenn man etwas wollte und das aus vollstem Herzen, dann würde man es auch schaffen. Und so hätte ich Josie mit Sicherheit vor allem Bösen und Übel schützen können, ich hätte nicht zugelassen, dass sie ihre Kindheit in der Öffentlichkeit verbrachte und die Hölle auf Erden deswegen in Kindergarten und Schule erlebte. Nein, sicherlich nicht! Ich hätte auf sie aufgepasst, hätte alles dafür getan und alles gegeben, dass sie trotz meiner Bekanntheit, trotz meines Namens normal und privat aufwuchs.

Alexis hätte das wissen müssen. Sie kannte mich in- und auswendig, damals, und ich bin sicher, sogar noch heute. Wie konnte sie also davon ausgehen, dass wir es nicht geschafft hätten? Warum zum Teufel war ihre Angst größer als ihre Hoffnung? Oder war es viel mehr das Vertrauen in mich, das ihr fehlte? Was hatte sie bloß dazu getrieben, ihre Sorgen und Zweifel für sich zu behalten und es niemandem zu erzählen?

»Das ist noch nicht alles, Cage.« Alexis sah mich plötzlich schwermütig an und seufzte tief. »Es gibt einen weiteren Grund, warum ich es dir nie erzählt habe und falls du dich noch daran erinnerst, an unsere gemeinsame Nacht damals, dann ...« Alexis' Stimme brach ab und ich erkannte in ihren Augen, dass sie nicht so recht wusste, wie sie es mir erklären sollte. Doch das musste sie eigentlich auch nicht mehr, denn so langsam kam die Erinnerung wieder und einzelne Puzzle-Teile, die mir bisher noch gefehlt hatten, um das große Ganze zu erkennen, setzten sich zusammen.

Es war nach meinem verpassten ersten Titel vor fünf Jahren. Uns fehlte damals nicht viel und wir hätten es schaffen können. Doch im allerletzten Spiel der Saison verloren wir die Meisterschaft und ich ... Ich war damals am Boden zerstört. Meine Welt hatte aufgehört sich zu drehen, denn damals dachte ich, nein, ich war mir sogar sicher, ich würde diese Chance nie mehr wiederbekommen, ich würde den Titel niemals holen, würde nie mehr so nah an meinen größten Traum kommen.

Und so verbrachte ich damals einige Tage bei meinen Eltern hier in meiner alten Heimat. Kelsey und ich hatten gerade eine Pause in unserer Beziehung eingelegt, denn bereits damals lief nicht alles so, wie wir es wollten und wie es bei Verliebten vielleicht normalerweise der Fall war. Und so traf ich in genau diesen wenigen Tagen vor fünf Jahren irgendwann Alexis wieder. Drei Jahre nachdem wir uns zum letzten Mal gesehen hatten, Jahre nachdem wir ein Paar waren, uns geliebt hatten und verzweifelt versucht hatten, das Unvermeidliche zu vermeiden. Unsere Trennung damals nach der Highschool war ungewollt und doch hatten wir keine Wahl. Es tat also unwahrscheinlich gut, als ich ihr liebliches, vertrautes Gesicht wiedersah in diesem trostlosen Frühjahr 2013.

Sie war zu Besuch bei ihrer Familie, für eine ganze Woche – genau wie ich. Und so machten wir gemeinsam die Stadt unsicher, so wie damals, als alles noch unschuldig und unverbraucht schien. Wir trafen uns jeden Tag, genossen die gemeinsame Zeit und sprachen viel über Vergangenes, über die Zukunft. Und auch über Kelsey und mich.

Alexis war für mich da, zu einer Zeit, in der ich sie wohl am meisten gebraucht hatte. Sie hatte mich nach diesem Verlust und tiefem Niederschlag meiner Karriere wieder aufgebaut, gab mir Mut und Hoffnung. Und so passierte das, was schließlich früher oder später einfach passieren musste. In den letzten Tagen unseres Wiedersehens, in einer sehr vertrauten und langen Nacht, die wir beide sehr genossen hatten, geschah es.

Unsere Lippen reichten uns nach Jahren der Abstinenz und Sehnsucht nicht mehr aus und so schliefen wir miteinander, liebten uns, wie wir es immer taten, als hätte sich zwischen uns nie etwas verändert, als wären die letzten Jahre nie passiert und wir nie getrennt gewesen.

Es war schön. Wunderschön, das konnte ich auch heute nicht bestreiten. Ich hatte es damals nicht bereut und selbst jetzt, da ich nun das Ergebnis dieser Nacht kannte, bereute ich es nicht eine Sekunde lang. Im Gegenteil.

»Ich erinnere mich«, wisperte ich leise, verloren in meinen Gedanken, verloren in der Vergangenheit und erkannte, wie sich ein sanftes, kleines Lächeln auf Alexis' Lippen legte.

»Es war eine sehr schöne Woche«, hauchte sie nachdenklich, »und auch diese eine Nacht bereue ich nicht, Cage.« Sie blickte mir tief in die Augen, wurde jedoch auf einmal unheimlich ernst und überzeugend. »Doch wir beide wussten damals, dass wir dennoch keine Zukunft haben, dass es nur einmalig war. Eine schöne, gemeinsame Woche, ein wunderschöner Abend und eine verhängnisvolle Nacht. Mehr nicht. Das war uns beiden klar, nicht wahr?«

Alexis' Worte trafen mich unerwartet hart, auch wenn sie natürlich recht hatte. Uns war damals bewusst gewesen, dass sich an unserer Gesamtsituation seit unserer Trennung nichts verändert hatte. Alexis studierte im Ausland. Und ich war meiner Karriere zuliebe in die Staaten gegangen, um eines Tages ein berühmter Eishockey-Star zu werden. Wir beide ... Das konnte nicht funktionieren. Nicht, solange alles beim Alten war und wir unseren

Träumen hinterherjagten, die leider nicht zusammenpassen wollten.

»Was willst du mir mit all dem überhaupt sagen, Alexis? Was genau war der andere Grund, dass du mir deine Schwangerschaft, dass du mir meine Tochter verschwiegen hast?« Ich schüttelte verwirrt den Kopf, verstand nicht ganz, auf was dieses Gespräch abzielte, wohin es mich führte. Die Angst und ihre Zweifel verstand ich zwar, auch wenn ich sicherlich anders gehandelt hätte und dennoch enttäuscht von ihr war, dass sie mir – dass sie uns – nicht vertraute, doch was zur Hölle war der andere Grund, der sie davon abhielt mich zu informieren, mir die Wahrheit zu sagen? Was gab es da noch?

»Ich hatte von Josie erfahren, da war ich bereits im dritten Monat mit ihr schwanger. Verstehst du, was ich dir damit sagen will? Ich ... Du warst gerade mitten in den Vorbereitungen zur neuen Saison, deiner wahrscheinlich wichtigsten und entscheidendsten in deiner Karriere. Und ...«

»Oh mein Gott«, entwich es meinen Lippen augenblicklich, als ich zu verstehen begann, was dieser andere Grund gewesen war, und unterbrach sie damit.

Alexis wartete ab, sagte kein einziges Wort, gab mir die Zeit, alles in Ruhe zu verarbeiten, alles zu begreifen.

»Es war wegen Kelsey«, wisperte ich schrecklich leise, wusste nicht einmal, ob Alexis mich verstand, doch das war in diesem Moment auch nicht sonderlich wichtig. Sie las es mir längst an den Augen ab, dass ich wusste, dass mir klar wurde, was sie damals davon abhielt, es mir zu sagen.

»Kelsey und du ... Ihr wart offensichtlich noch vor dem Sommer in diesem Jahr wieder zusammengekommen und ich wusste nicht, was ich tun sollte. Natürlich wollte ich eure Beziehung nicht zerstören, wollte euch nicht voneinander trennen, da ich dachte, ihr liebt euch. Ich war schlichtweg davon ausgegangen, dass ihr ...« Sie stoppte und seufzte tief, wusste abermals nicht, wie sie es mir erklären oder wie sie bloß die richtigen Worte finden sollte, doch das musste sie auch jetzt nicht mehr. Ich verstand längst, wie uns das Schicksal übel mitgespielt hatte.

Zum falschen Zeitpunkt.

Mehr schien es nicht gewesen zu sein.

Alexis hätte nicht wissen, nein, nicht einmal ahnen können, dass es zwischen Kelsey und mir nie sehr ernst war. Zwar versuchten wir alles, gaben immer unser Bestes, um die Beziehung am Leben zu halten, auch bei diesem zweiten Versuch, doch es schien schon immer hoffnungslos. Wir waren nicht füreinander bestimmt, nicht füreinander gemacht, viel zu verschieden, mit unterschiedlichen Interessen und Meinungen. Natürlich liebten wir uns, allerdings war es niemals wie mit ... *ihr*.

Mit Alexis war es anders. Mit ihr fühlte es sich immer intensiver an. Wir waren nicht nur beste Freunde, wir waren Partner, Klassenkameraden, Weggefährten und Vertraute. Das alles hatte ich mit Kelsey nie, so sehr und lange wie wir es miteinander versuchten. Wir waren schlicht nicht die Richtigen, nicht füreinander geschaffen und so war es auch gar kein großes Wunder, dass sie sich nach unserer endgültigen Trennung vor über einem Jahr unendlich in meinen Kumpel Shawn verliebte, ihn heiratete, und sich ohne Zweifel sicher war, was ihn betraf. Das war sie bei mir nie. Nicht mit aller Sicherheit, nicht zu hundert Prozent. Wir beide hatten Zweifel und wenn man sich als Paar die Frage stellte, ob man wirklich zusammengehörte bis ans Ende aller Tage, dann stellte diese Frage auch gleichzeitig die sichere Antwort dar – *Nein*.

Alexis wusste das alles nicht, sie musste davon ausgehen, dass Kelsey und ich es beim zweiten Mal für die Ewigkeit versuchten, dass wir zusammenbleiben und irgendwann auch heiraten wollten.

Unvorstellbar, sich in dieser Situation dennoch entscheiden zu müssen, ob man das Kind eines vermeintlich vergebenen Mannes bekam, doch genau das musste sie ganz offensichtlich tun. Und sie entschied sich *dafür*, Alexis entschied sich trotz ihrer Ängste, Panik, Zweifel und dem Bewusstsein, dass der Vater ihres Kindes eine andere Frau liebte und mit ihr zusammen war, für unsere kleine Tochter, sie entschied sich für Josie. Ganz allein.

Zumindest *dafür* war ich ihr unendlich dankbar. Ich war dankbar dafür, dass sie trotz allem nicht daran gedacht hatte, dieses Kind nicht zu bekommen oder es gar wegzugeben. Alexis schien tapfer und überzeugt gewesen zu sein, sie würde das alles auch allein schaffen. Und ich musste mir eingestehen, das tat sie auch. Daran konnte meine Wut und die immer noch spürbare Enttäuschung nichts ändern. Alexis zog unser Mädchen groß, tat das für sie und in ihrem Ermessen Richtige und log sie nicht einmal an, nahm alle Schuld auf sich, damit Josie ein normales Leben führen konnte, mit dem Wissen, dass ihr Dad sie liebte und für sie da wäre, würde ihre Mutter es zulassen.

Dafür verdiente Alexis gewissermaßen Respekt, so schwer es mir fiel. Nicht jede Frau hätte das alles auf sich genommen. Und auch wenn es im Nachhinein dennoch falsch war, was sie getan hatte, so musste ich das jetzt akzeptieren und versuchen zu lernen damit umzugehen. Denn ändern konnte ich an dieser Situation leider nichts mehr.

Die Zeit ließ sich nicht zurückdrehen, das Schicksal konnte nicht verändert werden. Hätte, Wenn und Aber waren überflüssig, denn Fakt war, ich ließ Alexis nach dieser verhängnisvollen Nacht vor fünf Jahren gehen. Ich hielt sie nicht fest, auch wenn ich wusste, ich würde es irgendwann bereuen.

11

Alexis

Seufzend sah ich Cage fragend an. »Und was machen wir jetzt?« Ich wusste nicht mehr weiter, denn jetzt, da er meine Gründe kannte, war ich unsicher, ob er sie auch alle verstand. Zwar wirkte er deutlich gefasster, ja nicht mal mehr so wütend, wie zu Beginn unseres Gesprächs, doch ich spürte, dass er immer noch innerlich damit kämpfte. Er wusste nicht, wie er damit umgehen sollte, wusste vielleicht nicht einmal, ob er meine Gründe nachvollziehbar fand, doch ich war mir sicher, er brauchte einfach etwas Zeit. So schnell würde sein Herz sicher keine Ruhe finden und protestieren wollen, da es nicht wahrhaben, nicht verstehen wollte, wie ich ihm vier Jahre seiner Tochter genommen hatte.

Ich konnte nur beten und hoffen, dass er es irgendwann einmal nicht nur tolerierte, sondern akzeptierte, dass ich mich damals so entschieden hatte. Es war nicht meine Absicht, die beiden ganz voneinander zu trennen, zumindest war es keine leichte Entscheidung und ich war damals überzeugt davon, das Richtige zu tun. Nicht nur für Josie, nicht nur für ihr Leben, sondern auch für seins. Ich wollte seine damalige Beziehung zu Kelsey nicht kaputt machen und schon gar nicht wollte ich seine Karriere beeinflussen oder gar beenden. Und so tat ich das, was mein Herz mir sagte.

»Ich will sie abholen, Alexis«, seufzte Cage, sah mich eindringlich und ernst an, auch wenn ich automatisch begann den Kopf zu schütteln. »Es ist raus, Josie ist meine Tochter und du wirst es nicht ewig und vor jedem weiteren Menschen geheim halten können, verstehst du? Und ich bin weiß Gott kein guter Schauspieler und kann nicht weiterhin so tun, als wäre sie ... Sie ist meine Tochter, Alexis! Ich will sie verdammt noch mal abholen und ihr endlich sagen, wer ich bin, das ist mein gutes Recht und das kannst du mir nicht verbieten.« Wut schwang in seiner Stimme mit und auch wenn ich ihn nur zu gut verstehen konnte und es sehr mutig von ihm fand, diese Bitte zu äußern, so schrie alles in meinem Körper, alles in meinem Kopf nach einem *Nein*.

Ich wollte nicht, dass irgendjemand der anderen Eltern sah, wie Cage Josie vom Kindergarten abholte, wollte nicht, dass Gerüchte entstanden, denn dieser Ort war eine verfluchte Kleinstadt und jeder kannte jeden über ein paar Ecken. Es würde nicht lange dauern, bis man darüber reden würde. Und so wie Josie Cage und mir ähnlich sah, würde auch jedem sofort klar werden, was Sache ist.

»Alexis, ich frage dich hier nicht um Erlaubnis, ich teile es dir nur mit. Selbst wenn du mich nicht allein gehen lässt, was ich verstehe, dann ... Holen wir sie eben gemeinsam ab.« Cage sah mir überzeugt und selbstsicher in die Augen, schien keine Widerworte hören zu wollen, also schwieg ich erst einmal. »Wir werden es ihr heute noch sagen, in Ruhe und gemeinsam«, entschied Cage, ohne mich nach meiner Meinung zu fragen, doch auch das konnte ich ihm nicht verübeln. Schließlich hatte ich vier Jahre lang alle Entscheidungen, die Josie und ihre Erziehung betrafen, allein getroffen. So war es nur fair, dass *er* entschied, wann wir es unserer Kleinen sagten, wann sie die Wahrheit über ihren Vater erfuhr.

»Und was ist mit unseren Familien? Wann erfahren die es?«, huschte es mir nachdenklich über die Lippen, denn ich konnte und wollte mir einfach nicht ausmalen, wie sehr Cage‘ Familie, aber vor allem seine Mutter, mich hassen musste, mit welchem abscheulichen Blick sie mich ansehen würde, wüsste sie, dass ich ihrem Sohn die eigene Tochter weggenommen hatte, dass ich sie ihm verschwieg, all die Jahre. Sie würde mich zur Hölle wünschen, würde mich meiden und mir niemals verzeihen, da war ich mir sicher.

»Unsere Familien müssen es auch bald erfahren, wir sollten damit nicht zu lange warten. Schließlich hast du lang genug nicht nur deine Eltern belogen, sondern auch noch meine.« Cage' Blick sprach Bände. Erneut sah ich darin eine tiefe Enttäuschung, doch schien darin diesmal auch ein winziger Schimmer Hoffnung zu funkeln, den ich nicht so recht zuordnen konnte. »Sobald jeder die Wahrheit kennt, vor allem aber Josie, wird alles wieder gut«, wisperte Cage schrecklich leise, seufzte tief und sah hinaus zum Wald, der direkt vor uns lag. »Wir müssen die nächsten Tage einiges klären, einiges muss getan werden und wenn ich nicht falsch liege, muss ein offizieller Vaterschaftstest gemacht werden, um Josie als mein leibliches und eigenes Kind bestätigen zu lassen, damit es in ihre Geburtsurkunde eingetragen und mir ein Sorgerecht eingeräumt werden kann.«

Ich war überrascht, dass Cage sich bereits so viele Gedanken darüber gemacht und sich scheinbar informiert hatte. Daher nickte ich nur leicht, um seine Äußerungen zu bestätigen. Natürlich würde ich mich bei diesen Sachen nicht querstellen oder ihm Steine in den Weg legen. Würde ich nicht wollen, dass er dasselbe Sorgerecht bekam wie ich, hätte ich ihm niemals erzählt, dass Josie seine Tochter war.

»Ich will nur nicht, dass wir etwas überstürzen, verstehst du, Cage? Ich möchte nicht, dass wir irgendwelche Fehler begehen und vor allem will ich dich mit dem Ganzen nicht überfordern. Du weißt erst seit gestern, dass sie deine Tochter ist, daher ...«

»Falsch!«, unterbrach mich Cage forsch und sah mich ernst an. »Ich ahnte es bereits seit der ersten Sekunde, als ich Josie auf Kelseys Hochzeit gesehen hatte«, wisperte er leise. »Nur konnte oder wollte ich es nicht wahrhaben, bis zu dem Zeitpunkt, als du es mir gesagt hast. Ich wollte es nicht sehen, weil ich Angst davor hatte.«

Perplex starrte ich ihn an, wusste nicht, was ich dazu sagen sollte. Mir hätte klar sein müssen, dass er es spüren und sehen würde. Schließlich erkannten auch Kelsey und sogar Laney die Ähnlichkeit der beiden und ich wusste, Cage war nicht dumm.

»Und nein, ich werde nicht mehr warten, Alexis. Ich weiß, du hast nur Angst und machst dir Sorgen, dass dein bisher so eingespieltes Leben zusammen mit unserer Tochter jetzt durcheinandergebracht werden könnte und ich garantiere dir, so wird es auch kommen. Doch ich werde keinen weiteren Tag mehr verschwenden und wegwerfen. Ich habe bereits vier Jahre ihres Lebens und ihrer Kindheit verpasst. Mir ist es also egal, welche Sorgen du dir darüber machst, ich werde es nicht langsam angehen lassen, werde nicht mehr warten. Josie ist meine Tochter und wenn ich Zeit habe und sie sehen kann, dann werde ich das auch tun.«

Erstaunt über seine Worte wusste ich nicht einmal, was ich darüber denken sollte. Ich verstand ihn natürlich auf gewisse Weise, sicher tat ich das. Allerdings verschwand meine Angst dadurch kein bisschen, schon gar nicht, wenn er die Ansage machte, es würde sich nun alles ändern. Ich war nicht der Mensch dafür, Veränderungen leicht und ohne Probleme hinzunehmen und mich an diese zu gewöhnen, das war ich noch nie. Und auch wenn ich erleichtert und im Endeffekt glücklich darüber war, dass Josie ihren Vater nun hatte, mit ihm aufwachsen und ihn lieben konnte, so wuchs meine Panik mit beinahe jeder weiteren Minute, in der mir klar wurde, dass das Problem von damals in diesem Moment, aus dieser Sichtweise, nur noch viel schlimmer und größer geworden war.

Würde die Presse irgendwann Wind davon bekommen, dass Cage eine Tochter hatte und sie vier Jahre lang nicht gesehen hatte, nicht einmal von ihr wusste, so würde die Hölle über ihm einbrechen, dessen war ich mir sicher. Und auch Josie stünde dann mehr in der Öffentlichkeit und in einem vollkommen falschen Licht, so, wie es wohl im Normalfall, hätte ich es ihm damals direkt gesagt, niemals in diesem Ausmaß gekommen wäre.

»Gut, pass auf«, begann Cage seufzend und sah mich durchdringend an. »Banale Sachen, wie die, dass du sofort ein neues, normales Auto brauchst, das nicht ständig liegen bleibt und meine Tochter sicher von A nach B kutschiert, regle ich im Laufe der nächsten Tage. Der Vaterschaftstest muss auch noch diese Woche gemacht werden, denn wenn die Presse davon erfährt, bevor ich den Beweis vom Labor vorliegen habe, wird das für uns alle sehr übel enden«, erklärte Cage nachdenklich, jedoch mit fester, sehr überzeugender Stimme, auch wenn ich nicht so recht verstand, was er mit *einem neuen Auto* meinte. Dennoch nickte ich erst einmal, hoffte, er würde mir in einer ruhigen Minute, dann, wenn das Chaos sich in seinem Kopf langsam lichtete, erklären.

»Wir sagen es Josie, heute noch«, begann er erneut mit dem Thema und ich seufzte, konnte allerdings nichts darauf erwidern, denn er unterbrach mich längst. »Und unseren Eltern, unserer Familie – denen sollten wir erst dann etwas sagen, wenn ...«

»Wenn du dir endlich Zeit gelassen hast, es erst einmal sacken zu lassen und dich an den Gedanken und an Josie gewöhnt hast. Das wäre das Allerbeste für dich, Cage«, schloss ich seine Rede und lächelte, hoffte, er verstand, dass ich ihm dadurch nichts Böses wollte. Ich machte mir lediglich Sorgen, denn es schien bisher nicht so, als hätte er die ganze Sache seit gestern richtig verdauen können.

»Du hast recht«, kam es flüsternd über seine Lippen, was mich überraschte. »Ich werde mir die restliche Woche erst einmal die Zeit dazu nehmen, meine Tochter kennenzulernen und mich daran zu gewöhnen, an meine neue Rolle, meine ich. Alle anderen müssen dann eben noch ein wenig warten. Doch ich denke, sie werden es verstehen, oder?«

Sein unsicherer, prüfender Blick traf auf meinen und ich wusste, ich musste ihm Mut machen, ganz egal, wie sehr ich an seinen Worten zweifelte.

Lächelnd legte ich meine Hand auf seine und nickte leicht. »Sie werden es verstehen, auf alle Fälle. Hauptsache, Josie und du ... Ihr lernt euch kennen. Sie wird sich wahnsinnig freuen, dich so oft bei uns zu haben.« Es wunderte mich, dass Cage meine Hand nicht von sich schlug, sondern unsicher und stumm zu Boden starrte, ohne eine weitere Reaktion von sich zu geben.

»Wie es scheint, wird jetzt Josie der entscheidende Faktor meiner Zukunft«, hörte ich ihn plötzlich schrecklich leise hauchen und runzelte die Stirn. Was meinte er damit? Hatte er etwa vor, seine Karriere aufzugeben? Sie zu beenden? Nein, das konnte ich mir nicht vorstellen, dafür liebte er den Sport zu sehr. »All die Fragen in meinem Kopf, ob und zu welchem Team ich wechseln sollte, wann und zu welchen Konditionen, all das beantwortet sich gerade von selbst.«

Erschrocken riss ich die Augen auf, legte meine andere Hand vorsichtig an seine Wange und drehte seinen Kopf ein klein wenig in meine Richtung, damit er mir endlich in die Augen sah. »Von was redest du da, Cage?«, wollte ich von ihm wissen, konnte nicht glauben, was er da sagte. »Stimmen die Gerüchte etwa? Hattest du vor zurück in die Staaten zu gehen?«

Sachte nickend blickte er mir tief in die Augen, bevor er sanft meine Hand von seiner schob und sich leise räusperte. Sofort nahm ich natürlich auch die andere Hand von seiner Wange und wand mich von ihm ab.

»Bisher wartete ich bei dieser Frage auf etwas, was mir den Weg weisen würde. Doch jetzt ... Jetzt ist da Josie, die ich bei diesen Entscheidungen berücksichtigen muss. Und vielleicht ist das auch gut und besser so. Sie hat mir diese Entscheidung abgenommen«, hörte ich Cage laut nachdenken, als plötzlich mein Handy klingelte und ich erschrocken zusammenzuckte.

Irritiert von dem eben geführten Gespräch griff ich zu meinem Smartphone in meiner Tasche und sah eine Festnetznummer mit Ortsvorwahl aufblinken, die mir irgendwie bekannt vorkam. Cage warf ebenso einen Blick auf das Display und zog eine Augenbraue hoch. »Na, geh schon ran«, drängte er mich, sah mir an, dass ich sichtlich verwirrt war, also hob ich endlich ab.

»Alexis Tenner«, meldete ich mich am Telefon und sah weiter zu Cage, der mich seltsamerweise ausgiebig und mit neugierigem Blick musterte. Mit einem Blick, den ich weder zu deuten wusste, noch das Gefühl, das er in mir auslöste.

»Miss Tenner, hier ist Mrs. Gringer, die Erzieherin von ...«

»Ist irgendetwas mit Josie?«, unterbrach ich die arme Frau panisch, alarmierte damit allerdings auch Cage, der nun verstand, wer am anderen Ende dran zu sein schien.

»Ist das ihre Kindergärtnerin?«, wollte er besorgt wissen und ich nickte schnell, bevor Mrs. Gringer weiterreden konnte.

»Miss Tenner, es gab offensichtlich eine sehr missliche Auseinandersetzung zwischen ihrer Tochter und einem Jungen aus ihrer Gruppe«, erklärte die Erzieherin und ich runzelte die Stirn.

»Was bedeutet das? Was meinen Sie damit, es gab eine *Auseinandersetzung*?«, fuhr ich sie etwas erbost an, während Cage mich dazu drängte, den Lautsprecher laut zu stellen, was ich in meiner Aufregung jedoch nicht so ohne Weiteres hinbekam.

»Leider gab es zwischen Josie und Jeremy einen Streit und noch bevor wir schlichten konnten, schubste Josie Jeremy in den Sandkasten, an dem er sich an der Holzkante das Kinn aufschlug.«

Ein erschrockener, entsetzter Laut entwich meiner Kehle, als Cage mir das Handy aus der Hand riss und den Lautsprecher endlich laut stellte.

»... Miss Tenner, mir ist bewusst, dass Josie keine Schuld trifft. Es war ein sehr unglücklicher Zufall, dass Jeremy auf diese Kante aufgeschlagen ist, doch ich würde sie daher bitten, ihre Tochter für heute abzuholen. Sie lässt sich nicht beruhigen und sitzt weinend am Fenster, will sich aber auch nicht bei Jeremy entschuldigen.«

Fassungslos sah ich zu Cage, konnte nicht glauben, dass meine, nein, unsere Kleine, so etwas getan haben sollte. So kannte ich sie nicht, nicht bis heute. Und ausgerechnet jetzt, da Cage bei uns war, tat sie so etwas? Wieso? Was war passiert und über was hatte sie sich mit diesem Jungen gestritten? Wie konnte sie nur so wütend auf ihn werden, dass sie ihn schubste? Warum hatte sie das Gefühl, sich wehren zu müssen?

»Geht es dem Jungen denn wieder gut? Ich meine, haben seine Eltern ihn abholen müssen?« Mir fehlten beinahe die Worte, während Cage nur stumm, aber steif neben mir saß und mein Smartphone anstarrte.

»Es geht ihm schon wieder besser, es ist zwar eine leicht schmerzende Schürfwunde, die wir natürlich sofort versorgt haben, aber es geht ihm schon wieder gut. Seine Eltern kommen auch gleich vorbei und holen ihn ab«, erklärte die Erzieherin und ich nickte erleichtert.

»Gut, ich komme sofort. Vielen Dank für den Anruf«, sagte ich wie in Trance, seufzte und legte auf, immer noch erschrocken über das Verhalten meiner Tochter.

»Dir ist klar, dass ich definitiv mitkommen werde, oder, Alexis? Die Frage also, ob ich Josie heute abholen sollte, hat sich damit erledigt. Wir fahren gemeinsam und holen sie auch gemeinsam ab.«

12

Alexis

Da Cage auch in diesem Fall keinerlei Widerworte duldete, was ich ausnahmsweise nur zu gut verstehen und nachvollziehen konnte, fuhren wir sofort los. Es war nur eine Meile entfernt, wo wir uns bis eben unterhielten, und daher dauerte es nicht lange, bis wir an Josies Kindertagesstätte ankamen.

Ich wusste nicht, wie es für andere rüberkommen würde, wenn Cage an meiner Seite dort hineinspazierte, schließlich kannten mich noch einige der Eltern und sogar zwei der Erzieherinnen von früher und wussten daher auch, dass Cage und ich einmal ein Paar waren. Leider war ich mir ziemlich sicher, sie würden eins und eins zusammenzählen können, doch hoffte ich dennoch, dass das alles nur Nebensache war, denn hier ging es schließlich um etwas anderes, etwas, was weitaus wichtiger war.

Ich musste erfahren, was zwischen Josie und diesem Jungen passiert war und wieso sie so etwas tat. Sie schubste doch nie einfach so irgendwelche Leute, was war also in sie gefahren?

»Du holst Josie und ich warte hier auf euch«, hörte ich Cage plötzlich sagen, als er mich kurz festhielt, nachdem wir den Kindergarten betraten und im Abholraum für Eltern stehenblieben. »Ich denke, das wird besser sein, wenn ich nicht direkt in ihre Gruppe mit reinkomme, viele der Kinder kennen mich eventuell und es wäre unpassend. Das will ich Josie nicht antun«, erklärte er mit fester Stimme und ich nickte verstehend.

»Hier, das ist ihr kleiner Spind mit ihren Sachen, ihre Tasche und ihre Schuhe. Wenn du möchtest, kannst du schon alles zusammenpacken, damit wir gleich gehen können.« Ich lächelte dankbar, fand es auf eine gewisse Art und Weise sehr schön, ihn bei mir – bei uns – zu haben. Josies Dad, der uns zur Seite stand, der uns half und bei uns blieb. Ja, ich musste mir eingestehen, es war ein ungewohnt gutes und sicheres Gefühl, das ich bisher nicht kannte.

Zögernd ließ ich Cage allein und betrat den großen Gruppenraum meiner Tochter. Sofort fand ich sie tatsächlich immer noch weinend und völlig aufgelöst vor dem Fenster vor, allein und nur in stummer und offensichtlich ratloser Begleitung von Mrs. Gringer.

Seufzend kniete ich mich vor meine Tochter, strich ihr die blonden Locken aus dem nassen, verweinten Gesicht, versuchte selbst stark zu bleiben, doch als sie mich entdeckte und erkannte, dass ich hier war, schluchzte sie auf einmal noch lauter, stürzte sich in meine Arme und vergrub ihr kleines, hübsches Gesicht an meiner Brust.

»Es tut mir leid, Miss Tenner. Ich konnte sie einfach nicht beruhigen«, meinte ihre Erzieherin und zuckte hilflos mit ihren Schultern.

»Ist schon okay, ich danke Ihnen, dass Sie mich sofort angerufen haben. Darf ich fragen, was der Grund für den Streit war und wo der Junge jetzt ist? Wurde er schon abgeholt?«, fragte ich leise, streichelte meiner Tochter dabei beruhigend über den Kopf, hielt sie fest in meinem Arm, doch Mrs. Gringer zuckte abermals mit den Schultern und sah mich entschuldigend an.

»Josie wollte es mir einfach nicht sagen und Jeremy konnte ich bis jetzt nicht danach fragen. Seine Eltern sollten auch gleich hier sein und ihn abholen«, sagte sie leise und ich nickte verstehend.

Unsicher sah ich hinunter auf meine Tochter, überlegte, wie ich sie beruhigen konnte, doch aus irgendeinem Grund wusste ich eigentlich sofort, was zu tun war, dachte also gar nicht weiter darüber nach und beugte mich zu Josie, um ihr etwas ins Ohr zu flüstern. »Schatz, weißt du, wer gerade auch hier ist?« Ich wusste nicht, warum ich sie ausgerechnet damit ködern und aufmuntern wollte, denn früher war es schließlich auch nicht so gewesen, ich kannte andere Wege, sie zu trösten. Und doch kam mir in diesem Moment nur ein Gedanke, nur eine Idee, bei der ich wusste, dass es sie beruhigen würde. »Cage steht draußen im Flur und wartet auf uns«, sagte ich leise und beobachtete lächelnd, wie Josie plötzlich kurz verstummte und schniefend zu mir aufsah. »Ich hab ihm vorhin erzählt, dass du wolltest, dass er dich heute abholt und er ist gekommen. Nur für dich, mein Engel.«

Josie sah mich aus großen, überraschten Kulleraugen an und schniefte noch einmal tief.

»Komm, gehen wir zu ihm, ja?« Ich grinste, als Josie sofort bereitwillig nickte und ich Mrs. Gringer ein Zeichen gab, dass sie gerne mitkommen durfte, denn ich hatte noch einige Fragen an sie. Josie presste ihr Gesicht gegen meine Schulter, weinte allerdings immer noch leicht, auch wenn ich ihr ansah, dass sie froh war, dass Cage auf sie wartete.

»Oh Gott«, entkam es Josies Dad ungehalten, als er uns sah und erkannte, dass es seiner Tochter nicht gut ging. Sie weinte beinahe bitterlich, wenn auch nicht mehr ganz so stark wie eben und dennoch wusste ich, was dieser Anblick in ihm auslösen musste. »Was ist denn nur passiert?«, fragte er und schien unfassbar besorgt, kam uns sofort entgegen.

Ich wusste, er kannte solche Situationen noch nicht, war an den Anblick einer weinenden Josie nicht gewöhnt und daher konnte ich nur zu gut nachvollziehen, wie er sich nun fühlen musste. Hilflos und ängstlich.

»Hey, mein Engel«, huschte es ihm unüberlegt über die Lippen und ich versteifte mich automatisch, als er Josies Haarsträhnen aus ihrem Gesicht strich und sie besorgt aber liebevoll ansah. »Was ist denn los, hm?«, fragte er sie leise und ich hoffte, die Erzieherin, die hinter uns stand und uns beobachtete, verstand kein Wort von dem, was Cage sagte.

Josie begann wieder lauter zu schluchzen, als sie Cage sah und streckte ihre kleinen Arme nach ihm aus, sodass er sie mir abnahm. Weinend drückte sie ihr Gesicht gegen seine Brust, was ihn sichtlich erschreckte und kurz erstarren ließ. Ich erkannte den panischen, machtlosen Blick in seinen Augen und lächelte nur.

»Ist schon okay, sie wird sich bald beruhigen«, flüsterte ich aufmunternd, während Josie sich komplett an ihren Vater klammerte und seinen Hals umschlang, als wollte sie ihn nie wieder loslassen.

Dieser Anblick tat so unbeschreiblich weh.

Und wieder fühlte ich mich schlecht und absolut schuldig!

»Was ist denn jetzt eigentlich passiert? Wieso haben die beiden Kinder ...« Die aufgehende Tür direkt neben uns unterbrach Cage und so sahen wir beide zu dem jungen Paar, das jetzt hereinkam und das ganz offensichtlich die Eltern des Jungen sein mussten.

Mrs. Gringer begrüßte die beiden freundlich und beinahe so, als wäre vorher nie etwas Seltsames passiert und sie hätte *nicht* gesehen, welcher Mann auf meine Tochter und mich hier vorne im Abholbereich wartete. Das musste ich ihr ehrlich zugutehalten. Sie hätte genauso gut und unbewusst einen sehr dummen Kommentar loswerden können, tat sie aber nicht. Dafür war ich ihr wirklich wahnsinnig dankbar.

»Jeremy ist noch bei unserem Kindergartenarzt, aber es geht ihm schon wieder gut, es ist nichts Ernstes passiert«, hörte ich Mrs. Gringer den Eltern erklären, die natürlich genauso besorgt waren wie wir. »Kommen Sie, er ist gleich hier drüben.« Die Erzieherin zeigte den Eltern den Weg zum Behandlungszimmer, bevor Josie sich plötzlich leise zu Wort meldete.

»Ich will nach Hause«, murmelte sie schluchzend gegen Cage' Brust, also nahm ich ihre Schuhe und die gelbe Regenjacke, die ich immer vorsichtshalber mitnahm, und packte sie in Josies Kindergartentasche, die Cage bis eben noch in der Hand hielt. Er hatte sie tatsächlich bereits gepackt, denn ihr Plüschhund, die noch volle Brotdose und ihre regenbogenfarbene Trinkflasche waren gut verstaut, worüber ich unweigerlich schmunzeln musste.

Doch als wir gerade gehen und nach Hause fahren wollten, kamen auch schon Jeremy und seine Eltern wieder zu uns, gefolgt von Mrs. Gringer, und ich musterte den Kleinen einen kurzen Moment.

Natürlich tat es mir leid, dass er durch meine Tochter verletzt wurde, doch ich wusste ebenso, dass Josie so etwas sicherlich nicht ohne guten

Grund tat und so fragte ich mich, was der Kleine ihr wohl gesagt haben musste, was zu diesem Streit führte, sodass sie ihn einfach schubste.

»Du solltest deine Tochter wirklich besser erziehen, Tenner!«, hörte ich plötzlich Jeremys Mutter sagen, bevor sie mir den Weg abschnitt, vor mir stehen blieb und mir ihren Finger in den Brustkorb bohrte.

Ich war fassungslos und wusste absolut nicht, was ich darauf erwidern sollte, so perplex war ich. Nicht nur, dass sie mich auf Anhieb duzte, ohne, dass wir uns persönlich kannten, nein, mir schien es vollkommen verrückt, dass sie mich angiftete, obwohl sie sicherlich nicht einmal wusste, was genau passiert war. Garantiert war Jeremy nicht ganz unschuldig, dessen war ich mir sicher und dafür kannte ich meine Tochter auch einfach zu gut.

»Sarah, lass gut sein«, versuchte ihr Mann sie zu zügeln, doch die Frau schien ziemlich außer sich und starrte jetzt auch Cage und Josie wütend an.

»Ach, sieh einer an! Der Verräter, der seine Heimat verließ, um ins gelobte Land abzuhauen und dort Karriere zu machen und berühmt zu werden. Hätte ich mir irgendwie denken können, dass du wieder zu dem zurückkehrst«, spottete die

Brünette gehässig und mein Mund klappte unweigerlich auf.

»Wie bitte?«, entkam es meiner Kehle, doch ehe ich etwas dazu sagen konnte, mischte sich plötzlich Josie selbst mit in das Gespräch ein und schrie Jeremys Mutter an.

»Ich hab sehr wohl einen Daddy! Und er hat mich auch lieb! Er ist nicht wegen mir weg! Jeremy ist blöd und ich mag ihn nicht mehr!«

Was zum ...?

Erstaunt und ziemlich erschrocken über das Gesagte meiner Tochter drehte ich mich zu ihr um und erstarrte. Du meine Güte! War das etwa der Streitpunkt der beiden Kinder gewesen? Hatte Jeremy irgendetwas über Josies Vater gesagt, was nicht stimmte?

Unfassbare Wut stieg in mir auf, so sehr, dass sich Tränen in meinen Augen sammelten und ich hilfesuchend zu Cage aufsah. Sofort erkannte ich in seinem Blick, dass er innerlich explodierte und noch bevor ich ihn beruhigen und wir endlich gehen konnten, reichte Cage mir plötzlich wieder unsere Tochter, hob sie in meine Arme und gab mir ein Zeichen, dass ich sie aus der Schusslinie bringen sollte.

Keine Ahnung, was er vorhatte, doch ich ahnte nichts Gutes.

Mit gepresstem Lächeln kniete sich Cage zu dem kleinen Jungen herunter, der schräg hinter seinen Eltern stand, und sah ihn erwartungsvoll an. »Stimmt das, Jeremy? Habt ihr darüber gestritten, dass Josies Dad nicht bei ihr ist?«, wollte er von dem Kleinen wissen und dieser nickte ehrlich und ehrfürchtig. Ich war sicher, er erkannte Cage, kannte ihn aus dem Fernsehen, denn Eishockey war in dieser Stadt der heiligste Sport von allen und kleine Jungs wie Jeremy vergötterten die Stars auf dem Eis regelrecht.

»Und stimmt es, dass du ihr gesagt hast, ihr Dad wäre nicht bei ihr, weil er sie nicht lieb hat und deswegen nicht bei ihr sein will?«, fragte er weiter, während die Eltern des Jungen perplex und verwirrt daneben standen – ebenso wie ich mit Josie auf meinem Arm.

Wieder nickte der Kleine, diesmal sichtlich reumütig, was mich leise seufzen ließ.

Unfassbar, was manche Eltern ihren Kindern für einen dämlichen Quatsch erzählten und ihnen dadurch einen Floh ins Ohr setzten, nur weil sie es selbst nicht besser wussten oder es gar nicht einmal verstehen konnten.

Cage schien dasselbe zu denken, denn im nächsten Moment fragte er Jeremy: »Das hast du sicherlich von deinen Eltern gehört, stimmt's, Kleiner?«

Wieder nickte er und mir begann der Junge leidzutun. Jeremy konnte nichts dafür, dass er solche unverschämten Eltern hatte, die offensichtlich nicht nachdachten, was sie vor ihren Kindern sagten, deswegen versuchte Cage freundlich zu lächeln und wuschelte dem Kleinen durch die Haare, bevor er wieder aufstand und sich zu seinen Eltern drehte.

Automatisch und beinahe wie ferngesteuert hielt ich Josie die Ohren zu, in dem ich ihren Kopf an meine Brust presste, denn ich wusste, wenn Cage jetzt etwas sagen würde, wäre alles zu spät.

Und so kam es auch. Zwar kontrolliert, was ich tatsächlich sehr bewunderte, aber mit wahnsinnig viel Wut im Bauch, sah er die beiden vor sich an und schüttelte fassungslos den Kopf. »Sie haben vielleicht Nerven! Bevor Sie andere Kinder und deren Mütter wegen ihrer Erziehung angreifen, fassen Sie sich vorher besser an die eigene Nase!«, knurrte er aufgebracht. »Wenn Sie keine Ahnung von dem haben, was Sie da quatschen, dann halten Sie gefälligst den Mund und erzählen keinen Schwachsinn. Zumindest nicht wenn Ihr Sohn in der Nähe ist. Haben Sie denn überhaupt keinen Anstand und Respekt vor anderer Leute Privatsphäre und Angelegenheiten? Wenn Ihr Leben so unglaublich langweilig ist, dass Sie über andere reden müssen, dann laden Sie das nicht auf Ihrem Sohn ab. Der kann nichts dafür, dass Sie unzufrieden mit dem sind, was Sie haben oder was aus Ihnen geworden ist.«

Geschockt riss ich die Augen auf und drücke Josie etwas fester an mich, die so gar nicht verstand, was hier los war.

»Wie kannst du es wagen, Lancaster?«, entwich es der Mutter des Jungen, doch Cage schnitt ihr das Wort ab, bevor sie sich in Rage reden konnte.

»Und wie können *Sie* es wagen, über andere Menschen und deren familiären Verhältnisse zu urteilen, wenn Sie diese nicht kennen?« Warnend sah er sie an, doch darauf konnte die Frau nichts mehr erwidern.

Seufzend ließ ihr Mann den Kopf hängen und entschuldigte sich bei uns für die Unannehmlichkeiten, die ihm sichtlich peinlich waren. Deswegen nickte ich ihm freundlich zu, doch Cage ließ nicht locker, zumindest nicht der Mutter gegenüber, die ihn immer noch missmutig ansah.

»Denken Sie das nächste Mal besser genau darüber nach, über was Sie reden, wenn Ihr kleiner Sohn in der Nähe ist! Es ist absolut unverantwortlich, seinen Kindern so einen Blödsinn zu erzählen«, begann er sie zu belehren, doch die Brünette zischte nur empört und verschränkte die Arme vor der Brust. »Anstatt sich so brennend dafür zu interessieren, was im Privatleben anderer so passiert, sollten Sie sich vielleicht lieber um sich selbst und um Ihren Sohn kümmern!« Langsam ging er vermutlich zu weit, auch wenn es diese Glucke eindeutig verdient hatte. Dennoch bekam ich ein ungutes Gefühl, denn ich wusste, diese Frau würde sich einiges über das Verhalten von Cage, gerade in Verbindung zu meiner Tochter und mir, zusammenreimen. Zumal sie offensichtlich auch über unsere gemeinsame Vergangenheit Bescheid wusste. Und wer wusste schon, wem sie das alles in den nächsten Stunden und Tagen brühwarm erzählen würde?

»Ach, und übrigens bin ich nicht Ihr Freund oder Ähnliches. Es wäre mir also lieber, Sie würden mich nicht noch einmal Duzen. Wir kennen uns nicht, auch wenn viele Menschen genau dieser Meinung sind, nur weil ich aus der gleichen Stadt komme wie sie und sie mich einmal im Fernsehen oder wo auch immer gesehen haben«, stellte Cage zum Abschluss noch einmal klar, was mir sehr leidtat, denn ich wusste, dieses Problem hatte er leider ständig.

Wie unheimlich musste das für jemanden sein, wenn jeder aus der Stadt deinen Namen kannte und dich – wie selbstverständlich – als Freund, Sohn oder Feind sah?

»Sie, Mr. Lancaster, kommen schon lange nicht mehr aus dieser Stadt«, zischte plötzlich Jeremys Mutter erneut, was mich aus meinen Gedanken riss und ich ein wenig panisch zu Cage blickte. Ich hoffte, er würde nicht auf ihre dummen Kommentare eingehen, schließlich ging es hier um Josie und diese wollte nur noch nach Hause, wie mir schien.

Zähneknirschend verkniff sich Cage tatsächlich eine Antwort und drehte sich zu uns um.

»Wissen Sie, das war ja irgendwie klar, dass Sie, genauso wie Sie aus purer Bequemlichkeit dieser Stadt den Rücken gekehrt haben, offensichtlich auch Ihre Tochter im Stich gelassen haben.«

Scharf zog ich die Luft ein, als ich die Frau lachen hörte, und spürte, wie mein Puls sich beschleunigte und nicht nur Wut sich in meinem Magen sammelte, sondern auch Angst. Mir war klar, *das* würde Cage nicht auf sich sitzen lassen und sich unausweichlich dadurch verraten. Und gleichzeitig hatte ich ein unfassbar schlechtes Gewissen, da es meine ganz alleinige Schuld war, dass er jetzt deswegen angegriffen wurde, obwohl er absolut nichts dafürkonnte.

Zu meiner Verwunderung allerdings blieb Cage vollkommen ruhig, als er sich wieder zu Jeremys Mutter umdrehte – vielleicht auch gerade wegen des kleinen Jungen, der uns schließlich immer noch überrascht zusah und zuhörte.

»Sehr freundlich von Ihnen, dass Sie sich Gedanken und Sorgen um Josie machen«, säuselte er gespielt lächelnd, bemühte sich, nicht aus seiner Haut zu fahren, was ich ihm deutlich ansehen konnte. »Allerdings ist das absolut nicht nötig. Ihr geht es gut und ihr Vater hat sie keinesfalls im Stich gelassen. Das wird er auch niemals.« Ein Stich fuhr mir durchs Herz. Es war hart zu sehen, wie verletzt Cage durch die Worte dieser Frau schien, wie sehr es ihm zusetzte, dass seine Tochter ausgerechnet deswegen aufgezogen und gehänselt wurde, nur weil eine neugierige Mutter zu viel geplappert hatte. »Ich kann dich also beruhigen, Kleiner«, sagte Cage jetzt wieder an Jeremy gewandt und kniete sich zu dem Jungen hin. »Josie hat einen Dad, wie jeder andere natürlich auch. Und er liebt sie über alles, genauso wie deiner dich über alles liebt.«

Jeremy lächelte fast schon erleichtert und nickte leicht. »Und wieso ist er dann nicht bei ihr?«, wollte der Kleine dennoch sehr neugierig wissen, schien das alles verstehen zu wollen, wie vermutlich auch seine Eltern.

Cage seufzte ergeben, als Josie in meinen Armen zu zappeln begann, da ich ihr immer noch die Ohren zuhielt. »Weißt du, manchmal ist das leider nicht möglich, auch wenn man das noch so sehr will. Verstehst du das?«

Jeremy nickte abermals kurz. »Wegen der Arbeit?«, fragte er trotzdem, schien ein sehr wissbegieriger Junge zu sein.

»Ja, zum Beispiel deswegen«, meinte Cage lächelnd und Jeremy begann ihn nachdenklich zu mustern.

»Bist *du* der Daddy von Josie?«

Erneut zog ich scharf die Luft ein und sah sofort prüfend herunter zu meiner Tochter, ob sie Jeremys Frage verstanden hatte. Doch sie schien müde und reagierte nicht, daher hoffte ich, sie hatte es nicht mitbekommen. Sicher war ich mir allerdings nicht.

»Jeremy, so was fragt man andere Menschen nicht. Willst du Mr. Lancaster nicht lieber um ein

Autogramm bitten, hm?«, mischte sich plötzlich Jeremys Vater nervös ein, noch ehe Cage wusste, was er darauf antworten konnte. Ich war diesem Mann unfassbar dankbar dafür und nickte ihm daher leicht zu.

»Bekomm ich noch ein Autogramm, Mr. Lancaster?« Jeremy grinste zufrieden und irgendwie war es ja fast schon süß, dass der Kleine ganz genau wusste, wer da vor ihm stand. Natürlich nickte Cage lächelnd, griff routiniert zu seiner Gesäßtasche und holte plötzlich einen Stift hervor, mit dem er auf Jeremys Kindergartentasche unterschrieb, die ihm dessen Vater ebenfalls begeistert grinsend entgegenhielt – das entnervte Schnauben seiner Frau vollkommen ignorierend. »Kommst du uns jetzt öfter im Kindergarten besuchen?«, wollte der Kleine dennoch nicht ganz locker lassen und Cage nickte nur zaghaft.

»Gut möglich, ja.«

Jeremys Vater strahlte seltsamerweise, während der Junge noch breiter zu grinsen begann. »Cool!«, staunte er, bevor seine Mutter wortlos begann seine Sachen zusammen zu packen.

»Kommt, wir fahren jetzt endlich auch nach Hause«, sagte Cage lächelnd, als er sich wieder zu uns umdrehte und seine Arme nach Josie ausstreckte, damit ich sie ihm gab.

Sofort klammerte sich unsere Tochter um seinen Hals und vergrub ihr Gesicht an seiner Schulter, als ich ihre Sachen nahm und ihnen nach draußen folgte.

»Ich habe diesen Plüschhund von ihr vorhin in ihre Tasche gepackt, würdest du ihn ihr bitte geben«, bat Cage mich, als wir zu seinem Wagen gingen, und ich nickte wie in Trance, sah mir den Vater meiner Tochter von hinten genauer an, wie er sie im Arm hielt und sie sich fest und voller Vertrauen an ihn klammerte. Es war so unglaublich surreal und ungewohnt. Und dennoch fühlte es sich bereits jetzt unbeschreiblich warm und gut an.

Cage wusste erst seit gestern, dass er Josies Dad war und doch schien es in diesem Moment, als wäre es immer schon so und er niemals weg, sondern immer bei uns gewesen.

13

Cage

Josie konnte oder wollte sich immer noch nicht beruhigen, den ganzen Weg zu Alexis' Wohnung weinte sie bitterlich in den Armen ihrer Mutter und es zerriss mir schier das Herz, sie so zu sehen. Es war nicht fair, dass sie ausgerechnet dann so etwas gesagt bekam und das auch noch von einem der Kinder aus ihrem Kindergarten, wenn ich als ihr Vater endlich an ihrer Seite war.

Dank dieses Zwischenfalls mit dem Jungen aus ihrer Kindergartengruppe war ich jetzt unsicher, wusste nicht, was ich, was wir, jetzt machen sollten. War es wirklich der beste Augenblick, es meiner Kleinen zu sagen und wenn ja, wie sollte ich das anstellen?

»Du scheinst sehr in Gedanken«, merkte Alexis besorgt an, als ich den Wagen vor dem Haus parkte und wir gemeinsam ausstiegen.

Ich seufzte bestätigend. »Das alles gerade hat meinen Plan durcheinandergebracht, wenn du verstehst, was ich meine.« Ich sah sie durchdringend an und nahm ihr Josie aus ihrem Arm ab, damit sie in Ruhe die Türen aufschließen konnte.

»Ich bin müde«, murmelte der blonde Engel an meiner Schulter, noch ehe wir die Wohnung betreten hatten. Es wunderte mich nicht, dass ihr die Augen zufielen, so lange, wie sie geweint hatte. Dank meiner Schwester wusste ich, dass so etwas immer sehr müde machte und auch wenn wir erst Mittag hatten, war ich mir sicher, Alexis würde Josie gleich ins Bett bringen, war es nur für einen kurzen Mittagsschlaf, damit sie wieder Kraft tanken konnte.

»Hast du denn schon etwas gegessen, Schatz?« Alexis sah zu unserer Tochter in meinem Arm, die nach kurzer Überlegung den Kopf schüttelte. »Oh! Na, kein Wunder, dass du müde bist.« Sie lächelte Josie an und deutete zur Küche, in die ich ihr scheinbar folgen sollte. »Normalerweise frühstückt sie mit den anderen Kindern im Kindergarten, aber wenn sie etwas bedrückt, dann isst sie einfach nichts mehr«, erklärte sie, während sie unserer Tochter liebevoll über den Kopf strich und anschließend begann ein paar Zutaten zum Kochen aus dem Kühlschrank zu holen.

Da Josie keine Anstalten machte, von mir runterzukommen und in ihr Zimmer zu gehen, behielt ich sie einfach auf meinem Arm und setzte mich mit ihr auf einen der Stühle am Esstisch und sah Alexis ein wenig beim Kochen zu. Offensichtlich wusste sie genau, was sie tat und wusste dementsprechend auch, was Josie mochte und was sie nun dringend brauchte. Ich wäre wohl nie auf die Idee gekommen, ihre Müdigkeit in der Tatsache zu suchen, dass sie bis jetzt noch gar nichts gegessen hatte. Dafür fehlte mir schlichtweg die nötige Erfahrung. Nicht nur mit Kindern allgemein, sondern vor allem eben mit meiner eigenen Tochter.

»Mommy, darf ich hier was malen?«, fragte Josie plötzlich ihre Mutter und durchbrach damit meine Gedanken.

»Sicher, Schatz. Solange das Essen noch nicht fertig ist, kannst du dich ruhig hier an den Tisch setzen. Cage kann dir ja vielleicht helfen, deine Malsachen rüber zu tragen«, erwiderte Alexis lächelnd und zum wiederholten Mal bemerkte ich, was für eine fürsorgliche Mutter sie doch geworden war. Sie war so erwachsen und anders, als ich sie in Erinnerung hatte, und doch schien sie noch immer dieselbe, in die ich mich damals Hals über Kopf verknallt hatte.

Ich war ihr dankbar, dass sie mich in dieses Familiending einbezog, denn so ganz und zu hundert Prozent war ich noch nicht in meiner neuen Rolle integriert, wie mir schien. Vermutlich brauchte das seine Zeit und ich konnte nur hoffen, dass Josie sie mir gab.

»Ich male was für Cage!«, beschloss Josie, lächelte endlich wieder und ich spürte, wie sich der Knoten in meiner Brust seit dem Vorfall im Kindergarten ein bisschen löste. Alexis lachte erleichtert und machte sich daran, das Gemüse klein zu schneiden, während ich Josie auf ihre Füße stellte und mich von ihr in das rosa Mädchenzimmer führen ließ.

»Was genau brauchst du denn alles zum Malen?«, fragte ich und grinste sie leicht überfordert an, als ich eine unglaublich große Auswahl an Bunt-, Mal- und Filzstiften auf ihrem kleinen Kindertisch entdeckte.

»Die da!«, deutete sie dennoch gleich auf alle und suchte ihren Malblock. Mir schien, als würde Josie das von dem Jungen Gesagte versuchen zu vergessen oder gar zu verdrängen, was zwar für den

Moment in Ordnung war, jedoch leider das Problem nicht löste.

So wie mir von meiner Kleinen *befohlen,* griff ich mir alle bunten Stifte, die auf dem Tisch umherlagen, und folgte ihr wieder zurück in die Küche, wo Alexis längst dabei war, Kartoffeln zum Kochen aufzusetzen.

»Was gibt es denn Schönes?« Neugierig schielte ich auf die restlichen Zutaten, gespannt darauf zu erfahren, was meine Tochter außer Pasta sonst noch gern hatte.

Alexis drehte sich zu mir um und lächelte verlegen, als sie auf die Zutaten und vor allem auf die Kartoffeln deutete und mir langsam dämmerte, was sie gerade vorbereitete.

»Sag bloß, du hast immer noch das alte Rezept meiner Mom«, staunte ich verwundert, doch Alexis grinste und nickte leicht. »Und Josie schmeckt es? Ich meine ...« Kurz drehte ich mich zu meiner Tochter um, die gerade auf ihren kleinen Kinderhochstuhl kletterte und uns scheinbar nicht hörte. »Da ist doch so viel Gemüse drin. Ich dachte immer, Kinder hassen Gemüse?«, flüsterte ich überrascht, was Alexis nur noch mehr zum Lachen brachte.

Irritiert sah Josie zu uns beiden rüber, sagte allerdings Nichts und lächelte nur.

»Dem berühmten Kartoffelgemüse deiner Mom konnte bisher doch niemand widerstehen, oder?«

Verwirrt, aber positiv überrascht, setzte ich mich wieder zurück an den Tisch, direkt neben Josie, die einmal kurz lächelnd zu mir aufsah, als sie einen roten Stift nahm und zu kritzeln begann.

»Hast du denn eine Lieblingsfarbe?«, wollte ich von meiner Tochter wissen und diese nickte begeistert und schnappte sich den nächsten Stift.

»Gelb!« Sie strahlte über das ganze Gesicht und ich musste lachen. Deswegen also das quietschgelbe Kleidchen und auch die Zitronenfalter, die sie vor dem Kindergarten so gebannt beobachtet hatte. »Und was ist *deine*?«, fragte Josie kichernd, während sie sich wieder einen anderen Stift nahm.

»Hm, darüber hab ich wohl noch nie nachgedacht«, gestand ich grinsend, »aber ich denke, es ist Blau.« Ich zuckte nachdenklich mit den Schultern und Alexis drehte sich augenblicklich zu mir um. »Blau wie Mommys Augen«, kicherte Josie, doch Alexis hob nur eine Augenbraue und starrte unsere Tochter erstaunt an – genau wie ich.

»Mommy, wann gibt es Essen? Ich hab Hunger«, ertönte im nächsten Moment Josies Stimme erneut und ich war dankbar dafür, dass der seltsame Moment von eben schnell vorüber war. Alexis schien es ähnlich zu gehen, denn statt einer Antwort schenkte sie Josie nur ein verunsichertes Lächeln, als mein Blick auf das Bild unserer Tochter fiel und ich erkannte, was sie versuchte darzustellen.

Einen Regenbogen. Groß, unglaublich bunt und schön.

Ich musste schmunzeln, war sogar ein wenig stolz darauf, dass Josie offensichtlich ein wenig künstlerisch veranlagt war und nicht so wie ich, der nur grässlich hässliche Strichmännchen malen konnte. »Das ist wirklich ein schöner Regenbogen«, kommentierte ich grinsend und sie begann ein weiteres Mal zu strahlen.

»Der ist für dich«, sagte sie voller Stolz, als sich Alexis wieder zu uns beiden umdrehte und unserem Engel durch die blonden Haare strich.

»Sie malt sehr gerne Regenbogen«, erzählte sie lächelnd und deutete mit dem Kopf zum Kühlschrank, an dem ich einige Bilder meiner Tochter erkannte. Allesamt Regenbogen. Kleine, große, bunte, weniger farbenfrohe, dicke, dünne. Es war alles dabei, was ein Kind sich nur ausdenken konnte, und ich staunte nicht schlecht. Woher sie das wohl hatte? Und warum ausgerechnet immer nur Regenbogen? »Das Essen ist gleich fertig,

Schatz. Du kannst dir also schon mal die Hände waschen gehen. Cage und ich räumen deine Malsachen wieder in dein Zimmer, okay?«

Josie seufzte erleichtert, schien tatsächlich bereits sehr großen Hunger zu haben. »Aber ich muss das später noch fertig malen, das ist ein Geschenk für Cage«, ließ sie ihre Mutter wissen. »Er soll das mit nach Hause nehmen, damit er uns nicht vergisst, wenn er weg ist«, erklärte sie plötzlich schmollend und leise und erneut schnürte sich alles in meiner Brust zusammen.

Ich warf Alexis einen verzweifelten Blick zu, als Josie im Badezimmer verschwand.

»Wir müssen es ihr sagen«, flüsterte sie nachdenklich, jedoch überzeugt von dem, was sie sagte. »Du hattest recht und wir dürfen nicht länger warten.«

Ich nickte ergeben und natürlich auch erleichtert. Ganz egal, wie viel Angst ich vor diesem Moment hatte, ich wollte, dass Josie es endlich erfuhr.

»Lass uns nach dem Essen irgendwo zusammen hinfahren«, schlug ich leise vor. »Erinnerst du dich an diesen kleinen Streichelzoo von Farmer Jones, bei dem wir früher so oft waren? Lass uns mit ihr dort hinfahren. Sie soll einen schönen, restlichen

Tag haben, den Vorfall im Kindergarten vergessen können und dann ... Dann können wir mit ihr reden.«

Alexis überlegte nicht lange, nickte sofort und automatisch. »Ja, das klingt schön und es ist garantiert besser und vor allem entspannter für sie, als wenn wir das hier direkt nach dem Essen machen.«

»Fertig!« Josie strahlte uns entgegen, als sie wiederkam und vorsichtig auf ihren Stuhl krabbelte. Alexis und ich räumten schnell den Esstisch ab und legten die Malsachen unserer Tochter zurück in ihr Zimmer.

»Sag mal, Schatz, hast du vielleicht Lust nach dem Essen in den Streichelzoo zu fahren? Da kannst du Ziegen sehen und Farmer Jones hat immer ganz viele, kleine Kätzchen, die auf dem Hof herumlaufen«, versuchte Alexis Josie für die Idee zu begeistern, was überflüssig schien, denn ihre Augen wurden ganz groß und funkelnd, als sie das Wort *Kätzchen* hörte. Sie begann sofort voller Vorfreude zu nicken, stoppte dann aber plötzlich, drehte sich fragend zu mir um und schob die Unterlippe vor, verlor ihr Strahlen und schien auf einmal vollkommen traurig.

»Hey, was ist denn los, hm?«, fragte ich alarmiert und beugte mich zu ihr herunter, stupste mit meinem Finger ihre winzig süße Nase an, damit sie mich ansah.

»Ich will bei dir bleiben! Ich will nicht, dass du wegfährst«, sagte sie mit bebenden und verräterischen Lippen, doch ich verstand nicht, wie sie auf einmal darauf kam, ich würde wegfahren. »Ich will nicht in den Streichelzoo, ich will lieber bei dir bleiben!«, protestierte sie lautstark, was auch Alexis ein wenig aus dem Konzept brachte.

»Aber Schatz ...« Sie sah zu unserer Tochter, doch diese ließ ihre Mutter nicht aussprechen und schmiss sich mir plötzlich an den Hals und begann erneut zu weinen.

Es erschrak mich zutiefst, dass sie das tat, denn ich wusste, es hatte mit dem Vorfall im Kindergarten zu tun. Wahrscheinlich verletzte es Josie, dass jemand so über sie oder auch über ihren Dad gesprochen hatte, und genau aus diesem Grund fehlte ihr in diesem Augenblick eine Vaterfigur, die sie ganz offensichtlich in mir fand. Ich vermutete, Josie wollte sich nicht mehr so Allein fühlen, wollte, wenn auch nur für ein paar Tage, das Gefühl haben, sie hätte Mutter *und* Vater, eine ganz normale Familie eben. Und so war es eigentlich auch. Nur dass sie das im Moment noch nicht wusste.

»Ich werde nicht wegfahren, kleiner Engel«, flüsterte ich meiner Tochter zu und drückte sie an mich, um ihr über die Haare zu streichen und sie damit zu beruhigen.

Schniefend wurde sie immer leiser, während jetzt Alexis die Tränen in den Augen standen und ihr die Wangen herunterliefen. Sofort wischte sie diese wieder weg, versuchte stark zu bleiben, was ihr sichtlich schwerfiel. Ich sah ihr an, wie sehr es ihr leidtat, dass nun alles so war, wie es war. Dass sie ihrer Tochter und mir das alles angetan hatte. Ich sah, dass sie sich unbeschreiblich schuldig und schlecht deswegen fühlte. Und doch konnte ich ihr nicht so leicht verzeihen, es schien unmöglich.

»Ich glaube, du hast deine Mom eben falsch verstanden«, erklärte ich Josie leise flüsternd die Situation, hoffte, meine Tochter würde sich in meinen Armen schnell wieder entspannen. Schniefend schob sie den Kopf an meiner Brust nach oben und sah neugierig zu mir auf. »Wir werden alle zusammen zum Streichelzoo fahren, ich lass euch nicht allein«, sagte ich, als wäre es selbstverständlich, und versuchte zu lächeln.

»Wirklich?«, schluchzte Josie leise, rieb sich die Augen und ich wischte ihre Tränen aus dem Gesicht.

»Wirklich! Ich werde mitkommen. Und ich werde auch morgen wieder bei euch sein. Und übermorgen auch. Und überübermorgen ...«, erzählte ich ihr und ihre Augen begannen sofort zu strahlen, so sehr, dass ich das Gefühl hatte, ich hätte nie etwas Schöneres in meinem Leben gesehen. Kein Sonnenauf- oder untergang schien so wunderschön und echt zu sein, wie das Strahlen meiner Tochter in diesem Augenblick.

14

Alexis

Nachdem Josie sich beruhigt und endlich etwas mit uns gegessen hatte, zog ich sie um, damit wir zum Streichelzoo fahren konnten. Ich war froh darüber, dass das Wetter – zumindest bis jetzt – auf unserer Seite war.

Der Vorfall vom Vormittag ließ mich nicht mehr los und ich machte mir die größten Vorwürfe wegen all dem, was passiert war, auch wenn ich wusste, dass es eigentlich nur die Dummheit von Jeremys Mutter war, die das alles ausgelöst hatte. Dennoch tat es mir schrecklich leid und ich wusste nicht, wie ich das je wieder gut machen sollte. Ganz besonders was Cage anging.

Ich sah ihm an, wie sehr es ihn traumatisierte, seine Tochter in diesem Zustand zu sehen. Vermutlich konnte er sich nur aus diesem Grund im Kindergarten nicht mehr zusammenreißen und hatte sich und damit auch uns verraten. Zumindest war ich mir sicher, dass allen Beteiligten vom Vormittag vorhin nun klar sein sollte, dass Cage Josies Vater war.

Das machte mir zwar unfassbar große Angst, da ich nicht wusste, ob und welche Wellen das nun schlagen würde, doch vermeiden oder etwas daran ändern konnte ich momentan sowieso nicht. Außerdem war es mir wichtiger, wir würden unsere Tochter endlich aufklären können, denn sie gewöhnte sich bereits zu sehr an Cage, mochte, ja liebte ihn vielleicht sogar schon.

Ich wusste nicht, woher das so schnell bei ihr kam, denn bisher war sie fremden Menschen, vor allem Männern gegenüber, nie so aufgeschlossen gewesen, doch bei Cage passierte etwas in ihrem kleinen Köpfchen, was ihr wohl Vertrauen in ihn gab und das auf Anhieb. Schon auf Kelseys Hochzeit am Wochenende wunderte ich mich über meine Tochter und jetzt war es nicht anders, im Gegenteil. Zwar erschrak es mich auch ein wenig, dass sie Cage nicht mehr gehen lassen wollte, denn theoretisch wusste sie nicht, mit wem sie es zu tun hatte, doch auf der anderen Seite schien es mir längst, als hätte sie innerlich eine kleine Ahnung, wer er sein könnte, auch wenn sie das sicherlich nicht in Verbindung bringen oder verstehen konnte.

»Du meine Güte«, kam es prompt von einer altbekannten Stimme hinter uns, als wir zu dritt den großen Bauernhof betraten, den wir schon seit unserer Kindheit kannten. Cage und ich waren unheimlich oft hier gewesen, auch später in der Jugend sind wir häufig einfach mit dem Fahrrad hingefahren, denn Farmer Jones ließ uns immer zu den Tieren, wann immer wir wollten. Cage liebte die vielen, verspielten Hunde auf dem Hof, während ich gerne mit den Kätzchen spielte. Dieser Ort war unser kleines Versteck gewesen. Wann immer einer von uns sich schlecht gefühlt hatte, gingen wir hierher. Und sogar unser allererster Kuss geschah tatsächlich hier.

Damals hatte es fürchterlich geregnet und wir waren nass bis auf die Knochen, hatten uns aneinander geschmiegt, um uns gegenseitig zu wärmen, denn nach Hause konnten wir mit den Fahrrädern bei dem Gewitter nicht fahren. Also hatten wir uns unter das kleine Vordach vom Stall gesetzt und über unsere missliche Lage gelacht. Cage war schon damals ein kleiner Weiberheld, doch mir gegenüber war er immer unheimlich aufmerksam und liebevoll, hatte alles dafür getan, dass es mir gut ging und damit ich nicht krank wurde. Und so hatte er mich damals unter diesem Vordach das erste Mal geküsst, als er versucht hatte, mir seine Jacke zu geben, auch wenn sie genauso durchnässt war wie alles andere. Es war nur ein ganz kleiner, winziger Kuss, doch er hatte eine unfassbar große Wirkung auf uns beide.

»Kaum zu fassen, dass ich euch wieder zusammen sehe«, hörten wir Farmer Jones hinter uns lachen und drehten uns zu ihm um. »Und ich dachte schon, ihr Beiden würdet mich nie mehr besuchen kommen«, sagte er mit einem warmherzigen Lächeln auf den Lippen, bevor er mich und danach auch Cage kurz in die Arme schloss.

Grinsend begrüßte ich ihn, während Josie an meiner Hand zog, da sie sich benachteiligt fühlte. Kein Wunder, denn Farmer Jones hatte unsere Kleine bisher noch gar nicht entdeckt. »Mommy, wo sind die Kätzchen?«, fragte sie neugierig und lenkte dadurch unweigerlich die Aufmerksamkeit auf sich.

»Na, wer sagt's denn«, lachte Farmer Jones auf einmal, als er Josie so musterte. »Ich habe immer gehofft, ihr würdet wieder an mich denken, wenn es bei euch so weit ist«, meinte er und sah mit liebevollem Lächeln zu Josie. »Schau mal, Prinzessin.«

Er deutete plötzlich zu dem bedeutungsvollen, kleinen Vordach des Stalls, unter dem ein kleiner Korb stand. »Siehst du das kleine Körbchen da hinten?«, fragte er unsere Tochter schmunzelnd. Josie nickte hastig. »Da warten ganz viele, kleine Kätzchen auf dich. Wenn du sie also streicheln willst, musst du nur rübergehen, sie werden sich bestimmt freuen.«

Josies Augen begannen zu strahlen und sofort riss sie sich von meiner Hand los und rannte zum Vordach, während mir Cage einen lächelnden Blick zuwarf, den ich nicht so recht deuten konnte. Hatte er vielleicht auch gerade an unseren allerersten Kuss gedacht oder lächelte er wegen Josie?

»Wirklich bezaubernd die kleine Prinzessin«, sagte Farmer Jones nachdenklich und ich musste unweigerlich schmunzeln, denn ich erinnerte mich daran, dass er auch mich früher immer so genannt hatte. »Wie alt ist denn eure Kleine?«, wollte er mit sanftem Lächeln wissen, doch ich erstarrte für einen kurzen Moment. Es irritierte mich, dass auch er sofort sah, dass Josie zu uns beiden gehörte, dass es unser Kind war und nicht eben nur meines.

»Vier«, erwiderte ausgerechnet Cage, der seine Unsicherheit gut versteckte. »Und natürlich haben wir da sofort an *dich* gedacht. Bisher waren wir nur leider zu selten hier gewesen, um Josie mal mit hierher zu nehmen«, flunkerte er ein wenig, was allerdings nur nett gemeint war, denn er wollte Farmer Jones natürlich nicht vor den Kopf stoßen und mich offensichtlich nicht schlecht dastehen lassen.

»Schön zu sehen, dass ihr beiden noch vereint seid«, meinte der Farmer aufrichtig lächelnd und traf damit unbewusst einen wunden Punkt, denn weder Cage noch ich sagten etwas dazu, starrten nur etwas verloren zu Boden oder zu den Tieren auf dem Hof und schwiegen.

»Ist es für dich in Ordnung, wenn wir uns ein wenig auf dem Hof aufhalten und unserer Tochter alles zeigen?«, sprach Cage dann aber die Worte aus, die noch immer unbeschreiblich ungewohnt für mich klangen – vor allem, da er sie diesmal laut aussprach.

»Na, aber sicher doch! Jederzeit und immer wieder gerne, das wisst ihr doch«, entgegnete Farmer Jones zwinkernd, als Josie plötzlich nach ihrem Dad, also nach Cage, rief, um ihn zu sich zu holen.

Cage nickte Farmer Jones dankbar zu und ging dann zu unserer Tochter, die fröhlich und grinsend zwischen sechs kleinen Katzen saß und sichtlich Spaß hatte.

Es war ein seltsames und ungewohntes Gefühl, Cage jetzt ausgerechnet mit Josie unter diesem Vordach sitzen zu sehen, doch wieder einmal musste ich mir eingestehen, dass es sich irgendwie richtig und gut anfühlte.

»Mommy, guck! Der sieht aus wie Paul«, rief meine Kleine und hielt eines der Kätzchen in die Luft, das tatsächlich verblüffende Ähnlichkeit mit unserem alten Kater Paul hatte. Leider starb er sehr früh und Josie war seitdem todtraurig gewesen, wollte kein anderes Haustier mehr haben, was mir als Mutter sowieso recht war. Denn dadurch, dass ich bisher alleinerziehend war, hatte ich nicht sonderlich viel Zeit, mich auch noch um eine Katze zu kümmern, zumal wir auch nicht das nötige Kleingeld hatten, um überhaupt eine zu ernähren. Zwar war mir schon immer klar gewesen, dass Josie aufgrund ihres Vaters alles andere als arm war und ihre Zukunft abgesichert sein würde, so kam es mir bisher dennoch niemals in den Sinn, Cage je nach Geld zu bitten. Und das nicht nur, weil ich ihm dann hätte alles erzählen und die Wahrheit sagen müssen. Nein, ich wollte nur niemals auf seine Kosten leben müssen.

»Alexis!« Cage winkte mich zu den beiden rüber und grinste sein typisches Lancaster-Grinsen, das ich so sehr liebte, deshalb schenkte ich Farmer Jones noch ein ehrliches und dankbares Lächeln, bevor ich zu meiner kleinen Familie rüberging.

Familie. Herrgott, es klang immer noch surreal, unwirklich und einfach nur seltsam. Und doch war es so. Cage, Josie und ich, wir waren jetzt eine kleine Familie, auch wenn Dad und Mom nicht mehr zusammenlebten. Ich liebte Cage immer noch, zumindest so, wie man einen guten Freund und Vertrauten liebte. Und das war nie anders gewesen, selbst in der Zeit, als wir getrennt und er mit Kelsey zusammen war. Wir waren immer noch Freunde und liebten uns.

Ich wusste, so etwas war äußerst selten und deswegen auch umso kostbarer. Doch ich fürchtete, mit meinen Lügen und dem, was ich Cage angetan hatte, war das alles nun vorbei. Zumindest von seiner Seite aus. Vermutlich würde er mir nie wieder vertrauen können und wenn man nicht vertraute, dann konnte man auch nicht lieben, das war mir absolut klar und es tat weh, sich das eingestehen zu müssen.

»Guck mal, Mommy! Der hat ganz weiße Pfötchen.« Josie lachte, als sie mir einen niedlichen, kleinen Kater zeigte, der zwar ganz schwarz war, doch tatsächlich alle vier Pfoten wie weiß angemalt waren. »Der ist süß«, murmelte unsere Tochter zufrieden lächelnd und streichelte das zahme Tierchen, das sichtlich Gefallen daran fand.

»Ihr hattet also mal einen Kater?«, wollte Cage grinsend wissen und ich nickte.

»Ja, er ist Josie immer hinterhergelaufen und wir wussten nicht, ob er irgendwem gehörte, also habe ich mich informiert, hab alle Nachbarn und sogar die Behörden bei der Stadt befragt, doch niemand kannte den armen Kater, also hat Josie ihn bei uns aufgenommen«, erzählte ich und setzte mich neben Cage auf die kleine Stufe unter dem Stallvordach, genau wie damals.

»Und was ist mit ihm passiert, wieso habt ihr ihn nicht mitgenommen, als ihr wieder nach Kanada gezogen seid?«, fragte er verwirrt, doch Josie hob schmollend und traurig den Kopf und seufzte leise.

»Paul wollte in den Himmel, ihm ging's nicht mehr gut und Mommy sagte, dort würde es ihm wieder besser gehen«, erklärte sie tapfer den Tod ihres Katers ihrem Dad, der daraufhin nur verstehend nickte.

»Josie liebt Tiere, egal welche«, sagte ich schmunzelnd, »aber da wir nur eine kleine Wohnung haben, ist es mir nicht möglich, ihr ein neues

Haustier zu schenken«, flüsterte ich Cage zu, der sichtlich nachdenklich wirkte.

»Will sie denn eins?«, fragte er leise, ohne, dass Josie uns verstand und ich nickte zögerlich.

»Na ja, sie hat zwar Angst, dass so etwas wie Paul auch ihrem neuen Haustier passieren könnte, aber ja, ich bin ziemlich sicher, sie würde gerne wieder ein Haustier haben wollen. Josie ist unheimlich liebesbedürftig, braucht immer jemanden um sich herum, um den sie sich kümmern kann, wenn es ihr nicht gut geht – sei es nur eine Katze oder ein Hund, ein Hamster oder was auch immer«, erzählte ich und musste lächeln, denn ich wusste, das hatte sie eindeutig von Cage, von ihrem Dad. Er war in seiner Kindheit genauso.

»Mommy, guck!«, rief Josie und ich musste lachen, als ich sah, dass sie einen ihrer Bommel, die an ihrem Sweater herunterhingen, dazu nutzte, mit den Kätzchen zu spielen.

»Pass aber auf, dass sie dich nicht aus Versehen kratzen, Schatz«, warnte ich sie vorsichtshalber vor, doch da hörte sie schon gar nicht mehr zu, so viel Spaß schien sie mit den kleinen Tierchen zu haben.

Neugierig drehte ich mich zu Cage und beobachtete ihn ein paar Sekunden. Er war vertieft, versunken in Gedanken und schaute seiner Tochter dabei zu, wie sie mit den kleinen Katzen spielte. Ein unheimlich sanftes Lächeln umspielte seine Lippen und es tat gut, ihn so vor mir sitzen zu sehen. So zufrieden und glücklich. Und das obwohl ich doch mit meiner Lüge, mit Josie, sein Leben komplett auf den Kopf gestellt hatte. Vielleicht wünschte er sich insgeheim und unbewusst schon eine Weile ein Kind? Auch wenn er immer noch seinem Beruf und seiner Karriere nachging. Vielleicht fehlte ihm trotz allem etwas – etwas, was ihn mit mehr als nur Erfolg erfüllte? Und vielleicht würde Josie diese Lücke tatsächlich schließen können? Doch vielleicht träumte ich mir hier auch nur irgendetwas zusammen, aus dem einfachen Grund, da ich Angst hatte, dass es doch nicht gutgehen und wir nicht glücklich werden würden.

»Wann bist du mit ihr eigentlich wieder zurück aus England gekommen?«, fragte Cage mich plötzlich leise und ich sah ihn überrascht an. Hatte er gerade etwa darüber nachgedacht? Eigentlich nicht verwunderlich, er wusste noch immer viel zu wenig aus den vergangenen vier Jahren seiner Tochter.

»Ich bin während der Schwangerschaft schon einmal hier in der Nähe gewesen. Nicht direkt in der Stadt, aber in New Haven ein paar Meilen außerhalb. Ich wollte in dieser Zeit nicht allein sein. Vor allem, falls ich Hilfe brauchen würde oder etwas passiert wäre. Und so waren meine Eltern immer in meiner Nähe, bis Josie auf der Welt war«, erzählte ich seufzend, konnte Cage dabei aber nicht in die Augen sehen. Auch wenn er damals zusammen mit Kelsey in den Staaten lebte und nicht hier in unserer Heimat, wo er mir hätte nah sein können, fühlte ich mich schuldig.

»Heißt das, du musstest wegen Josie dein Studium abbrechen und warst danach nie wieder in England?«, fragte Cage leicht entsetzt und musterte mich fassungslos.

»Ich habe es unterbrechen müssen, ja. Aber nachdem Josie etwas größer war und ich sie in der betreuten Kinderkrippe lassen konnte, habe ich mein Studium dann letztes Jahr endlich beenden können. Wir haben also zuerst in New Haven gelebt, dann nicht ganz ein Jahr lang in New Jersey, dann wieder zwei Jahre in England und jetzt ... Jetzt sind wir wieder hier.« Ich lächelte unsicher, wusste nicht, wie er es finden würde, dass ich seine Tochter in ihrem noch so kurzen Leben so oft hatte umziehen lassen. Und das sogar in zwei ihr völlig fremde Länder.

Cage sah mich durchdringend an und räusperte sich leise. »New Jersey? Du warst mit ihr also in den Staaten? Ganz allein in einer Großstadt?«

Ich nickte hart schluckend. »Ich hatte dort einen recht gut bezahlten Job und konnte sie sogar mit zur Arbeit nehmen damals. Es war also alles nur halb so wild. England war da weitaus schlimmer und das College wirklich erbarmungslos hart.« Ich lachte etwas unbeholfen, doch Cage' Miene war immer noch unverändert und ernst.

»Und du hast es trotzdem geschafft. Mit einem kleinen Kind und das ganz allein«, stellte er fest. Wobei ich nicht wusste, ob er das mir sagte oder eher zu sich selbst. »Du weißt, ich hätte immer hinter dir gestanden, hätte dir helfen und dich unterstützen können bei all den Dingen. Du hättest es so viel leichter haben können, Alexis.«

Abermals seufzend sah ich ihn an und lächelte resigniert. »Ich weiß.«

»Ich hoffe, du weißt auch, dass ich ab sofort immer da sein werde, wenn ihr – wenn du mich brauchst. Du ... bist Josies Mom«, wisperte er beinahe verlegen und lächelte plötzlich. »Und damit bist du gleichzeitig die Mutter *meiner* Tochter. Wir *sind* eine Familie, Alexis.«

Auf diese Worte war ich nicht gefasst.

Hart schluckend und meine Tränen unterdrückend wand ich meinen Blick kurz von ihm ab, wollte nicht, dass er mich so sah.

»Auch wenn ich sicherlich noch lange brauchen werde, um das alles zu verstehen und begreifen zu können, so werde ich trotzdem versuchen mein Bestes zu geben, um ein ganz normaler Vater sein zu können, der natürlich nicht nur für seine Tochter da ist, sondern auch für deren Mutter. Ich will, dass es euch beiden gut geht, denn du bist eben der andere Teil von Josie. Du bist diejenige, die immer bei ihr sein wird, wenn ich es nicht sein kann und du warst bisher auch immer diejenige, die bei ihr war, die sie erzogen und großgezogen hat.« Cage stockte kurz, warf einen prüfenden Blick zu unserer Tochter, die allerdings immer noch fröhlich und amüsiert mit den kleinen Kätzchen spielte und uns nicht sonderlich beachtete.

»Ich finde, du hast das bis jetzt wirklich gut hinbekommen. Auch ohne mich und meine Hilfe. Und allein dafür habe ich großen Respekt vor dir, glaube mir. Mir ist durchaus bewusst, wie die Sachlage momentan in dieser Welt vor allem für alleinerziehende Mütter aussieht und ich weiß, dass es alles andere als leicht gewesen sein muss. Deine Familie hatte nie sonderlich viel Geld, genauso wenig wie meine, daher ist mir bewusst, dass du das meiste vollkommen allein hast stemmen müssen und trotzdem oder vielleicht auch gerade deswegen hast du es so gut hinbekommen. Doch jetzt bin *ich* da, Alexis. Und ich werde nicht nur helfen, euch nicht nur finanziell unter die Arme greifen, ich werde mich einbringen, werde da sein, wenn du oder Josie mich braucht und ich werde mich kümmern. So wie du es all die Jahre bei Josie getan hast.«

Ich liebte diesen Mann dafür, dass er so war, wie er nun mal war. Und ich wusste ... eigentlich hatte ich ihn nicht verdient.

15

Alexis

Zu dritt gingen wir rüber auf die kleine Weide des Bauernhofes, auf der auch schon früher immer die Ziegen und Schafe standen. Farmer Jones freute es sichtlich, dass wir mit unserer kleinen Tochter hier waren und lächelte immerzu, als er uns beobachtete.

»Falls ihr die Tiere füttern wollt, hinten in der Scheune habe ich noch Futter«, meinte er, als wir am Zaun der Ziegen standen. Cage und ich nickten dankend.

Josie musterte die Tiere mit skeptischem, aber neugierigem Blick, bis sie wieder zu Cage hochschaute. »Wozu haben die Hörner und warum sind manche davon so groß und lang?«, fragte sie etwas ängstlich, doch Cage lachte.

»Das haben sie, um sich und ihre Kinder zu beschützen«, erklärte er und deutete auf einen der männlichen Ziegenböcke, der gerade sein kleines

Zicklein versorgte. »Siehst du? Die Hörner von den Papas der Ziegen sind immer viel größer und länger als die der Mamas, so können sie besser auf ihre Familie aufpassen, wenn jemand ihnen etwas Böses will.« Cage grinste breit und kniete sich zu Josie herunter, um mit ihr auf Augenhöhe zu sein.

»Das sind also alles Papas von den ganz kleinen Ziegen?«, wollte sie staunend und neugierig wissen und Cage nickte. »Mommy wollte Daddy und mich auch immer nur beschützen«, begann unsere Kleine aber plötzlich und mir stockte der Atem und meine Kehle schnürte sich augenblicklich zu.

Josie sah prüfend zu Cage und dieser wusste auch nicht so recht, was er dazu sagen sollte. »Ich bin sicher …« Er räusperte sich umständlich. »Deine Mom hatte einen sehr guten Grund dazu«, sagte er schließlich und versuchte zu lächeln.

Josie nickte, beinahe so, als ob sie es tatsächlich verstehen würde. Wahrscheinlich war es endlich an der Zeit, es ihr zu sagen. Schließlich schnitt Josie das Thema über ihren Vater seit heute Morgen immer häufiger an und ich war sicher, es hatte nicht nur mit dem Vorfall im Kindergarten zu tun. Vielleicht irritierte es sie, dass ausgerechnet Cage ständig bei uns war, ihr Vater aber nicht. Oder spürte sie gar längst, dass er ihr Dad war? Ich hatte keine Ahnung, ob das in diesem Alter möglich war, doch ich kannte mein Kind und wusste, sie war alles andere als dumm oder langsam beim Denken.

»Hast du vielleicht Lust reinzugehen und die kleinen Zicklein zu füttern?«, durchbrach Cage' Stimme die Stille. Er schien unsicher und deutlich erleichtert, als Josie zustimmend nickte. Er erhob sich wieder und seufzte tief. »Dann hol ich mal ein bisschen Futter für die Ziegen aus der Scheune, ja? Ich bin gleich wieder da.« Cage warf mir einen kurzen Blick zu, bevor er zu Farmer Jones in den Stall verschwand, um das Futter zu holen.

Wir sahen ihm beide noch lange nach, bevor Josie sich wieder zum Zaun und somit zu den Ziegen drehte und sie eine Weile stumm beobachtete. Einer der Ziegenböcke kam einem anderen in die Quere und schubste dabei ein Zicklein aus Versehen zur Seite, was den anderen Ziegenbock wütend meckern ließ. Auch dazu sagte Josie aber kein Wort, was mich stutzig machte. Sonst kommentierte sie auch immer alles, was Tiere anging. Zumal sie heute zum ersten Mal Ziegen vor sich stehen sah. Dennoch kam kein Wort über ihre Lippen und ich machte mir langsam Sorgen.

Meine Kleine wirkte unheimlich nachdenklich, nicht im Hier und Jetzt und ich hoffte nur, Cage würde sich mit dem Futter beeilen, damit wir es ihr bald sagen konnten.

»Mommy?«, durchbrach Josie jetzt doch endlich die Stille, nachdem sie eine gefühlte Ewigkeit geschwiegen und die Ziegen hinter dem Gehege beobachtet hatte.

»Was ist los, Schatz?«, wollte ich einfühlsam lächelnd wissen.

Meine Tochter drehte sich langsam zu mir um. Ihr Blick schien verwirrt und ihr lag etwas auf dem Herzen, das konnte ich ihr an der Nasenspitze ansehen. Ich wusste, sie würde jetzt genau das fragen, was ihr eben die ganze Zeit offensichtlich durch den Kopf ging.

»Mommy, darf ... darf Cage ... darf *er* mein Daddy sein?«

Fassungslos erstarrte ich, begriff nicht, was ich da hörte. Oder hatte ich mich gar verhört? War ich so in Gedanken, dass es mir vorkam, dass meine Tochter gerade tatsächlich fragte, ob Cage ihren Dad spielen dürfe? Das konnte doch nicht sein! Ich musste mich irren, ganz sicher! Doch die traurigen Augen meiner Tochter, die gleichzeitig voller Erwartung und Flehen zu mir aufschauten, verrieten mir, dass es stimmte. Ich hatte mich nicht verhört. Josie wollte wirklich wissen, ob es möglich war, dass Cage ihren Vater ersetzte, von dem sie nicht wusste, dass es ausgerechnet ein- und derselbe Mann war, den sie sich gerade als ihren Dad wünschte.

»Was? Wie ...?«, stotterte ich unbeholfen, wusste absolut nicht, was ich tun oder sagen sollte. Zumindest nicht jetzt, da Cage gerade nicht hier war. Ich hatte keine Ahnung, wie er reagieren würde, würde ich nun auch noch seine Tochter ganz allein und ohne ihn darüber aufklären, dass *er* tatsächlich ihr Vater war. Schließlich sagte er, dass er dabei sein wollte. »Wie ...? Wieso fragst du so etwas, Schatz? Warum ...?« Die Worte wollten oder konnten einfach nicht über meine Lippen kommen, zu sehr irritierte und vor allem schockierte es mich, dass Josie mich das fragte.

Mein Herz raste, mir war urplötzlich so heiß, dass ich zu schwitzen begann, und meine Kehle schien mehr als nur zugeschnürt, meine Lungen verlangten nach Sauerstoff, doch ich konnte kaum atmen.

»Tante Laney hat auf der Hochzeit gesagt, ich sehe genauso aus wie er und ...« Josie schniefte leise und schob schmollend und traurig die Unterlippe vor, stoppte ihre Erklärung und sah geknickt zu Boden.

Es zerriss mir das Herz und ich wollte ihr so gerne die Wahrheit sagen. Jetzt und sofort! Doch ich konnte nicht, denn Cage war immer noch nicht hier.

»Ich hab Cage lieb«, kam nun auch die zweite Erklärung meiner Tochter, was mir unweigerlich die Tränen in die Augen schießen ließ. »Darf er mein Daddy sein, Mommy?« Josie sah bittend und flehend zu mir auf und schniefte erneut.

Es war unfassbar, wie sehr sie Cage mögen musste, wenn sie auf diese Gedanken kam.

»Hast du ihn denn nicht auch lieb, Mommy?«, fragte sie nach einer kurzen, stillen Pause, in der mir mal wieder die Worte fehlten. Wie erklärte man seiner Tochter, dass der Mann, den sie bereits so sehr ins Herz geschlossen hatte und dazu noch als ihren Vater wollte, auch tatsächlich ihr biologischer Vater war?

»Ich, ähm ... Ja, natürlich, Schatz. Ich denke schon, dass ich ...« Unsicher schaute ich mich um, wo Cage abgeblieben war, doch erkannte ihn nirgends. »Ich habe Cage natürlich auch lieb«, sagte ich schließlich mit fester Stimme und versuchte zu lächeln, was mir allerdings kein bisschen gelang, denn meine Tränen ließen sich nicht mehr zurückhalten.

Josie schien in diesem Moment stärker und tapferer als ich selbst und griff nach ihrem Taschentuch, das ich ihr immer und jeden Morgen vorsichtshalber in die Seitentasche steckte. »Nicht weinen, Mommy!«, tröstete meine vierjährige Tochter mich und wischte mir die Tränen weg, als ich mich zu ihr herunter kniete und betete, dass Cage gleich hier sein würde.

»Darf Cage also mein Daddy werden?«, fragte Josie noch einmal und sah mich aus großen, blauen Kulleraugen an, erwachsen wie sie war und voller Mut. Und ich ... Ich wusste noch immer nicht, was ich sagen sollte.

»Ja«, kam es aber plötzlich schrecklich leise hinter mir hervor und ich erstarrte.

Cage.

Wie lange stand er schon hinter uns und was hatte er mitgehört?

»Ja, kleiner Sonnenschein«, brach Cage' Stimme ab und ich drehte mich mit Josie in meinem Arm zu ihm um. Seine Augen zeigten genauso viel Mut und Tapferkeit wie die seiner Tochter und ich bewunderte beide für ihre Stärke in diesem Augenblick.

Cage schien vollster Überzeugung und kam auf uns beide zu, als Josie sich sanft von mir losriss und ihm entgegenging, bis sie sich gegenüberstanden und Cage sich langsam zu ihr herunterkniete. »Ja, Josie. Ich kann und ... Ich werde dir ein guter Dad sein.«

Das Futter, das Cage extra für die Ziegen mitgebracht hatte, fiel zu Boden, als Josie sich plötzlich in seine Arme stürzte und zu weinen begann. Sie umklammerte seinen Hals mit ihren kleinen Ärmchen, als Cage sie fest an sich drückte.

Schluchzend und weinend ließ sich Josie von Cage hochheben und zu einer Bank tragen, die am anderen Ende etwas abseits des Hofes stand. Schweigend folgte ich den beiden, wollte sie in diesem Moment nicht unterbrechen, denn es stand mir nicht zu. Dieser Augenblick gehörte nur den beiden, Vater und Tochter ganz allein und daher mischte ich mich nicht ein, hielt mich völlig zurück und versuchte, mit meinen eigenen Gefühlen und den Tränen klarzukommen.

»Bleibst du für immer bei uns?«, hörte ich Josie flehend schluchzen, was mir die Brust zuschnüren ließ. Vorsichtig hob sie ihr Köpfchen ein bisschen an, um Cage in die Augen sehen zu können, und ihr Vater lächelte tapfer.

»Ja! Ich werde für immer bei euch bleiben«, bestätigte er ihre Frage, womit sich Josie allerdings noch nicht zufriedengab. Dafür war sie zu stur und viel zu hartnäckig, genau wie ihr Vater.

»Versprochen?« Sie sah ihn hoffnungsvoll an und ich bildete mir ein, dass sie für diesen kurzen Moment sogar die Luft anhielt.

»Versprochen«, wisperte Cage voller Überzeugung und lächelte aufrichtig, ehe sich Josie wieder an seiner Brust vergrub und ihn mit all ihrer Kraft umklammerte, so, als wollte sie ihn niemals mehr gehen lassen.

Erleichtert, aber gleichzeitig überfordert und hilfesuchend schaute Cage zu mir rüber. Wir wussten beide, noch war das alles nicht vorbei. Denn Josie ahnte nichts davon, weswegen Cage ihr dieses Versprechen gab, also nickte ich ihm aufmunternd zu und setzte mich neben die beiden auf die Bank.

Eine Weile saßen wir drei einfach nur so da, Josie schien sich langsam zu beruhigen und auch meine Tränen trockneten. Ich genoss den Anblick meiner Tochter in den Armen ihres Vaters unheimlich und hätte ihnen noch stundenlang dabei zusehen können, doch ich merkte, dass es langsam Zeit wurde, sie endlich aufzuklären.

»Cage«, wisperte ich leise und Josies Vater nickte verstehend.

Tief durchatmend sah ich zu unserer Kleinen und lächelte sie an. Zumindest versuchte ich es. »Josie, Schatz, wir müssen dir da noch etwas sagen«, begann ich schrecklich unsicher, doch unsere Tochter wurde hellhörig und neugierig.

Langsam hob sie ihr kleines Köpfchen und sah zu mir auf. Ihre großen, blauen Kulleraugen schimmerten feucht, als Cage sich nervös räusperte und liebevoll durch die goldblonden Haare seiner Tochter strich.

»Josie, ich ... Ich bin ...« Seufzend unterbrach er sich selbst, wusste einfach nicht, wie er ihr das sagen sollte, also versuchte ich, ihm ein wenig dabei zu helfen.

»Engel, Cage ist nicht einfach nur ein guter Freund von uns, weißt du?«, erklärte ich unruhig, doch Josie verstand natürlich noch nicht, worauf wir hinauswollten. »Er ist ...« Verdammt war das schwer. Wie sagte man so etwas nur?

Cage legte sanft seine Hand auf Josies Wange und wischte ihr die letzten Tränen weg, als sie ihn fragend und skeptisch ansah.

»Ich bin wirklich dein Daddy, Josie. Ich werde nicht nur so tun, wie du es dir gewünscht hast, ich ... Ich bin es wirklich. Ich *bin* dein Dad, kleiner Engel.«

Die Worte waren endlich gesagt. Es war raus. Cage hatte seinen ganzen Mut zusammengenommen, das sah ich ihm an. Doch nun starrten wir beide zu unserer Tochter auf seinem Schoß, die regungslos und sichtlich grübelnd zu ihm aufsah. Ihr Blick deutete keine eindeutige Reaktion an, also hakte ich vorsichtig nach.

»Schatz? Verstehst du, was wir dir damit sagen wollen?«

Josie blinzelte ein paar Mal, bevor sie unsicher den Blick abwandte und auf ihre kleinen Händchen starrte. Sie schien verwirrt und ich ahnte, dass es sie schrecklich durcheinanderbringen musste.

»Josie«, bat ich sie sanft zu mir aufzusehen, doch sie blieb stumm und sah immer noch nach unten.

Cage schien ebenso unsicher und verwirrt über die Reaktion seiner Tochter, schließlich hatte sie ihn doch eben noch gebeten, ihren Dad zu spielen. Vermutlich hoffte und rechnete er damit, dass sie sich auch jetzt freuen würde. Dass sie erleichtert und glücklich darüber war. Doch ich kannte meine Tochter nur zu gut und wusste, sie verstand es noch nicht ganz, fühlte sich vielleicht sogar leicht bedrängt und vor allem vollkommen durcheinander.

Kein Wunder.

»Josie, Schatz, möchtest du vielleicht nochmal zu den kleinen Kätzchen?«, durchbrach ich die bedrückende Stille, bevor meine Tochter zögerlich zu mir aufsah und leicht nickte. Kein Lächeln, keine Freude. Nur ein verunsicherter und verwirrter Blick lag in ihren Augen. »Ist schon okay.« Ich seufzte leise und hob sie von Cage' Schoß herunter. »Geh ruhig noch ein paar Minuten mit den Kätzchen spielen. Mommy bleibt hier noch ein bisschen mit Cage ...« Ich stoppte kurz und schluckte hart. »Ich bleibe mit deinem Dad noch ein wenig hier auf der Bank sitzen, okay?«, krächzte ich, wusste, dass ich sie mit meinen bewusst gewählten Worten nur noch weiter durcheinanderbrachte, doch ich fürchtete, so war es dennoch besser und richtig.

Josie brauchte offensichtlich etwas Zeit. Und die gaben wir ihr. Doch sie sollte wissen und verstehen lernen, dass Cage wirklich ihr Vater war, auch wenn sie das jetzt noch nicht ganz begreifen und auch noch nicht so richtig an sich heranlassen wollte.

Kurz blickte unsere Tochter zu ihrem Vater, nachdenklich und skeptisch. Doch sie sagte und fragte nichts, nickte nur stumm und rannte dann zum Vorhof des Stalls, auf dem die kleinen Katzen immer noch herumtollten.

Schuldbewusst sah ich in Cage' leicht enttäuschtes Gesicht, während seine Tochter sich mit den kleinen Katzen vergnügte. Ich war mir sicher, sie brauchte nur etwas Zeit, um das alles sacken zu lassen und vor allem, um es überhaupt verstehen zu können. Cage war das sicherlich genauso bewusst wie mir, doch mir war auch klar, dass es dennoch wehtun musste, wenn die eigene Tochter auf diese Art und Weise auf die Wahrheit reagierte.

»Gib ihr Zeit, sie wird ...«

»Lass gut sein, Alexis!«, unterbrach er mich harsch und leicht frustriert, bevor er aufstand und sich ein paar Schritte von mir entfernte.

Ich verstand, weshalb er wütend auf mich war, schließlich war das alles meine Schuld und ich konnte es nicht mehr wiedergutmachen, so sehr ich das auch wollte.

Rat- und hilflos stand Cage einfach da und schob sich nachdenklich die Hände in die Hosentaschen, während er Josie dabei beobachtete, wie sie mit den kleinen Katzen spielte. Sicher wusste er jetzt nicht mehr, wie er mit ihr umgehen sollte. Auch das verstand ich nur allzu gut. Dennoch konnte ich es nicht ungeschehen machen. Und den beiden bei ihrer Annäherung helfen, konnte ich wohl auch nicht sonderlich gut.

»Wir sollten fahren«, hörte ich Cage rufen, als er gen Himmel blickte. »Es fängt gleich an zu regnen und ich will nicht, dass sie sich erkältet«, sagte er rau und deutete zu Josie.

Ich nickte verstehend und ging zu unserer Tochter, um sie darauf vorzubereiten, dass wir gleich fahren würden. Lächelnd kniete ich vor Josie und den Kätzchen, als meine Tochter fragend zu mir aufsah. Ich erkannte sofort die Verwirrung und vor allem die Unsicherheit in ihrem Blick und wusste somit, dass sie immer noch die ganze Zeit darüber nachdachte, was Cage ihr vor wenigen Minuten mitgeteilt hatte. Ich sah ihr an, dass ihr kleines Köpfchen versuchte zu verstehen, wie das alles sein konnte, doch schien sie es immer noch nicht zu begreifen.

»Schatz, wir müssen jetzt langsam wieder nach Hause fahren«, sagte ich leise und reichte ihr meine Hand, die sie allerdings nicht annahm. »Es fängt gleich fürchterlich an zu regnen, weißt du? Und wir wollen doch nicht, dass du krank wirst.«

Josie starrte mich verunsichert und nachdenklich an, ohne mir auch nur eine Antwort zu geben.

»Na, komm! Wir können ja bald wieder hierherkommen, wenn du das möchtest. Okay?«, schlug ich vor und hob sie einfach auf meinen Arm, da sie immer noch keine Anstalten machte, sich zu bewegen oder mir etwas zu sagen. Ihre kleinen Ärmchen klammerten sich fest um meinen Hals, während sie ihr Gesicht an meiner Brust vergrub.

Seufzend strich ich ihr über die blonden Locken und hauchte ihr einen Kuss auf das Haar, als ich zu Cage zurücklief, der bereits auf uns beide wartete. Besorgt sah er zu Josie und schluckte hart. »Geht's ihr gut?«, flüsterte er mir leise zu, als wir gemeinsam zu seinem Wagen liefen.

Ich nickte.

Natürlich war unsere Tochter verwirrt und unsicher, vielleicht sogar ängstlich. Doch ich wusste, es ging ihr dennoch den Umständen entsprechend gut. Sie würde das schon schaffen, sie würde es schon bald verstehen können und sich sicherlich auch darüber freuen, zu wissen, dass ihr Vater endlich bei ihr war und es auch bleiben würde.

Schnell schloss Cage seinen Wagen auf und schob den Kindersitz von Josie auf die andere Seite, damit ich nicht mit ihr auf dem Arm um das Auto herumgehen musste. Die ersten Regentropfen fielen längst auf uns herab und die plötzliche Kälte ließ mich erschaudern.

Vorsichtig setzte ich Josie in ihrem Sitz ab und schnallte sie an, während sie die ganze Zeit über still blieb und kein Wort sagte. Stumm starrte sie nur auf ihre Hände herab in ihrem Schoß und ich seufzte erneut, weil ich langsam nicht mehr weiterwusste. Wie sollte ich damit umgehen? War es besser, wenn ich mit ihr allein darüber sprach? Würde sie es dann vielleicht verstehen können? Oder brauchte sie schlichtweg Zeit mit ihrem Vater? Aber wie sollten wir das machen, ohne sie zu sehr zu bedrängen?

»Setz dich einfach zu ihr, du wirst ja noch ganz nass«, hörte ich Cage neben mir seufzen und nickte ihm dankbar zu, während ich mich auf die andere Seite neben unsere Tochter auf die Rückbank setzte. Kurz darauf stieg auch Cage endlich ein und so fuhren wir stillschweigend vom Hof.

So hatte ich mir diesen Tag eigentlich nicht vorgestellt.

»Möchtest du denn noch mit uns essen?«, fragte ich nach einer Weile, da mir die Stille langsam unangenehm wurde.

Cage reagierte nicht.

»Ich meine ... Ich könnte uns etwas Leckeres kochen, wir könnten zusammen einen Film schauen und ...«

»Alexis, ernsthaft, lass gut sein«, unterbrach er mich erneut, so ruhig und freundlich, wie es ihm möglich schien. »Es ist wahrscheinlich besser, ich lass euch Zuhause raus und fahre dann erst mal wieder zu mir oder ... zu meinen Eltern«, meinte er schulterzuckend und sah kurz durch den Rückspiegel zu seiner Tochter, die jetzt endlich den Blick hob und zu ihrem Vater nach vorne starrte.

Ich wusste nicht, was ich darauf erwidern sollte, zumal mir bewusst war, er würde sich durch mich sowieso nicht umstimmen lassen, also ließ ich es bleiben und schwieg solange, bis wir an unserem Haus ankamen.

Vorsichtig schnallte ich zuerst mich, dann Josie ab, bevor ich zur Tür griff und Cage plötzlich ausstieg. Überrascht blieb ich noch einen Moment sitzen und sah ihn fragend an, als er mir die Tür öffnete und mir dazu auch noch seine Hand reichte.

»Danke«, hauchte ich leise, als er mir aus dem Wagen half und dann mit mir zusammen auf die andere Seite ging. Ich bemerkte, wie Josie uns beide beobachtete und fragte mich, was sie wohl darüber dachte. Was empfand sie dabei, ihren Vater und mich zusammen zu sehen?

Cage öffnete die Tür und ich lächelte unserer Tochter tapfer entgegen. »Na komm, Schatz! Ich koche für dich deine Lieblingspasta«, versuchte ich sie zu ködern, als ich sie auf den Arm nahm und Josie mich unsicher anblickte. Irgendetwas wollte sie sagen. Oder gar fragen. Traute sich aber nicht, sah stattdessen kurz zu Cage und presste ihr Köpfchen wieder an meine Schulter.

Enttäuscht und voller Verzweiflung hörte ich Cage leise seufzen, als ich mich zu ihm umdrehte, um mich von ihm zu verabschieden. Ich hoffte nur, er würde morgen dennoch wiederkommen und sich von Josies Reaktion nicht verunsichern lassen.

»Bis morgen, kleiner Engel«, flüsterte er ihr zu und gab ihr vorsichtig einen sanften Kuss auf ihre blonden Locken. »Bis Morgen, Alexis.« Cage nickte mir noch einmal zu, bevor er einen letzten Blick auf Josie warf, die sich gerade von meiner Schulter löste und zaghaft zu ihrem Vater sah.

»Möchte Daddy nicht mehr bei uns bleiben? Er liebt doch auch Pasta«, flüsterte sie schrecklich leise an meinem Ohr und ich sah verwundert zu ihr herunter. Hatte sie das gerade wirklich gesagt oder hatte ich es mir nur eingebildet?

Noch ehe ich ihre Worte verarbeiten konnte, reagierte ich geistesgegenwärtig. »Cage, warte!«, rief ich, bevor er in seinen Wagen stieg und davonfahren konnte.

Alarmiert blieb er stehen und blickte mich sorgenvoll an, aufgrund meiner beinahe hysterischen Stimme. »Was ist los?«, fragte er irritiert und ich wusste nicht so recht, wie ich es ihm sagen sollte. Ich wollte Josie nicht in den Rücken fallen, doch ich war sicher, sie wollte ihn nicht gehen lassen, auch wenn sie es ihm nicht zeigen konnte oder wollte.

»Schatz, möchtest du vielleicht schon mal versuchen die Tür aufzuschließen, hm? Kriegst du das hin? Ich ... *Wir* kommen gleich nach, okay?« Ich stellte Josie auf ihre Füße, denn ich wusste, sie würde es mit ihren vier Jahren noch nicht schaffen, den richtigen Schlüssel in das richtige Schloss zu bekommen, doch es verschaffte Cage und mir kurz Zeit. Josie nickte unsicher, nahm dann aber die Schlüssel und ging langsam zum Haus.

»Du musst hierbleiben«, sagte ich mit fester und überzeugter Stimme, als Cage mich verwirrt ansah.

»Alexis, ich sagte doch schon ...«

»Sie hat dich eben Daddy genannt«, unterbrach ich ihn schnell und konnte mein Lächeln nicht verbergen.

Perplex starrte er mich an.

»Josie hat mich eben flüsternd gefragt, ob ihr Daddy nicht bei uns bleiben möchte. Schließlich liebt er Pasta genauso sehr wie sie.« Mittlerweile musste ich wohl über das ganze Gesicht grinsen.

Cage schluckte erneut und sah dann zu seiner Tochter, die immer noch an der Haustür stand und verzweifelt den richtigen Schlüssel suchte. »Sie ... Sie hat wirklich Daddy gesagt, als sie dich das gefragt hat?«, wollte er unsicher und verwundert wissen, doch ich nickte schnell, da ich wusste, Josie würde gleich wieder zu uns zurückkommen, wenn sie es nicht schaffen würde, die Tür von selbst aufzubekommen.

»Sie versteht es, Cage«, sagte ich erleichternd lächelnd. »Josie versteht, was wir ihr gesagt haben. Sie weiß nur nicht, wie sie damit umgehen soll. Mit dir. Und mit ... Na ja, mit ihrem Vater und der ganzen Situation eben. Schließlich hatte sie bisher nie einen und das verunsichert sie schlichtweg. Sie ist nichts anderes als unsicher, Cage. Das heißt aber nicht, dass sie jetzt Abstand zu dir braucht. Ganz im Gegenteil sogar. Sie braucht dich und deine Nähe.

Josie muss sehen, dass du da bist und auch bei ihr bleibst. Sie muss sich daran gewöhnen können, an den Gedanken, an dich, an all das Neue, was nun auf sie einprasselt. Natürlich ist sie durcheinander, verunsichert und sicherlich auch überfordert. Doch ich denke, nur du allein kannst es ihr leichter und erträglicher, vor allem aber verständlicher machen. Du als ihr Vater, Cage. Also bitte ... bleib. Zumindest für heute Abend, bis sie einschläft. Bleib bei ihr. Ich denke, sie braucht das momentan mehr als alles andere, auch wenn sie es dir nicht zeigen kann.«

16

Cage

Verunsichert saß ich am Esstisch und sah Alexis dabei zu, wie sie die Pasta zubereitete, während Josie in ihrem Zimmer verschollen schien.

»Keine Sorge, sie macht das häufiger, bevor es Essen gibt. Es liegt also nicht an dir.« Alexis lächelte mich aufmunternd an, was mir im Augenblick leider nicht sonderlich half. Ich wusste nämlich dennoch nicht, was ich tun oder sagen sollte. Josie gegenüber. Auch wenn sie mich vorhin tatsächlich *Dad* genannt haben sollte, so bedeutete das noch lange nicht, dass sie es akzeptierte.

»Wenn du willst, kannst du zu ihr rüber gehen und sie fragen, ob sie mir beim Kochen helfen will. Ich hätte hier ein bisschen Gemüse, das geschnitten werden muss«, meinte die Mutter meiner Tochter und ich sah sie entgeistert an.

»Du lässt sie bereits Gemüse schneiden? Mit einem richtigen Messer? Einem scharfen Messer?«, schoss es aus mir heraus und meine Gesichtszüge entglitten, als Alexis grinsend nickte. »Meinst du nicht, das ist noch zu früh für sie?«, wollte ich von ihr wissen, doch sie lachte nur kurz auf und schüttelte den Kopf.

»Man muss ihr dabei nur immer über die Schulter sehen und aufpassen. Manche Kinder lernen den Umgang mit Messern bereits früh und Josie weiß genau, wie gefährlich es sein kann, wenn sie nicht aufpasst und unkonzentriert ist. Trotzdem oder gerade deswegen macht es ihr immer großen Spaß. Außerdem gibt es mittlerweile spezielle Kindermesser, die nicht so schlimm sind wie die normalen«, erklärte sie ruhig und lächelnd. »Ich weiß, es ist noch ungewohnt für dich und sicherlich nicht einfach, aber du wirst niemals alle Gefahren von deinem Kind abwenden können. Und manche Fehler müssen sie einfach selbst machen, verstehst du? Das ist vollkommen normal und nur natürlich.«

Ich verstand zwar, was sie damit meinte, dennoch fiel es mir tatsächlich sehr schwer zu glauben, dass der Umgang mit Messern normal für meine vierjährige Tochter war. Selbst wenn Alexis sie dabei nie aus den Augen ließ, wie ich hoffte.

»Frag sie einfach und dann kannst du ihr ja dabei helfen und aufpassen, dass nichts passiert«, sagte sie und zuckte mit den Schultern.

Ich wusste, sie versuchte nur mir zu helfen, doch so leicht und einfach war es eben nicht. Trotzdem stand ich seufzend auf, um zu meiner Tochter zu gehen. Auch wenn ich mir unsicher war, ob sie mich momentan sehen und bei sich haben wollte, so traute ich dem Mutterinstinkt von Alexis und hörte auf sie. Immerhin kannte niemand Josie besser als sie und sie würde sicherlich nicht noch einmal den Fehler machen, ihre Tochter zu belügen und sie damit zu verletzen.

Langsam ging ich zum Zimmer meiner Tochter und atmete tief durch, als ich vor einer geschlossenen Tür stand. Vorsichtig klopfte ich an, doch es tat sich nichts dahinter, was mich stutzig machte. Skeptisch öffnete ich die Tür einen winzigen Spalt, um hineinlugen zu können, und erkannte Josie auf dem Boden sitzend, stumm und nachdenklich, mit ihrem kleinen Plüschhund im Arm.

»Josie?«, versuchte ich es leise und vorsichtig, wusste nicht, ob sie mein Klopfen überhaupt wahrgenommen hatte, so vertieft wie sie in Gedanken schien.

Überrascht drehte sich meine Tochter zu mir um und als sie mich in der Tür stehen sah, senkte sie sofort den Blick und starrte auf ihre kleinen Hände. Es war offensichtlich, dass sie tatsächlich nicht wusste, wie sie nun mit mir umgehen sollte und ich verstand es nur zu gut. Mir ging es schließlich nicht anders. Und das obwohl ich hier der Erwachsene war. Wie sollte es da also erst einem Kind gehen?

»Hast du Lust deiner Mom ein bisschen beim Kochen zu helfen? Du könntest die Gurke für den Salat schneiden. Oder auch Tomaten, wenn du möchtest«, schlug ich vor und lächelte zögerlich, als sie plötzlich den Blick hob.

»Okay«, wisperten ihre Lippen kaum hörbar, ehe sie langsam aufstand, ihren Plüschhund immer noch im Arm haltend, und auf mich zukam. Lächelnd machte ich ihr Platz und ließ sie vorgehen, wollte sie nicht bedrängen, indem ich ihr meine Hand hinhielt.

Kurz warf Alexis uns einen fragenden Blick zu, bevor sie Josie intensiver musterte. »Schatz, Sir Henry kann aber kein Gemüse schneiden, ich fürchte, du musst ihn auf deinen Platz setzen. Dann kann er dir zumindest dabei zusehen«, hörte ich Alexis plötzlich lachen und runzelte die Stirn.

»Sir Henry?«, fragte ich perplex, doch zu meinem Erstaunen war es nicht Alexis, die sich nun zu Wort meldete, sondern Josie.

Nickend drehte sie sich auf einmal zu mir um und schmunzelte leicht. »*Das* ist Sir Henry!«, erklärte sie und hob ihren Plüschhund hoch.

»Ah! So ist das also«, erwiderte ich grinsend und freute mich insgeheim, dass Josie wieder mit mir sprach und mich nicht einfach ignorierte. »Ich wusste bisher gar nicht, dass er einen Namen hat.«

»Henry war früher unser Nachbar, als wir noch in England gelebt haben. Er hat hin und wieder auf Josie aufgepasst, wenn ich zur Uni musste und die Kinderkrippe geschlossen hatte«, erklärte Alexis, als meine Tochter den Plüschhund tatsächlich auf ihren Kinderhochsitz setzte und ihm einen Kuss gab. »Und als wir wegzogen, hat Josie diesen Hund von ihm geschenkt bekommen und seitdem heißt er eben *Sir Henry.*« Alexis lachte leise, während Josie sich ihren Kindertritthocker vor den Tisch schob und auf eine Schublade deutete.

»Mommy, das Messer, bitte.«

Alexis lächelte, legte Josie ein Holzbrettchen vor die Nase, ein bereits vorgeschnittenes Stückchen Gurke und ein kleines Messer, mit gelbem Plastikgriff, das tatsächlich aussah wie ein spezielles Kindermesser.

»Daddy hat gesagt, ich darf auch Tomaten schneiden«, plapperte Josie plötzlich, als sie nur die Gurke vor sich liegen sah, und mein Herz hüpfte einmal kurz, als ich realisierte, was sie gerade gesagt hatte. Offenbar war ich allerdings nicht der Einzige, der darüber überrascht schien. Denn nicht nur Alexis stoppte jetzt erstaunt in ihrer Bewegung und sah zu mir auf, sondern Josie selbst schien es bemerkt zu haben und senkte sofort den Blick. Es war ihr scheinbar noch unangenehm, mich so zu nennen. Zumindest wenn ich es selbst hören konnte. Allerdings wirkte es auch beinahe schon selbstverständlich und wie verankert in ihrem kleinen Köpfchen, schließlich rutschte es ihr vollkommen unüberlegt heraus. Was für mich ein wirklich gutes Zeichen war.

»Ähm, natürlich darfst du auch Tomaten schneiden, Schatz«, stammelte Alexis, um unserer Tochter die Situation zu erleichtern. Sie sollte merken, dass es absolut normal war, wenn sie mich ab sofort *Dad* oder *Daddy* nannte und dass daran nichts Ungewöhnliches war. Dafür war ich Alexis sehr dankbar. »Allerdings kannst du die noch nicht ganz allein schneiden, kleiner Engel, das weißt du. Die sind sehr rutschig und du könntest dich dabei ganz leicht verletzten«, erklärte Alexis in einem ruhigen Ton und deutete dann zu mir. »Vielleicht kann dir ja dein Dad dabei helfen, hm? Er schneidet die Tomaten für dich vor, halbiert sie und dann geht es einfacher für dich. Okay?«

Josie schien sich unsicher, sah ihre Mutter noch einige Sekunden skeptisch an, nickte dann aber doch und begann dann konzentriert und langsam die Gurke in kleine Würfel zu schneiden, während ich ihr achtsam und zugegeben sehr besorgt über die Finger schaute.

»Warum eigentlich Würfel?«, wollte ich verwundert wissen, als Alexis mir kurz darauf ein paar Tomaten, ein zweites Holzbrett und ein Messer reichte.

»Josie mag Gurken nur in Würfeln«, erklärte sie und zuckte verständnislos und entschuldigend mit den Schultern. »Keine Ahnung, warum, aber so ist es schon immer«, erzählte sie mir und unsere Tochter fing plötzlich an zu grinsen.

»Würfelchen schmecken immer besser als Scheibchen«, meinte sie nickend, den Blick immer noch konzentriert auf das Gemüse vor ihr gerichtet.

»Na, wenn das so ist.« Ich lachte kurz auf und sah Josie erwartungsvoll an. »Dann schneiden wir den Rest doch auch einfach in Würfel«, schlug ich vor und bekam dafür nun doch die volle Aufmerksamkeit meiner Tochter.

Überrascht sah sie zu mir auf. »Kannst du sogar Tomaten in Würfel schneiden?«, fragte sie mich erstaunt und war begeistert, als ich grinsend nickte.

»Mommy, hast du das gehört?« Josie drehte sich zu Alexis um, die daraufhin schuldbewusst und beschämt die Lippen aufeinanderpresste. Verwirrt hob ich eine Augenbraue, doch da begann Josie bereits zu erklären. »Mommy schafft das nie!«, lachte sie auf einmal laut los und Alexis stöhnte gespielt auf. »Immer wenn sie das versucht, gibt es Tomatenmatsche«, erzählte Josie kichernd und amüsierte sich über ihre Mutter, was unweigerlich auch mich zum Lachen brachte, als ich Alexis‘ leicht rot angelaufenes Gesicht sah.

»Macht euch nur lustig über mich«, murmelte sie schmollend und rührte in der Pfanne herum. Endlich hatte ich das Gefühl, zumindest ein kleiner Knoten hätte sich bei uns allen gelöst. Zwar war mir dennoch bewusst, dass es nicht so heiter und harmonisch bleiben würde, doch für diesen einen Augenblick schien es trotzdem perfekt und ich liebte es, meine Tochter so glücklich lachen zu sehen. Überhaupt war es der schönste Klang auf

Erden, wenn sie so ausgelassen und ehrlich vor sich hin kicherte.

Alexis schien es beim Kochen wirklich drauf zu haben – auch wenn sie es nicht schaffte, Tomaten ordentlich zu würfeln, ohne Matsch daraus zu machen –, das Essen schmeckte trotzdem wieder einmal unheimlich gut. Fast könnte man sagen, ich könnte mich daran gewöhnen, doch ich wusste, das wäre falsch und einfach nicht richtig. Ich hatte nicht vor, das allzu oft zu wiederholen, dieses gemeinsame Essen. Selbst wenn sie die Mutter meiner Tochter war, wir waren immer noch getrennt und eben kein Paar. Natürlich würde ich alles dafür tun, damit wir dennoch oft genug Zeit als Familie verbrachten, doch zur Gewohnheit sollte es nicht werden.

»Ich fürchte, du musst dich langsam fürs Bett fertig machen.« Alexis lächelte unsere Tochter an, als wir ihr nach dem Essen halfen, den Tisch wieder abzuräumen.

»Ich möchte aber noch nicht ins Bett«, protestierte Josie direkt, begann zu schmollen und sah ihre Mutter herausfordernd an.

»Und ich möchte jetzt nicht das dreckige Geschirr spülen, trotzdem muss ich es machen,

Josie. Du kennst die Spielregeln.« Alexis blieb hart, ließ Josie bockig die Arme vor der Brust verschränken – eine Geste, die sie eindeutig von ihrer Mutter hatte – und deutete zum Badezimmer. »Zähneputzen, Hände und Gesicht waschen, umziehen und dann ab ins Bett«, sagte sie fordernd aber mit einem Lächeln auf den Lippen. »Vielleicht darfst du dann noch ein paar Minuten Arielle schauen.«

Das schien Josie nun doch zu besänftigen, weshalb sie stumm, aber dennoch schmollend ins Badezimmer stapfte.

Seufzend sah Alexis mich an. »Und? Alles okay bei dir?«, fragte sie prüfend und leise, doch ich nickte. Zwar war ich immer noch ziemlich unsicher, doch so langsam gewöhnte ich mich an die Situation. Vor allem aber war ich mir sicher, dass es irgendwann einfacher und besser werden würde.

»Würdest du vielleicht mal kurz nach ihr sehen?«, bat Alexis mich müde. Der Tag schien nicht nur mich sehr zu schlauchen, doch ich wusste, das alles hatte sich trotzdem gelohnt. »Du weißt doch sicher noch, manchmal putzt sie ihre Zähne nur oberflächlich und dann muss ich darauf achten, dass sie es richtig macht«, erinnerte sie mich leise flüsternd.

»Kein Problem«, erwiderte ich und ließ sie in der Küche allein, um nach Josie zu sehen. Vorsichtig schielte ich durch die offene Tür ins Badezimmer und entdeckte meine Tochter auf ihrem Kindertritthocker, direkt vor dem Waschbecken mit ihrer Krokodilzahnbürste in der Hand. »Und?«, fragte ich grinsend, versuchte so locker und normal zu klingen, dass sie meine Unsicherheit nicht bemerkte. Mit großen Augen sah sie zu mir auf und putzte sich weiter ihre Zähne. »Klappt es denn? Kannst du das schon ganz allein?« Lächelnd setzte ich mich auf den Badewannenrand, direkt neben sie und schaute ihr dabei zu, während sie eifrig und stolz nickte.

Es schien, als würde auch sie sich langsam an den Gedanken gewöhnen, dass ich wirklich ihr Vater war und nicht einfach nur der gute Freund ihrer Mutter, den sie so sehr ins Herz geschlossen hatte.

»Putzt du denn gern deine Zähne?«, wollte ich von meiner Tochter wissen und sie nahm sich ihre Zahnbürste aus dem Mund und deutete dann zu einer kleinen, bunten Tube, die am Waschbecken stand. »Nur wenn Mommy mir die Erdbeer-Zahnpasta kauft«, murmelte sie mit vollem Mund und putzte daraufhin munter weiter.

Neugierig musterte ich die Tube und wunderte mich darüber, dass es so etwas überhaupt gab. Spezielle Kinderzahnpasta mit Fruchtgeschmack. Unglaublich! So etwas hatte ich in meiner Kindheit nie, aber ich fürchte, ich würde noch auf so einiges treffen, das mir bisher unbekannt und fremd erschien. Ebenso wie diese Kindermesser, die es gab.

Sah ganz so aus, als würde ich schon sehr bald in völlig neue Welten abtauchen, sobald ich für Josie einkaufen ging. Was ein Kind in ihrem Alter wohl sonst noch alles brauchte?

Scheiße, ich musste mich bei Gelegenheit unbedingt nochmal mit Alexis zusammensetzen und mir eine Liste schreiben.

»Fertig«, verkündete Josie und klatschte lachend in die Hände, nachdem sie sich den Mund mit Wasser ausgespült hatte.

»Perfekt.« Ich grinste zufrieden und wollte schon aufstehen und mit Josie in ihr Zimmer gehen, als sie mich plötzlich verwundert ansah.

»Mommy guckt immer noch einmal nach, ob ich das auch richtig gemacht habe«, meinte sie erklärend und ich hatte das Gefühl, als würde sie mir – ihrem Dad, der noch vollkommen neu in seiner Rolle war – etwas helfen wollen.

»Äh ... Ja, klar. Stimmt«, stammelte ich daher dankbar lächelnd und ließ mir kurz ihre Zähne zeigen, die zu meiner Erleichterung vollkommen gesund und normal aussahen. Nicht jedes Kind hatte solch ein Glück, das war mir bewusst. Doch offenbar schien Alexis nicht nur penibel darauf zu achten, dass Josie ihre Zähne pflegte, sondern unsere Tochter hatte auch gutes Erbgut, was das anging. »Und jetzt noch Hände und Gesicht waschen, richtig?«, fielen mir jetzt auch wieder Alexis' Worte ein und Josie nickte bestätigend.

Na, also! Ging doch.

Nachdem Alexis Josie beim Umziehen geholfen hatte, legte sie unsere Kleine ins Bett, drückte ihr Sir Henry in den Arm und schaltete den Fernseher ein. »Nicht länger als fünfzehn Minuten, Schatz. Dann komme ich nochmal rein und sage dir Gute Nacht, ja?« Liebevoll lächelte sie unsere Tochter an und wollte gerade mit mir ihr Zimmer verlassen, da blicke Josie unsicher zu mir auf.

»Gehst du jetzt nach Hause?«, hörte ich ihre furchtbar leise und fast schon piepsige Stimme fragen.

Ich warf Alexis einen bittenden Blick zu und sie verstand sofort, ließ mich und Josie für einen

Augenblick allein, während ich mich an die Bettkante meiner Tochter setzte und überlegte, wie ich ihr das am besten erklären sollte, ohne sie noch weiter zu verunsichern.

Ich entschied mich für die Wahrheit.

»Ja, kleiner Engel, ich werde gleich nach Hause gehen«, bestätigte ich seufzend, jedoch nicht ohne schlechtes Gewissen.

»Kommst du morgen wieder?«, wollte sie dann aber zögernd wissen, was mich hart schlucken ließ.

»Natürlich komme ich morgen wieder, Josie. Wenn du mich sehen willst und wann immer du mich brauchst, komme ich zu dir. Okay?«

Auch wenn ich wusste, so langsam sollte auch meine Familie von all dem erfahren, so war mir Josie gerade weitaus wichtiger. Und ich wusste ebenso, sie brauchte mich momentan mehr. Deswegen musste meine Familie leider warten, bis ich mit ihnen, gemeinsam mit Alexis, darüber sprechen konnte. Josie sollte zunächst damit zurechtkommen, sollte mich als ihren Vater akzeptieren und das alles verstehen können. Im Übrigen genauso wie ich. Erst dann würde ich mir auch die Zeit für andere Menschen nehmen, die es erfahren mussten.

Leicht nickend drückte Josie Sir Henry enger an sich und senkte den Blick. »Können wir dann morgen zusammen Arielle schauen?«, fragte sie schüchtern und ließ mich damit grinsen.

Sie wollte also tatsächlich Zeit mit mir verbringen. Ein riesiger Steinbrocken fiel mir vom Herzen und ich atmete erleichtert auf. »Sicher können wir das. Alles, was du willst, kleiner Sonnenschein.« Ich lächelte sie an, als sie zu mir aufsah. »Weißt du eigentlich, dass Arielle der Lieblingsfilm von deiner Mom und mir war, als wir noch klein waren?«, fragte ich sie schmunzelnd und ihre Augen wurden größer, ihr Blick neugieriger. Langsam und stumm schüttelte sie den Kopf. »Es ist wahr«, lachte ich leise, »Arielle war unser Lieblingsfilm und wann immer wir konnten, sahen wir ihn uns an.«

Josie lächelte zurückhaltend, gähnte dann aber lautlos.

Ich sah ihr an, dass sie noch tausende Fragen hatte, die sie mir am liebsten jetzt noch gestellt hätte, doch sie schien selbst einzusehen, dass es dafür zu spät war. Zumindest für heute Abend.

Lächelnd schob ich ihre Decke etwas weiter hoch, als ihr langsam die Augen zufielen, und ich wusste, sie brauchte nicht einmal mehr den Film, um einschlafen zu können, also stand ich auf und schaltete den Fernseher wieder aus.

Zu meiner eigenen Überraschung verspürte ich plötzlich sogar die leise Sehnsucht, meiner Tochter einen Gute-Nacht-Kuss geben zu wollen, ließ es jedoch bleiben, da ich sie damit nicht überrumpeln und schon gar nicht überfordern wollte. Sie sollte selbst entscheiden, wann dafür der richtige und passende Zeitpunkt gekommen war.

»Gute Nacht, Prinzessin«, hauchte ich daher nur leise, bevor ich zur Tür ging und das Licht erlosch.

»Daddy?«, hörte ich Josie leise flüstern und blieb abrupt in der Dunkelheit stehen.

Es war noch immer unheimlich ungewohnt, dass sie mich so nannte, doch wenn ich ehrlich war, gefiel es mir. Ja, es ließ mein Herz tatsächlicher schneller schlagen.

»Ja, mein Engel?«

Ich dachte, sie würde mich nur fragen wollen, ob ich die Tür einen Spalt offenließ, damit etwas Licht in ihr Zimmer fiel und sie Alexis weiterhin hören konnte, doch stattdessen fragte sie: »Hast du Mommy eigentlich lieb?«

17

Alexis

Nachdem ich die Küche aufgeräumt hatte, fiel mir plötzlich auf, dass Cage immer noch bei Josie im Zimmer zu sein schien. Dabei sollte sie doch längst schlafen. Was taten die beiden da die ganze Zeit?

Josie schien zwar langsam wieder aufzutauen, doch ich war sicher, sie war noch lange nicht so weit, dass sie die Wahrheit verstand und damit umgehen konnte. Dass Cage wirklich ihr Vater war, daran musste sie sich schlicht langsam gewöhnen. Genauso wie Cage sich erst daran gewöhnen musste, ein Vater zu sein und ebenso wie ich mich daran gewöhnen musste, dass ich als Elternteil nicht mehr allein war und alle Entscheidungen gemeinsam mit ihm zusammen treffen musste. Er hatte schließlich ein Recht darauf. Und dieses würde ich ihm freiwillig und ohne Diskussionen einräumen, ganz klar. Ich wusste schon immer,

Cage würde ein wundervoller Vater sein. Daran hatte ich niemals Zweifel. Und genau aus diesem Grund würde ich ihm gerne das Gefühl geben, er wäre ebenso vollwertig als Vater für Josie wie ich als Mutter. Auch wenn wir nicht mehr zusammen waren – oder, gerade deswegen.

Seufzend hing ich das Geschirrhandtuch auf den kleinen Haken an der Wand und schlich mich leise zu Josies Zimmer, dessen Tür einen kleinen Spalt offen stand. Cage' sanfte Stimme schien unserer Kleinen gerade zu erklären, dass er zwar heute Abend nicht hierbleiben konnte, doch dass er in jedem Fall wiederkommen würde.

Schmunzelnd blieb ich stumm und unbemerkt vor der Tür stehen und lauschte den beiden bei ihrem Gespräch. Mir schien, als würde Josie anfangen zu begreifen, was es bedeutete, dass ihr Dad auf einmal da war. Dass er endlich in ihr Leben getreten war. Und das machte mich ein klein wenig stolz. Doch vor allem erleichterte es mich ungemein, denn unsere Tochter wirkte dabei recht neugierig. Keinesfalls desinteressiert.

Nach einer kurzen Pause des Schweigens und Cage' Verabschiedung hörte ich, wie er bereits das Zimmer verlassen wollte, als plötzlich Josies leise Stimme erneut die Stille durchbrach.

»Daddy?«

Ich hielt automatisch die Luft an, denn es war immer noch unheimlich ungewohnt für mich, sie das sagen zu hören. Und doch klang es in meinen Ohren einfach nur richtig und ... schön.

»Ja, mein Engel?«

Abermals breitete sich ein kleines Lächeln auf meinen Lippen aus.

»Hast du Mommy eigentlich lieb?«

Erschrocken über Josies sehr direkte Frage hielt ich erneut die Luft an. Wieso wollte sie das wissen? Warum ausgerechnet jetzt und ... was dachte sie sich bloß dabei? Wollte sie nur sicher gehen, dass wir jetzt auch eine ganz normale Familie waren? Wie all die Familien, die sie vom Kindergarten kannte? Oder wollte sie damit nur rausfinden, ob Cage und ich mehr als nur alte Freunde waren? Ich verstand nicht, was sie mit dieser Frage bezwecken wollte. Oder war sie schlicht nur neugierig?

Cage schien eine Ewigkeit über diese Frage nachzudenken und ich musste mir eingestehen, dass es mich ein wenig kränkte. Natürlich war mir bewusst, dass er nach wie vor unfassbar wütend auf mich war. Vor allem enttäuscht. Da war es also kein Wunder, dass er ihr nicht sofort und freudestrahlend sagte, dass er mich mochte. Oder mich vermisst hatte. Und dennoch tat es mir irgendwie weh, dass er so lange über seine Antwort nachdenken musste.

Ich hörte, wie er sich noch einmal zu Josie ans Bett setzte und leise und sehr tief seufzte. Es schien ihm schwerzufallen, ihr das alles zu erklären. Vielleicht wusste er auch nicht so recht, wie er das anstellen sollte. Vermutlich wollte er Josie damit keine Hoffnungen machen, dass Mom und Dad sich irgendwann wieder lieben und zusammenkommen könnten. Und das war natürlich auch richtig so. Doch ...

Verdammt, es tat dennoch weh!

»Natürlich hab ich deine Mom lieb, Josie«, durchbrach Cage' Stimme endlich aber unerwartet die Stille. »Wir waren schon immer die allerbesten Freunde, weißt du?«

Feuchtigkeit sammelte sich in meinen Augen und ich musste die Tränen zurückhalten, um nicht laut aufzuschluchzen. In diesem Moment ergriff mich die tiefe Schuld erneut und meine Brust zog sich schmerzvoll zusammen.

Wie konnte ich ihm das alles nur antun?

Er hatte recht. Wir waren einmal beste Freunde. Und irgendwann weitaus mehr als das. Wir hatten uns wahnsinnig geliebt und hätten alles füreinander getan. Und dann traf ich dennoch die falsche Entscheidung?! Warum nur?! Wieso hatte ich ihm damals nicht einfach alles erzählt und hatte auf seine Vernunft vertraut? Er hätte mich niemals im Stich gelassen und doch war ich der Meinung, es wäre besser so. Besser für ihn, sein Leben und vor allem besser für seine Karriere.

»Deine Mom und ich, wir sind unzertrennlich gewesen.« Ich hörte Cage lächeln und schluckte den riesigen Kloß in meiner Kehle mühevoll hinunter.

»Und was ist dann passiert?«, hörte ich Josie neugierig fragen, doch Cage seufzte nur erneut und blieb dann abermals eine Weile still.

»Ich musste von hier wegziehen, weißt du? Genauso wie deine Mom auch. Wir konnten leider nicht zusammenbleiben. Denn deine Mom musste an einen anderen Ort, um ihren Traum zu erfüllen. Genau wie ich. Verstehst du das, kleiner Engel?« Josie antwortete nicht, doch offenbar schien sie zu nicken, denn Cage sprach kurz darauf leise weiter. »Manchmal spielt das Leben nicht so, wie man es erhofft und dann muss man leider Dinge tun, die man eigentlich nicht tun möchte. Und ich ... Ich wollte immer, dass deine Mom glücklich wird und ihren Traum erfüllen kann. Deswegen musste ich sie gehen lassen.«

Erstarrt presste ich mich an die Wand hinter mir, während die Tränen nun doch über meine Wangen rollten, ohne, dass ich es verhindern konnte. Cage' Worte trafen mich hart. Denn auch *ich* wollte immer nur, dass er glücklich wird und seinen Traum erfüllt. Nur deswegen hatte ich schließlich diesen Fehler begangen, ihm nichts von seiner Tochter zu erzählen. Dabei hätte ich eigentlich wissen sollen, dass ihn nichts mehr glücklicher machen würde, als sein eigenes Kind zu sehen. Ich hätte es wissen müssen, verdammt!

»Aber jetzt ist Mama doch wieder hier. Und du auch«, durchbrach Josies beinahe protestierende Stimme meine Gedanken und ich musste mir das Seufzen verkneifen, das auf meinen Lippen lag.

Mir war klar, dass unsere Kleine sich stur stellen würde, wenn es zu diesem Thema kam. Natürlich wollte sie eine ganz normale Familie. Eine Familie, in der Mom und Dad sich liebten und ein Paar waren, gemeinsam lebten und ihre Tochter gemeinsam großzogen. Nicht getrennt. Und ich ahnte, dass Cage nicht so recht wusste, was er darauf antworten sollte, und ich hätte ihm gerne geholfen. Doch dazu kannte ich meine Tochter zu gut. Ich wusste, es war ein Test. Und wenn ich Cage jetzt zur Hilfe kam, würde ihre Hoffnung noch weiter steigen. Also ließ ich es bleiben.

»Du hast gesagt, du hast Mommy lieb.«

Oh Josie! Das war wirklich fies. Doch da musste Cage jetzt erst einmal allein durch.

»Das stimmt ja auch, kleine Prinzessin. Es stimmt, ich hab deine Mom lieb. Natürlich hab ich das! Sie ist deine Mutter und allein deswegen schon ...« Cage stoppte seine Erklärung und seufzte tief. »Deine Mom und ich werden uns immer lieb haben, Josie. Egal was passiert, wir sind deine Eltern und ich bin sehr glücklich, euch nun endlich in meinem Leben zu haben, glaub mir, kleiner Sonnenschein. Ihr beide seid alles für mich. Es gibt nichts, was für mich wichtiger ist. Und ich werde immer für dich und deine Mom da sein, hörst du? Ich liebe euch beide, aber ... Alexis und ich, wir ... Wir waren viel zu lange getrennt voneinander. Verstehst du das, Josie? Wir brauchen Zeit, um ... Ich meine, es ist nicht so einfach, wie es scheint. Selbst wenn man sich lieb hat. Deine Mom und ich können nicht ... Wir ...« Cage redete sich um Kopf und Kragen und ich wusste, das war ein gefundenes Fressen für unsere Tochter. Dadurch, dass er ihr nicht klipp und klar sagen konnte, dass wir beide nicht mehr zusammenkommen und auch nicht zusammenleben würden, steigerte er ihre Hoffnung insgeheim und ohne es zu ahnen.

Vielleicht hätte ich ihm doch besser helfen sollen?! Ganz sicher sogar.

»Schatz, ich dachte, du schläfst schon?«, platzte ich einige Sekunden später ins Zimmer, nachdem ich mir alle Tränen aus dem Gesicht gewischt hatte. Ich musste dieses Gespräch unterbrechen, bevor Cage sich mit seiner gestammelten Ehrlichkeit selbst ein Bein stellte.

Er konnte aber auch nicht ahnen, wie pfiffig und stur seine Tochter sein konnte, wenn es um etwas ging, was sie unbedingt wollte. Und jetzt schien es tatsächlich, sie wollte eine ganz normale Familie. Jetzt, da ihr Vater endlich in ihrem – und auch in meinem – Leben war.

»Ähm ... Josie wollte nur noch ein paar *Dinge* wissen, bevor ich gehe.«

Ich lächelte Cage wissend an, er musste mir schließlich nichts erklären. Er war ihr Vater und wenn er noch ein paar Minuten bei seiner Tochter bleiben wollte, bevor sie einschlief, dann durfte und konnte er das, wann immer er wollte. Dazu brauchte er weder meine Erlaubnis noch musste er es mir erklären. Zumal ich sowieso mitgehört hatte, dass es Josie war, die ihn mit Fragen löcherte.

»Ihr könnt euch ja morgen weiter unterhalten. Okay, Schatz? Du musst jetzt leider schlafen und Cage – dein Dad – muss langsam auch nach Hause. Ihr seht euch ja morgen wieder«, sagte ich leise, strich liebevoll über Josies blondes Haar und gab ihr noch einen letzten Gute-Nacht-Kuss, ehe ich Cage das Zeichen gab, mir zu folgen.

Auch er verabschiedete sich noch einmal von seiner Tochter, die Gott sei Dank bereits zu müde zum Protestieren schien, und folgte mir raus in den Flur.

Lächelnd sah ich ihn an.

»Du hast mitgehört, oder?«, wollte er leise flüsternd von mir wissen und ich sah ihm an, dass es ihm unangenehm schien. Trotzdem log ich ihn nicht an und nickte deswegen. »Habe ich mich denn sehr dumm angestellt?«, fragte er dann aber unerwartet und ich musste mir fest das Grinsen verkneifen. Denn sein Blick war so unsicher und überfordert, dass ich automatisch Mitleid bekam.

»Nein«, murmelte ich leise lächelnd, als wir beide zur Tür gingen. »Du warst nur ehrlich zu ihr, das ist schon gut so«, erklärte ich ihm und versuchte ihn mit meinen Worten etwas aufzumuntern.

Doch Cage schien selbst zu bemerken, dass zumindest seine stammelnde und nicht ganz klare Erklärung Josie gegenüber eventuell von unserer Tochter falsch verstanden werden könnte. »Hätte ich das irgendwie anders sagen sollen? Ich meine ... das mit uns beiden.«

Ich seufzte tief und zwang mich zu einem weiteren Lächeln. »Josie ist ziemlich smart und schon gar nicht auf den Mund gefallen, solltest du wissen. Daher ...«

»Verstehe! Deswegen bist du eben ins Zimmer geplatzt, was? Damit sie mir aus meinen Worten keinen Strick drehen konnte«, unterbrach er mich und zu meiner Überraschung grinste er darüber, statt wütend auf mich zu sein.

»Ehrlich gesagt wollte ich dich damit ein wenig aus der Höhle der kleinen Löwin retten, bevor sie dir noch eine ganz eindeutige Frage zu uns beiden stellt«, gestand ich ebenso grinsend, konnte es mir einfach nicht verkneifen.

»Okay«, seufzte Cage leise und schmunzelte. »Dann ... danke dafür! Ich hätte sowieso keine richtigen Worte dafür gefunden, ihr zu sagen, dass wir beide nicht mehr zusammenkommen werden.« *Autsch!* »Das hätte ihr sicher das Herz gebrochen.«

Verdammt. Nicht nur ihr, wie ich jetzt über mich selbst erstaunt feststellen musste.

Dennoch lächelte ich tapfer und nickte zaghaft und verstehend, schluckte den stechenden Schmerz, der gerade quer durch meine Brust wanderte, herunter und ließ mir nichts anmerken.

»Sie wird solche Fragen sicher noch häufiger stellen. Und sie wird uns beide ab sofort umso genauer beobachten, so wie ich sie kenne. Daher sollten wir vielleicht ...«

Tja, was sollten wir eigentlich?

Schließlich war es nicht so, dass wir uns bisher zu nahe gekommen waren. Wir hielten kein Händchen, wir küssten uns nicht, wir gaben uns keine schnulzigen Kosenamen. Theoretisch gab es an unserem bisherigen Verhalten nichts fehlzuinterpretieren.

»Wir sollten so weitermachen wie bisher. Richtig?« Cage schien mir auf die Sprünge helfen zu wollen und tatsächlich hatte er sogar recht mit seinen Worten. Wir sollten einfach so weitermachen wie bisher. Wir waren ihre Eltern und nichts weiter. Und doch ließ dieser Gedanke erneut etwas in meiner Brust schmerzvoll zusammenziehen.

Nickend versuchte ich abermals zu lächeln und vom Thema abzulenken. »Du kommst morgen also wieder her? Oder wollt ihr euch vielleicht woanders treffen?«

Cage hob eine Augenbraue und sah mich verwirrt an. »*Ihr*? Wieso ihr? Du wirst doch dabei sein, oder? Ich meine ... Ich ... Ehrlich gesagt, brauche ich dich ... so als Hilfe. Verstehst du? Das alles ist noch ziemlich neu für mich und ich habe wirklich Angst, irgendwelche Fehler zu machen, wenn ich allein mit ihr bin. Zumal ich mir nicht vorstellen kann, dass sie das in dieser Phase überhaupt möchte – mit mir allein sein.«

Ich lächelte. »Ich denke nicht, dass Josie Probleme damit hätte, aber natürlich verstehe ich dich. Und solange du mich als Hilfe oder Unterstützung brauchst oder mich zumindest in der Nähe haben willst, werde ich da sein.«

Cage atmete erleichtert aus, bevor er sich von mir verabschiedete. »Gut, dann sehen wir uns morgen. Ich denke, ich komme irgendwann am Vormittag vorbei, wenn es dir recht ist. Und dann können wir ja vielleicht ein wenig spazieren gehen.

Erinnerst du dich an den Garten meiner Grandma, direkt am Wicker Fall, neben dem Wald?«

Ich nickte grinsend. Natürlich erinnerte ich mich daran. Wie könnte ich nicht? Schließlich waren Cage und ich früher immer dort. Vor allem nachts, wenn seine Grandma nichts davon wusste und wir dort ganz unanständige Dinge tun konnten, ohne dabei gestört zu werden – direkt unter einem sternenklaren Himmel.

»Da hängt immer noch unsere alte Schaukel und ...« Cage grinste verräterisch, als er zur Türklinke griff. Etwas Vertrautes lag auf einmal in seinem Blick, etwas, das ich in diesem Moment nicht genau definieren konnte. Oder es schlicht nicht wollte. Aus Angst, enttäuscht zu werden. »Wir sollten unserer Tochter lieber nicht erzählen, was wir dort immer getrieben haben.«

Ich lachte leise auf und schüttelte den Kopf. »Nein, das sollten wir lieber nicht.«

Mir schien, es war der erste Moment zwischen uns beiden, der leicht und unbeschwert wirkte – der Erste, seitdem er von Josie wusste. Und ich wünschte mir, es würden noch tausende dieser Momente folgen.

18

Cage

Die ganze Nacht konnte ich nicht schlafen. Ständig kreisten die unterschiedlichsten Gedanken in meinem Kopf. So langsam wurde mir das volle Ausmaß der neuen Situation bewusst. Ich war Vater, Vater einer vierjährigen Tochter, die überaus klug und glücklich zu sein schien.

Josie kannte mich erst seit ein paar Tagen und doch waren wir vom ersten Moment an keine Fremde, wir waren uns dermaßen vertraut, man hätte annehmen können, wir waren niemals getrennt gewesen. Dabei hatte ich die ersten vier Jahre ihres Lebens verpasst. Ihr erstes Wort, ihre ersten Schritte, die ersten Tränen, das erste Lächeln. Das alles machte mich immer noch unheimlich wütend und enttäuschte mich zutiefst, denn ich liebte meine Kleine. Ich liebte sie unendlich und das schien für mich absolut selbstverständlich und normal. Es fühlte sich nicht seltsam an. Nicht fremd oder eigenartig. Ich mochte sie bereits, als ich sie das erste Mal auf der Hochzeit von Kelsey gesehen hatte. Und seitdem ich wusste, sie war mein eigen Fleisch und Blut, liebte ich sie aus vollstem Herzen. Sie war mein kleiner Sonnenschein, mein Engel, meine Tochter.

Doch ich hatte nicht nur Angst vor der Zukunft und vor der Reaktion meiner Familie, meiner Freunde und Bekannten. Am meisten jedoch vor der Presse. Wenn sie herausfinden würden, dass Josie existierte und Alexis mir vier Jahre lang meine Tochter vorenthalten hatte, würde das Wellen schlagen, die ich bisher nicht abzuschätzen wusste. Ich hatte Angst um meine Kleine. Doch genauso hatte ich auch Angst um Alexis. Niemand außer mir durfte sie belehren und ihr wütend sein. Außer meiner Mutter vielleicht. Ich wusste, mein Vater würde ihr schnell verzeihen können, würde er Josie einmal kennenlernen. Doch meine Mom ...?! Ich hatte keine Ahnung, wie sie reagieren, geschweige denn, wie sie sich Alexis gegenüber verhalten würde. Es würde ihr das Herz brechen, dass ausgerechnet das Mädchen, das sie immer als Frau an meiner Seite gesehen hatte, so etwas getan hatte.

Dennoch würde ich es noch diese Woche meiner Familie sagen müssen. *Wir* würden es tun –

Alexis und ich. Noch bevor ich das nächste Auswärtsspiel hatte, würden wir es meiner Familie erzählen und ihnen Josie vorstellen. Hoffentlich verkraftete der Engel so viel Neues auf einmal. Jetzt hatte sie schließlich eine richtig große Familie, die sich um sie kümmern würde. Sie würde ein weiteres Paar Großeltern bekommen und sogar Urgroßeltern und eine Tante. Wie würde sie wohl auf all das reagieren, wie würde sie damit umgehen können?

Ich hatte wirklich große Angst davor, wollte sie nicht überfordern, schon gar nicht von ihrer jetzigen kleinen Familie weglocken. Selbst wenn Alexis und ich kein Paar waren, so waren wir dennoch ihre Eltern und das gemeinsam. Ich würde sie niemals aus irgendwelchen Entscheidungen oder anderen Dingen heraushalten.

Nachdenklich fuhr ich am nächsten Mittag, als die Sonne gerade heraus kam, zu Alexis' Wohnung. Ich hatte den beiden versprochen, ich würde auch heute vorbeikommen und ein wenig Zeit mit Josie verbringen und mein Versprechen würde ich unter allen Umständen halten. Zumal ich meine Kleine sowieso sehen wollte. Ich fühlte mich also keinesfalls gedrängt oder gezwungen, mich zu kümmern. Ich wollte es. Von mir aus!

»Hey.« Alexis lächelte mir an der Tür bereits entgegen, als ich das Haus betreten hatte und die Treppen hinauf zu ihrer Wohnung ging. Auch wenn meine Enttäuschung über sie es eigentlich nicht zulassen wollte, so musste ich mir eingestehen, sie sah wieder einmal sehr hübsch aus. Ihre Augen strahlten, als sie mich sah, und ihr Lächeln ließ mein Herz unweigerlich schneller schlagen.

»Hey«, erwiderte ich leicht verkrampft und betrat ihre Wohnung.

»Josie ist im Wohnzimmer und malt ein wenig«, klärte sie mich auf und deutete an, ihr zu folgen.

»Hat sie denn gut geschlafen? Oder war das gestern alles zu viel für sie?«, wollte ich leise wissen, ehe wir das Wohnzimmer betraten, doch Alexis presste nur die Lippen zusammen und seufzte dann tief.

»Sie hat sehr unruhig geschlafen, ehrlich gesagt. Und ständig ist sie wach geworden und ist zu mir ins Schlafzimmer herübergelaufen, da sie noch abertausende Fragen an mich hatte.«

Sanft griff ich nach Alexis' Hand und zog sie mit mir in die Küche, bevor uns Josie entdecken konnte. »Was für Fragen? Und was hast du ihr erzählt?«, wollte ich alarmiert wissen, denn ich hatte das dumme Gefühl, meine ehrlichen Worte gestern Abend, bevor ich ging, hatten Josie etwas durcheinandergebracht.

»Sie wollte wissen, ob du wirklich Eishockey spielst und einer der Männer mit dem Helm bist, dem wir schon so oft im Fernsehen zugeschaut haben«, erzählte Alexis flüsternd und erst jetzt bemerkte ich, dass sie müde wirkte. Unsere Tochter hatte sie offensichtlich die ganze Nacht auf Trapp gehalten.

»Und wie hat sie darauf reagiert, als du ihr die Wahrheit gesagt hast?«

Erneut seufzte Alexis erschöpft. »Sie wusste wohl nicht so recht damit umzugehen und schon gar nicht wusste sie irgendwas damit anzufangen. Vermutlich wird ihr das erst später bewusst, wenn sie durch die anderen Kinder mitbekommt, wie wahnsinnig bekannt du eigentlich bist.« Sie lächelte schwach.

»Versteht sie denn wenigstens, was ich da tue? Ich meine, dass das mein Beruf ist?«

Alexis nickte ohne zu zögern. »Ja, das hat sie offenbar sofort begriffen. Sie hat ja häufiger mal mit mir die Spiele angeschaut und hatte da schon immer wieder Fragen gestellt und sich für den

Sport interessiert.« Ich nickte verstehend, doch sie räusperte sich plötzlich leise und sah verletzt zu mir auf. »Sie hat danach gefragt, ob das der Grund ist, warum ich ...« Kurz stoppte sie, denn wie ich merkte, saß ein gewaltiger Kloß in ihrem Hals, den sie versuchte herunterzuschlucken, bevor sie weitersprechen konnte. »Josie wollte wissen, ob ich euch deswegen voneinander getrennt habe«, presste sie qualvoll und voller Schuld heraus, die ich nicht nur heraushörte, sondern auch deutlich an ihr spürte.

»Du meinst, sie wollte wissen, ob du uns beide mit Absicht wegen des Eishockeys, wegen meines Berufes, voneinander ferngehalten hast?«

Alexis nickte hart schluckend.

»Nun ja ... theoretisch stimmt das ja auch, richtig?«

Abermals nickte sie stumm und reuevoll. »Allerdings meinte sie das natürlich nicht auf die Presse bezogen oder Ähnliches. Sie dachte nur, dass es dir bestimmt ganz großen Spaß machen muss und dass ich dadurch nicht wollte, dass du es ihretwegen aufgibst. Josie meinte, ich würde denken, du würdest den Sport mehr lieben als sie.« Genau das war meine Befürchtung! Ich wusste, Josie würde

Alexis wegen ihrer Gründe indirekt oder gar direkt ausfragen wollen.

»Und was hast du gesagt? Ich meine, war sie denn derselben Meinung oder dachte sie nur, *du* würdest so empfinden?« Solange nicht Josie selbst auf diesen Gedanken kam, mir würde das Eishockey mehr bedeuten als sie, würde ich damit klarkommen. Ansonsten wusste ich wirklich nicht, wie ich hätte reagieren sollen.

»Nein, ich hatte nicht das Gefühl, dass sie das auch denken würde. Sicher sagen kann ich es dir aber natürlich trotzdem nicht. Auch wenn sie meine Tochter ist ...«

»Unsere«, unterbrach ich sie harsch aber leise, damit Josie uns nicht hörte.

Alexis schluckte hart und nickte dann zaghaft. »Auch wenn sie unsere Tochter ist, so kann ich dennoch nicht in ihren Kopf, schon gar nicht in ihr Herz sehen, Cage. Ich kann dir nur sagen, dass ich wirklich nicht das Gefühl hatte, sie würde derart denken oder empfinden, doch ... Josie ist manchmal ein wirklich undurchschaubares Mädchen, verstehst du?« Natürlich verstand ich das. Keiner konnte wirklich wissen, was in unserer Tochter vorging. Und doch erleichterte mich Alexis‘ Antwort ein wenig. »Ich habe ihr gesagt, dass es nicht daran liegt und dass ich mit Sicherheit sogar weiß, dass dir nichts und niemand wichtiger wäre als sie, dass du nichts und niemanden *mehr* lieben könntest.«

»Aber wie hast du ihr es dann erklärt, dass du sie und mich voneinander getrennt hast? Sie wollte doch sicherlich den wahren Grund dafür wissen, oder?«

Abermals seufzte Alexis und setzte sich erschöpft auf den Stuhl, der am Esstisch stand. »Ich habe ihr versucht zu erklären, dass es nur ihrem Schutz diente, weshalb ich euch voneinander ferngehalten habe. Ich habe ihr erzählt, dass es auf der Welt eben nicht nur nette und freundliche Menschen gibt und dass diese Menschen *dich* – ihren Vater – häufig ausnutzen und verfolgen. Ich habe ihr erklärt, dass du sehr bekannt bist und das im ganzen Land und teilweise sogar auf der ganzen Welt. Dass viele Menschen dich und dein Gesicht kennen und gerne alles mit dir teilen würden ...«

»Und wie hat sie das aufgenommen? Glaubst du, sie hat verstanden, was du ihr damit sagen wolltest? Ich meine, versteht sie, *warum* und *vor was* du sie schützen wolltest?«, unterbrach ich sie erneut, denn das Thema wühlte mich unheimlich auf. Ich wusste, dass Alexis' Angst schon irgendwie greifbar und nicht ohne Grund so groß war, immerhin fürchtete ich mich auch vor dem, was passieren würde, würde die Welt von Josie erfahren. Doch sie hätte damals – genau wie auch heute – schlichtweg wissen müssen, dass ich einen verdammten Weg gefunden hätte, um Josie zu beschützen.

»Sie schien es verstanden zu haben«, bestätigte Alexis schuldbewusst. »Doch sie kann sich trotzdem das Ausmaß deiner Bekanntheit kein bisschen vorstellen, denke ich.«

Kein Wunder. Nicht mal meine Mom verstand es bis heute und war jedes Mal erstaunt, wenn sie mitten auf der Straße nach ihrem berühmten Sohn gefragt wurde.

»Ist sie dir jetzt böse deswegen, dass du das getan hast? Hat sie irgendwas erwähnt? Oder hat sie es irgendwie angedeutet oder gar gezeigt?«, flüsterte ich vorsichtig.

Alexis hatte schreckliche Angst davor, Josie würde sie irgendwann einmal für diese Entscheidung hassen. Doch ich hatte keine Ahnung, wie ich das eventuell vermeiden oder abwenden konnte, falls es irgendwann einmal so käme.

Räuspernd starrte Alexis auf den Boden. Doch bevor sie antworten konnte, stolperte Josie plötzlich in die Küche. »Mommy, wo bleibt Daddy? Du hast doch gesagt, er ...« Mitten im Satz stockte sie und sah verdutzt zu mir auf.

»Hey, kleiner Engel.« Ich lächelte meine Tochter an und Josie erwiderte das Lächeln leicht verschüchtert. Garantiert musste sie sich an mich und meine Nähe erst einmal wieder gewöhnen. Es musste komisch sein, wenn der eigene Vater jeden Abend aufs Neue verschwand und erst am nächsten Tag wieder vorbeischaute. Sie wusste sicher, das war untypisch und nicht normal.

»Wolltest du deinem Dad nicht dein hübsches Bild zeigen, das du vorhin gemalt hast, Schatz?« Alexis versuchte krampfhaft zu lächeln, doch es erreichte ihre Augen nicht. Irgendetwas schien sie tatsächlich zu bedrücken, nur war ich nicht sicher, ob es das war, worüber wir gerade eben gesprochen hatten, bevor Josie hereinkam. Eventuell war es auch etwas anderes? Oder gar beides zusammen?! Ich hatte keine Ahnung.

Nickend und mit einem unerwartet breiten Grinsen auf den Lippen strahlte Josie mich an. »Ich habe noch ein Bild für dich gemalt«, erzählte sie voller Stolz.

»Oha! Na, da bin ich jetzt aber gespannt«, entgegnete ich lachend und voller Vorfreude und ließ mich von ihr an der Hand ins Wohnzimmer führen.

Alexis folgte uns stumm und unauffällig, die Augen gen Boden gerichtet und den hübschen Mund zu einem traurigen Lächeln verzogen. Was genau war hier eigentlich los?

»Schau mal!«, deutete Josie auf eines der bunten Bilder, die auf dem Tisch verstreut lagen. Auf beinahe allen waren wieder einmal die verschiedensten Regenbogen gemalt, doch nur auf diesem einen, das sie mir zeigte, schien etwas anderes drauf zu sein. Neugierig setze ich mich an den Tisch und beäugte das Bild, das sie offenbar für mich gemalt hatte. Doch der Inhalt sprach von der ersten Sekunde an für sich, weshalb ich zunächst kurz überrascht verstummte.

»Gefällt's dir?«, strahlte Josie mir fragend entgegen, doch der Schock ließ mich nicht die passenden Worte finden, also nickte ich nur und versuchte zu lächeln. »Guck! Das bin ich und das bist du ... Und das ist Mommy«, erklärte meine Kleine unnötigerweise und zeigte auf die jeweiligen drei Personen im Bild.

Das alles wäre rein theoretisch nicht sonderlich schlimm oder etwas, was mich beunruhigen würde, doch ... Dass Alexis und ich Händchen hielten und uns sogar auf dem Bild scheinbar küssten, während Josie direkt zwischen uns beiden stand und zu uns aufschaute, das ließ mein Unbehagen dann doch ins Unermessliche steigen. Hatte ich meiner Tochter also doch die falschen Signale gesendet gestern Abend? Klar, ich wollte nur ehrlich sein und sie nicht belügen, doch ich ahnte da bereits, dass der kleine Engel das alles ein bisschen falsch und anders auffassen würde, als ich es eigentlich meinte.

Ich wollte Josie dennoch natürlich nicht vor den Kopf stoßen und grinste sie stolz an. Immerhin war das Bild für mich trotz des Inhalts ein kleines Kunstwerk. Und dass sie es ausgerechnet für mich gemalt hatte, machte mich umso glücklicher. »Und wer ist dann der kleine Hund da hinten?«, fragte ich leise lachend und deutete auf den winzigen, braunen Vierbeiner unweit von uns dreien auf dem Bild.

»Das ist Lenny. Unser Hund!«, verkündetet sie kichernd.

»Ach so!«, staunte ich gespielt und wunderte mich insgeheim darüber, dass der kleine Sonnenschein offenbar dermaßen viel Fantasie besaß, dass sie unserem imaginären und nicht existierenden Hund bereits einen Namen gab.

»Und *das* ist unser Haus, da wo du jetzt wohnst«, erklärte sie immer noch kichernd und ich stutze.

Hieß das etwa, sie wollte mit zu mir ziehen? In mein Haus?

Unauffällig schielte ich zu Alexis, die mich aufmerksam und prüfend musterte. Warum, wusste ich allerdings nicht. Vermutlich versuchte sie in meinen Gedanken zu lesen, was ich wirklich über dieses Bild dachte. Doch eigentlich wusste ich das nicht einmal selbst. Es war schließlich nur ein Wunschgedanke unserer Tochter.

19

Cage

Als wir in der angenehmen Mittagssonne des schönen Herbsttages im alten Garten meiner Grandma ankamen, schien es mir, als wäre hier die Zeit vollkommen still gestanden. Alles sah noch aus wie früher. Einer der Nachbarn meiner Eltern kümmerte sich noch hin und wieder um diesen Garten, da meine Großeltern schlicht zu alt waren und meine Eltern zu wenig Zeit dafür hatten. Daher hatte sich hier offenbar auch nicht viel verändert in den letzten Jahren.

Josies Augen schimmerten funkelnd, als sie die Schaukel entdeckte, weswegen sie bettelnd an meinem Ärmel zupfte. Ihrer Mutter hingegen schenkte sie gar keine Beachtung mehr. Schon als wir die Wohnung verließen und losgefahren waren, hatte ich gemerkt, dass irgendetwas nicht stimmte und Josie ungewohnt kühl zu Alexis war. Und ich vermutete stark, es lang daran, was ihre Mom letzte

Nacht noch über mich oder über den Grund, weshalb sie Josie und mich voneinander getrennt hatte, gesagt hatte.

»Darf ich da drauf? Bitte!« Der kleine Sonnenschein sah flehend zu mir auf.

Grinsend drehte ich mich zu Alexis um, die leicht abwesend schien, seitdem wir im Garten meiner Grandma waren. Ob sie sich an die schöne Zeit hier im Sommer erinnerte? »Ist es für dich okay, wenn ich ihr dabei helfe?«, fragte ich die Mutter meiner Tochter und durchbrach damit offensichtlich ihre Gedanken, denn Alexis war im ersten Moment verwirrt, nickte dann jedoch wie selbstverständlich.

»Natürlich.« Sie versuchte zu lächeln, doch es gelang ihr nicht sonderlich. Zumindest sah ich ihr sofort an, dass es nicht aufrichtig war.

Jubelnd rannte Josie sofort auf die kleine Schaukel zu und versuchte mühevoll hinauf zu klettern. Da ich ihr nicht in die Quere kommen wollte, ließ ich sie erst einmal machen und sah ihr grinsend dabei zu. Als sie tatsächlich endlich auf der Schaukel saß – und das von ganz allein und ohne meine Hilfe – stutzte sie plötzlich und runzelte nachdenklich die Stirn. Denn nun kam sie mit ihren Füßen leider nicht mehr ganz auf den Boden, sodass sie sich nicht von selbst hätte abstoßen können.

Lachend beobachtete ich sie dabei, wie sie verzweifelt versuchte, mit ihrem Hintern nicht erneut von der Schaukel zu rutschen und sich dennoch mit ihren Füßen irgendwie vom Boden abzustoßen, um schaukeln zu können, doch sie schaffte es nicht.

Ich wartete geduldig, ob Josie mich oder Alexis um Hilfe bat, die sich gerade nachdenklich auf der Bank neben dem großen Blumenbeet niederließ. Ich fragte mich wirklich, was gerade in ihrem Kopf vor sich ging. Was schien sie dermaßen zu belasten? War es ganz allgemein diese Situation, die ihr einfach immer noch ungewohnt und seltsam vorkam? Wusste sie nicht, wie sie damit umgehen sollte, dass sie nicht mehr die Einzige war, die sich um Josie kümmerte? *Nein*, das konnte ich mir eigentlich nicht vorstellen. Alexis war nicht der Typ dafür. Es musste etwas anderes sein.

»Daddy?«

Erschrocken zuckte ich zusammen. Mein Gott, es war immer noch schrecklich ungewohnt, so genannt zu werden. Doch es war keineswegs unangenehm. Ganz im Gegenteil.

»Soll ich dir helfen?«, fragte ich grinsend und sah Josie an, die sich offensichtlich schämte, mich um Hilfe bitten zu müssen.

Stumm aber nickend sah sie zu mir auf, bevor ich mich hinter sie stellte und ihr vorsichtig einen kleinen Schubs gab.

»Schneller!«, forderte Josie aber sofort lachend. »Schneller, Daddy!« Sie kam offenbar doch etwas mehr nach mir, wie mir schlagartig wieder bewusst wurde und ich musste unweigerlich grinsen. Vorsichtig schubste ich sie noch ein paar Mal an, bis sie mit ihrer Schaukel an angemessener Höhe gewann.

»Gut festhalten, hörst du?«, warnte ich sie lächelnd.

Doch meine Tochter kicherte nur und forderte erneut: »Noch schneller! Und höher!«

Unbemerkt trat Alexis an mich heran und schüttelte stumm den Kopf. Sie wollte ihrer Tochter nicht ein weiteres Mal in den Rücken fallen, also sagte sie nichts, hoffte darauf, dass ich ihre Geste verstand und das tat ich.

Schmunzelnd drehte ich mich leicht zur Seite, damit Josie mich sehen konnte, und erklärte ihr, dass es auf dieser Schaukel zu gefährlich wäre, noch schneller und höher zu schaukeln. Und das stimmte sogar. Alexis und ich hatten früher oft genug aufgeschlagene Knie gehabt, weil wir es schlichtweg übertrieben hatten.

»Bitte, Daddy«, flehte Josie und selbst ich merkte, dass sie mich in diesem Moment austesten wollte. Josie wollte herausfinden, wie weit sie bei mir gehen durfte und ob ich mich ihrer Mutter widersetzen und meiner Tochter klein beigeben würde. Doch das tat ich nicht. Diese Tricks waren mir Gott sei Dank bereits längst bekannt und so blieb ich hart.

»Du kannst ja versuchen, erst einmal von selbst weiter zu schaukeln, ohne dass ich dir dabei helfe. Wenn du das schaffst, können wir es noch einmal ein bisschen schneller probieren«, köderte ich Josie, da ich wusste, sie würde es von allein nicht hinbekommen, weiterzuschaukeln. Dafür war diese Schaukel mit ihren uralten Seilen einfach viel zu störrisch – wie ich noch von früher wusste. Dennoch schien Josie die Herausforderung annehmen zu wollen und nickte grinsend.

»Wenn sie könnte, würde sie dem Regenbogen entgegen schaukeln«, flüsterte Alexis leise und lächelte zum allerersten Mal an diesem Tag aufrichtig und gelöst, was mich unerwartet erleichterte.

»Was hat es mit diesen ganzen Regenbogen eigentlich auf sich?«, wollte ich murmelnd wissen, als ich meiner Tochter dabei zusah, wie sie mühevoll die Höhe und Geschwindigkeit zu halten versuchte.

»Ich bin mir nicht sicher.« Alexis zuckte mit den Schultern und sah mich kurz an. Kurz aber intensiv. Derart intensiv, dass dieser kurze Blickwechsel etwas in mir auslöste. Was es allerdings war, wusste ich zu diesem Zeitpunkt noch nicht genau. »Ich glaube, es hat keine tiefere Bedeutung. Sie findet Regenbogen einfach nur sehr schön, glaube ich.« Wieder schmunzelte Alexis und diesmal erreichte es sogar ihre blauen Augen, die denen meiner Tochter unheimlich ähnelten.

»Also *ich* glaube schon, dass sie für Josie eine spezielle Bedeutung haben. Sonst würde sie die sicherlich nicht so oft malen, denke ich. Aber ... vielleicht erfahren wir es ja eines Tages einmal?« Ich lächelte Alexis an, die es nachdenklich erwiderte.

»Was ist los, hm?«, fragte ich seufzend und stupste sie locker mit dem Ellenbogen an, um ihr das Gefühl zu geben, sie könnte mit mir reden. »Irgendetwas belastet dich, das sehe ich dir an der Nasenspitze an, Alexis.« Ich flüsterte bewusst, denn

Josie sollte unser Gespräch nicht mitbekommen, auch wenn wir beide am Baumstamm der Schaukel lehnten, auf der sie gerade saß.

Alexis schien im ersten Moment überrascht, doch dann seufzte sie resigniert. »Du kennst mich wohl immer noch zu gut, was?«, wisperte sie leise, offenbar nur so vor sich hin, gar nicht an mich gewandt, doch ich verstand es dennoch und lächelte.

»Glaubst du wirklich, ich hätte dich vergessen in den letzten Jahren? Hätte vergessen, wer du warst, wer du bist und was du mir bedeutet hast? Alexis, nur weil wir keinen Kontakt hatten und ich mit Kelsey zusammen war, heißt das noch lange nicht, dass ich mich verändert und von dir abgewandt habe. Das habe ich nie, das sollte dir eigentlich klar sein. Du kennst mich – genauso sehr, wie ich dich nun mal kenne. Und das wird sich niemals ändern.«

Alexis schien unfassbar berührt von meinen Worten, brachte kein Ton heraus. Doch für mich war das, was ich sagte, nichts Besonderes, nichts, was ich nicht als selbstverständlich ansah.

»Ich bereue nicht, dass wir damals in dieser einen Nacht miteinander geschlafen haben, Cage. Ich weiß, das denken sicher einige von mir, weil es im Anschluss offenbar nicht so gelaufen ist, wie wir beide uns das vorgestellt hatten, doch ... Ich bereue es dennoch nicht. Das habe ich auch nie – nicht eine einzige Sekunde lang. Und seitdem ich wusste, was in dieser Nacht für ein kleines Wunder entstanden ist ... Ich bereue absolut nichts davon, verstehst du? Josie ist das Beste, was mir je passiert ist, das beste Geschenk auf Erden! Doch jetzt beginnt sie langsam alles zu verstehen, so scheint es mir. Und sie ... Sie hasst mich, Cage! Sie weiß, dass es meine Schuld war, dass sie ihren Vater erst jetzt kennenlernen durfte. Und sie hat absolut recht damit. Ich bin schuld, ich hab es verbockt, weil ich einfach nur Angst hatte – um sie und auch um dich. Ich habe alles kaputt gemacht und *das* und nur *das* bereue ich zutiefst.«

Diesmal war ich es, der laut und gequält seufzte.

Was sollte ich auch darauf erwidern? Im Grunde genommen hatte sie damit recht. Sie hatte es schlichtweg verbockt – warum und weswegen, spielte am Ende des Tages überhaupt keine Rolle mehr. Alexis hatte Josie und mir die Chance genommen, Vater und Tochter sein zu können und das von ihrer Geburt an. Diese Tatsache machte mich nach wie vor wütend, das konnte ich nicht leugnen. Und doch hatte es Alexis nicht verdient zu denken, Josie würde sie hassen. Denn das glaubte ich sowieso keine Sekunde lang. Sie war vielleicht angesäuert, beleidigt oder verwirrt. Doch niemals würde sie ihre Mutter hassen.

»Gib ihr Zeit, Alexis. Sie wird sich schon bald wieder beruhigen, da bin ich mir sicher.« Ebenso wie ich mich vielleicht irgendwann wieder beruhigen würde. Wer wusste das schon? Vielleicht würde die Wut verschwinden, die Machtlosigkeit des Geschehenen verblassen? Ich glaubte zwar nicht unbedingt daran, doch ich hoffte es zutiefst. Denn ich wollte Alexis nicht unser restliches Leben lang böse sein. Sie war schließlich die Mutter meiner Tochter und sie war verdammt gut in dieser Rolle.

Wenn ich ehrlich zu mir selbst war, dann wusste ich, dass ich mir keine bessere Frau als Mutter meines Kindes hätte vorstellen und wünschen können. Ja, ich wusste das nur allzu gut und vielleicht war es auch diese Gewissheit, die eine sehr verquere Hoffnung in mir aufflammen ließ, die ich jedoch eigentlich gerne ignoriert hätte.

Der Tag im Garten meiner Grandma zusammen mit meiner Tochter und ihrer Mutter war zwar wunderschön, jedoch stimmte er mich nachdenklich, als ich am Abend wieder zurückfuhr. Wie auch schon die letzten Male entschied ich mich dazu, direkt zu meinen Eltern zu fahren, statt zu mir nach Hause. Denn ich wollte nicht allein sein, wollte meinen Gedanken nicht zu viel Zeit und Platz geben, denn sie würden mich nur in den Wahnsinn treiben.

Alexis und mir fiel heute immer mehr auf, dass Josie beinahe schon zu leicht und schnell mit dem Bewusstsein klar kam, dass ich ihr Dad war. Wir waren uns nicht sicher, woran das lag, doch waren uns einig, dass es sicher nicht normal war und Josie in Wirklichkeit noch ziemlich durcheinander und verwirrt sein musste. Eventuell wusste sie nicht, wie sie mit dieser neuen Situation umgehen sollte, denn im Grunde hatte sie sich schon so lange gewünscht, endlich ihren Vater bei sich zu haben und jetzt, da er bei ihr war, ihr Wunsch also tatsächlich in Erfüllung ging, nahm sie vielleicht an, es wäre normal und richtig, wenn sie sich so verhielt – wenn sie mich immer zu Daddy nannte und so tat, als wäre ich quasi niemals weggewesen.

Josie war ein wirklich schlaues, kleines Mädchen. Sie wusste, wie alle anderen Kinder mit ihren Eltern umgingen, wie sie sich ihnen gegenüber verhielten, vermutlich beobachtete sie dies immer zu im Kindergarten. Daher würde es mich in der Tat nicht wundern, wenn ihr Verhalten nur daher kam, dass sie davon ausging und schlicht und ergreifend dachte, dass sie sich mir gegenüber so verhalten *musste*, obwohl sie in Wahrheit noch unheimlich verwirrt war.

Ich nahm mir fest vor, am nächsten Tag noch einmal mit Alexis darüber zu reden. Vielleicht sollten wir Josie gegenüber einfach genauso offen sein und ihr erklären, dass sie mir gegenüber keine Verpflichtungen hatte. Sie musste mich nicht immer Daddy nennen, wenn sie das eigentlich noch gar nicht wollte. Sie musste mir nicht zeigen, dass sie froh darüber war, mich endlich in ihrem Leben zu haben, schon gar nicht musste sie mir zeigen, dass sie mich lieb hatte. Schließlich kannte sie mich kaum.

Vielleicht hatte sie nur Angst, ich würde wieder verschwinden, wenn sie das nicht tat? Ich traute meiner Tochter alles zu, denn sie schien sehr sensibel – mit großem Bedarf an Schutz und Sicherheit, die ich ihr von nun an natürlich immer geben würde. Zumindest würde ich es versuchen, würde mein Bestes geben, um ihr zu zeigen, dass sie sich nicht fürchten musste, schon gar nicht davor, dass ihr Vater wieder aus ihrem Leben verschwindet. Denn das würde ich nicht – niemals.

20

Cage

Als ich in meinem alten Elternhaus ankam, wartete meine Mutter bereits in der Küche auf mich. Sofort stieg Skepsis in mir auf, denn ich sah längst an ihrem Blick, dass sie irgendetwas ahnte. Zumindest spürte sie ganz offenbar, dass die letzten Tage etwas nicht stimmte. Sie kannte mich nun mal zu gut. Immer noch. Ich war schließlich ihr Sohn. Titel und Bekanntheitsgrad hin oder her, in ihren Augen war ich schlichtweg immer noch der, der Chaos in ihr Leben brachte. Und genau das würde ich auch jetzt wieder, wenn sie erfahren würde, weswegen ich seit Tagen immer unterwegs war und abends statt zu mir nach Hause, immer wieder zu ihr und Dad fuhr. Meiner Mom war klar, das war nicht normal. Denn zuvor war ich auch nie so oft bei ihnen gewesen, wenn ich mal ein paar Tage Ruhe und keine Spiele oder Training hatte. Sie wusste also, dass da etwas nicht stimme, nur traute sie sich bisher nicht, mich danach zu fragen.

Mein schlechtes Gewissen drücke unangenehm gegen meine Brust und ich lächelte gequält, als ich mich an den Tisch im Esszimmer setzte, ohne auch nur ein Wort zu sagen.

»Tee oder Kaffee?«, fragte sie aufmerksam, musterte mich jedoch abschätzend, wie sie es früher immer tat, wenn sie genau wusste, ich hatte etwas ausgefressen.

»Danke, ich hatte eben schon einen«, erwiderte ich knapp und lächelte.

»Etwa bei Alexis?«

Erstaunt hob ich eine Augenbraue. Meine Mutter wusste schon immer mehr, als ich ahnte. Das hätte mir eigentlich klar sein müssen. »Ja.« Ich räusperte mich leise und fühlte mich schrecklich ertappt. Wie früher, als ich zwölf war oder so, als sie herausgefunden hatte, dass ich meine erste heimliche Zigarette geraucht hatte. Danach tat ich es nie wieder. Denn Moms Enttäuschung zu spüren, war nicht gerade etwas, das ich gerne wiederholen wollte.

»Ich war ... Ich meine, wir haben ...«, stotternd saß ich da, wusste absolut nicht, was ich meiner Mutter erzählen sollte. Ich wollte keinesfalls, dass sie dachte, Alexis und ich, wir würden wieder ein Paar werden, denn das war offensichtlich nicht der Grund, weshalb ich seit Tagen immer bei ihr war. Es war etwas weitaus Bedeutenderes als das.

»Und du warst den ganzen Tag bei ihr? Schon wieder, ja?« Ich spürte, dass meine Mutter immer ungeduldiger wurde, also schluckte ich hart und nickte nur stumm.

Was hätte ich ihr auch sagen sollen? Eigentlich hatten Alexis und ich bereits ausgemacht, dass wir es unseren Eltern, besonders meinen, gemeinsam sagen würden, am besten dann, wenn sie Josie direkt kennenlernen konnten, damit sie sahen, was für ein Sonnenschein unsere Tochter war – trotz allem, was Alexis uns mit ihrer fatalen Entscheidung damals angetan hatte. Doch jetzt war ich allein hier. Keine Alexis, keine Josie, die mir dieses Gespräch eventuell hätten erleichtern können. Denn im Grunde wusste ich, dass sich meine Familie für mich freuen würde. Doch wusste ich nicht genau, wie sie für Alexis empfinden würden – und wenn ich ehrlich war, wollte ich nicht, dass meine Familie sie verurteilte und von sich stieß. Sie war und würde immer die Mutter meines Kindes bleiben.

»Cage, was ist da los mit euch beiden? Läuft da wieder etwas zwischen euch? Seid ihr ...?!«

»Nein, sind wir nicht«, unterbrach ich sie seufzend. Ich spürte den Drang in mir aufsteigen, Alexis anzurufen und sie zu bitten, mit Josie herzukommen, denn ich wusste, meine Mutter würde jetzt erst recht nicht mehr locker lassen und mich so lange ausfragen, bis sie endlich die Wahrheit erfuhr.

»Aber was ist es dann?« Sie sah mich verzweifelt und flehend an. In ihrem Blick spiegelte sich Sorge, das erkannte ich nur zu deutlich. Doch ich wollte nicht, dass sich meine Mutter um mich sorgte, denn eigentlich war es etwas Schönes, zu erfahren, dass man Vater war. Bis auf die kleine, aber leider sehr bedeutende Tatsache, dass man es eigentlich bereits seit über vier Jahren war, ohne, dass man es wusste. Doch *damit* würde ich schon noch zurechtkommen, ich würde das schaffen.

»Du weißt hoffentlich, dass ich ... dass *wir* Alexis alle sehr gern haben. Sie ist ein unglaublich tolles Mädchen. Ich meine, sie ist eine tolle junge Frau, doch ...«

Mein Magen drehte sich allmählich und ich wusste, jetzt saß ich in der Klemme. Ich wollte Alexis nicht ans Messer liefern, schon gar nicht, wenn sie nicht einmal hier war, um sich selbst verteidigen zu können – auch wenn ich das Gefühl hatte, sie würde sich sowieso nicht gegen die unvermeidlichen Anschuldigungen meiner Familie wehren wollen. Sie strafte sich ja bereits selbst und das jeden Tag. Alexis bereute es zutiefst, was sie getan hatte, das wurde mir heute nur allzu deutlich. Und genau aus diesem Grund wollte ich dieses Gespräch nicht ohne sie führen, das hatte sie schlichtweg nicht verdient.

»Sie hat eine Tochter, Cage. Ich habe sie zwar selbst noch nicht gesehen, aber in dieser Stadt wird eben viel geredet«, platzte meine Mutter plötzlich mit der Tür ins Haus und ich erschrak förmlich, zuckte leicht zusammen und griff geistesgegenwärtig zu meinem Handy, ohne, dass meine Mutter es bemerkte. »Ich will damit nur sagen, du solltest vorsichtig sein, Cage. Falls ihr beiden doch wieder irgendwelche Gefühle füreinander bekommt, dann wird es schwierig für dich, mein Junge. Es ist nicht so leicht, wenn der andere Partner bereits ein Kind hat, das von einem anderen Mann ist. Es ist dann einfach seltsam und ...«

Entsetzt riss ich die Augen auf und starrte meine Mutter perplex an. Jetzt verstand ich, woher der Wind wehte und was sie dachte, was zwischen mir und Alexis vor sich gehen würde. Kein Wunder, dass sie sich Sorgen machte.

»Josie«, wisperte ich unweigerlich und nachdenklich, unterbrach meine Mutter dabei, weswegen sie im ersten Moment nicht so recht wusste, was sie mit dieser Information anfangen sollte.

»Wie bitte?« Sie sah mich verwundert an und ich staunte selbst über mein Verlangen, meiner Mutter zu sagen, dass dieses kleine Mädchen, die Tochter von Alexis, einen Namen hatte. Einen sehr schönen und passenden Namen für solch einen Sonnenschein, wie sie es war. Und noch mehr als das.

»Josephine«, sagte ich etwas deutlicher und schmunzelte, als ich zu meiner Mutter aufsah. Verwirrt musterte sie mich eine Weile, verstand jedoch immer noch nicht, wieso ich ihr das mitteilte. »Der Name dieses kleinen Engels, der Tochter von Alexis ... Die Kleine heißt Josephine«, teilte ich meiner Mutter mit und spürte, dass ich gerade dabei war, einen ganz großen Fehler zu machen.

Meine Mom stutzte und runzelte die Stirn.

»Und du hast gewissermaßen recht«, fuhr ich selbstsicher, aber vorsichtig fort. »Da sind Gefühle in mir aufgetaucht, ganz plötzlich und stark.«

Meine Mutter schluckte hart, hielt den Tee, den sie für sich gemacht hatte, in ihren Händen ein wenig fester.

»Doch diese Gefühle beziehen sich nur auf dieses kleine Mädchen – auf Josie.« Keine Ahnung, ob es richtig oder falsch war, diese Bombe ausgerechnet jetzt platzen zu lassen, doch irgendetwas trieb mich dazu. Vielleicht war es auch schlicht die Tatsache, dass meine Mutter bis zu diesem Augenblick davon ausging, Josie, Alexis' Tochter, würde von einem anderen Mann, einem mir vollkommen Fremden sein. Doch das war sie nicht. Sie war von *mir*, *meine* Tochter. Und das wollte, das musste ich einfach klarstellen.

»Cage, was hat das alles zu bedeuten? Was willst du mir damit sagen?« Meine Mutter klang leicht verängstigt und unheimlich verwirrt. Ich konnte das verstehen, wollte ihr daher die Angst nehmen und sie endlich aufklären. In der Hoffnung, sie würde Alexis nicht hassen. Ich vertraute darauf, dass meine Mutter genau wusste und sich daran erinnerte, wer die Frau, die mein Kind zur Welt brachte, für mich war. Was sie mir bedeutete.

»Ich will damit sagen ...« Kurz seufzte ich tief, setzte mich gerade hin und schaute ihr fest in die Augen. »Dieses kleine Mädchen trägt den Namen deiner Mutter und somit meiner Grandma. Verstehst du, was ich dir damit sagen will?« Diesmal war ich es, der hart schlucken musste.

Meine Mom sah mich aus großen, ungläubigen, aber auch verwirrten Augen an. Doch ich erkannte an ihrem Blick, dass sie langsam begriff, was ich damit sagen wollte.

»Alexis hat ihre Tochter ganz bewusst so genannt, denn ...« Mir fehlten die richtigen Worte, um es so schonend wie möglich auszudrücken. Doch meine Mutter verstand sowieso bereits, worauf ich hinaus wollte und schluchzte plötzlich, hielt sich erschrocken die Hand vor den Mund. »Weißt du, Mom«, flüsterte ich weiter und spürte, wie mir plötzlich Tränen in die Augen schossen, als ich meine Mutter so vor mir sitzen sah. »Sie scheint mir so ähnlich.« Ich lachte leise, obwohl mir gleichzeitig heiße Tränen die Wangen herunterliefen, was ich bis heute überhaupt nicht von mir kannte. Ich weinte nicht – nie. Und jetzt heulte ich geradezu wie ein armseliger Trottel, der seine Gefühle nicht unter Kontrolle hatte.

»Sie hasst Nutella«, erzählte ich ihr grinsend und heulte einfach weiter. »Ich meine, welches Kind hasst schon Nutella?«, murmelte ich lachend und gleichzeitig kopfschüttelnd, während meine

Mutter erneut schluchzte. »Doch Josie kann es absolut nicht leiden. Genau wie ich!« Unbewusst wischte ich mir die Tränen aus dem Gesicht, doch es nützte nichts, denn offenbar schien tief in mir drin etwas aufgebrochen, das ich bisher immer verschlossen und weggesperrt hatte. »Sie ist etwas so Besonderes, Mom. Wirklich! Josie ist ... Sie ist *mein* kleines Mädchen. Und ich bin stolz auf sie, auf das, was und wie sie ist, auf das, was sie kann und ... Alexis hat das unglaublich gut hinbekommen, selbst ohne mich. Josie ist *mein* Sonnenschein. *Meine* kleine Tochter.«

Voller Entsetzen fing meine Mutter an zu weinen. Ich konnte ihr ansehen, dass sie es nicht verstand oder es zumindest nicht wahrhaben wollte. Dass Alexis so etwas getan haben sollte, war für sie schlicht unvorstellbar und das verstand ich wiederum nur zu gut. Bis vor Kurzem dachte ich das schließlich auch.

Aus genau diesem Grund bat ich meine Mutter, mir zu vertrauen und sich so lange keine Meinung darüber zu bilden, ehe sie nicht meine Tochter kennengelernt hatte. Ich bat sie inständig, noch diese eine Nacht abzuwarten und Alexis selbst die ganze Sache erklären zu lassen, denn ich konnte es einfach nicht.

»Sag es bitte noch nicht Dad. Lass uns morgen früh abwarten. Ich werde Alexis bitten, mit Josie herzukommen, wir werden gemeinsam frühstücken und im Anschluss alle zusammen reden. Schaffst du das bis dahin?«

Meine Mutter schluchzte lautlos. Seit meinem Geständnis hatte sie kein einziges Wort herausgebracht. Und auch diesmal nickte sie nur zaghaft und dennoch verständnisvoll.

»Ich weiß, wie schwer dir das fällt und dass du Antworten brauchst, doch bitte versteh mich. Ich möchte ganz besonders Josie mit all dem Neuen keinesfalls überfordern. Sie weiß zwar, dass sie noch einen Grandpa und noch eine Grandma hat und diese schon bald kennenlernen wird, doch ich möchte sie morgen früh trotzdem vorher kurz darauf vorbereiten. Genauso wie Alexis. Sie hat keine Ahnung davon, dass ich dir das gesagt habe und sie sollte ebenfalls vorher Bescheid wissen. Denn eigentlich wollte sie auf keinen Fall, dass ich dieses Gespräch mit euch allein führen muss, verstehst du? Die beiden sind jetzt meine Familie. Und ich will keinem von ihnen in den Rücken fallen, so sehr ich dir und auch Dad jetzt alles erzählen will.«

Erneut nickte meine Mutter stumm und wischte sich die Tränen von den Wangen. »Ich verstehe das,

Cage. Es ist nur ... ziemlich schwer, das alles zu begreifen. Ich kann es nicht fassen, dass ... Ich weiß nicht, was ich sagen soll.«

Lächelnd griff ich nach ihrer Hand. »Sag einfach nichts. Sag nichts, solange du sie nicht gesehen hast.« Ich war mir sicher, wenn sie Josie sehen würde, würde sie es langsam verstehen können. Denn die Ähnlichkeit von uns beiden war unverkennbar. Jeder Vaterschaftstest war pure Zeit- und Geldverschwendung.

»Du bist also wirklich Vater?«, wollte meine Mutter voller Unglauben von mir wissen, wisperte so leise, dass ich sie kaum verstand.

»Ja, das bin ich.« Ich nickte stolz aber verständnisvoll. Ich wusste, sie musste unheimlich durcheinander sein und erst einmal ihre Gedanken ordnen. Und dazu hatte sie erst einmal bis morgen Vormittag Zeit. »Ich werde Alexis gleich anrufen, in der Hoffnung, dass sie noch nicht schläft, und werde ihr alles erzählen. Dann werde ich morgen früh zu ihnen fahren, damit wir Josie darauf vorbereiten können«, meinte ich nachdenklich und murmelnd, wischte mir ebenfalls ein letztes Mal die Tränen aus den Augen.

»Und was ist mit deinem Dad und Laney? Ich mein, was soll ich ihnen sagen, wieso ausgerechnet

Alexis mit ihrer ... Mit *eurer* Kleinen hier sein wird?«

Seufzend sah ich sie an. »Laney weiß es bereits«, hauchte ich leise. »Sie hat Josie und mich gemeinsam auf Kelseys Hochzeit gesehen und wusste sofort Bescheid, ohne, dass Alexis ihr überhaupt etwas sagen musste«, gestand ich flüsternd.

Meine Mutter schien nicht überrascht, verstand offenbar, warum meine eigene Schwester mich - uns - nicht verraten hatte. Laney wusste nämlich, dass es nicht ihr Recht war, es den anderen zu erzählen, solange wir das nicht selbst getan hatten.

Unschlüssig lief ich in meinem alten Jugendzimmer auf und ab und versuchte mich zu beruhigen, bevor ich Alexis anrief. Ich wusste selbst nicht, wieso ich dermaßen nervös und rastlos war, doch irgendwie fiel es mir schwer, Alexis zu sagen, dass ich es meiner Mutter erzählt hatte. Ich wusste nicht, wie sie darauf reagieren würde, ob sie eventuell wütend oder enttäuscht von mir sein würde. Im Grunde sollte mir das eigentlich auch vollkommen egal sein, schließlich hatte sie sich selbst in diese Situation gebracht, doch irgendetwas in mir wollte sie dennoch nicht vor den Kopf stoßen und kränken.

Kurzentschlossen tippte ich ihr eine Nachricht, anstatt nur anzurufen und zu riskieren, dass Josie dadurch wach wurde.

Wir müssen nochmal reden. Es ist wichtig! Komme gleich vorbei, bitte warte auf mich, damit ich nicht an der Tür klingeln muss. Ich möchte Josie nicht aufwecken. Cage

Da meine Mutter immer noch allein in der Küche saß und scheinbar das Gesagte zu verdauen – oder zumindest zu verstehen – versuchte, sagte ich ihr kurz Bescheid.

Als ich bei Alexis ankam, wartete sie tatsächlich bereits an der Wohnungstür auf mich, hatte mich oder zumindest den Wagen bereits vor ihrem Fenster parken sehen. Besorgt sah sie mich an, als ich ihre Wohnung betrat.

»Ist etwas passiert?«

Ich schüttelte den Kopf, griff nach ihrer Hand und zog sie ins Wohnzimmer, in dem immer noch die bunten Bilder meiner Tochter auf dem Tisch verstreut lagen. Wir als Familie. Glücklich und zufrieden. Mit Haus und Hund. Die Kleine hatte wirklich eine blühende Fantasie.

»Schläft sie?«, fragte ich leise, als Alexis mich ungeduldig und verwirrt ansah.

»Josie? Ja, sie ist direkt nachdem du weg warst, eingeschlafen«, meinte sie alarmiert. »Wieso? Cage, was ist los? Was ist so wichtig und über was musst du jetzt noch mit mir reden? Du ... Du machst mich ganz verrückt. Ist wirklich nichts passiert?«

Ich deutete ihr, sich zu setzen, blieb selbst allerdings stehen. »Es ist nichts passiert, alles ist gut«, erklärte ich, nur um sie ein wenig zu beruhigen, doch das half offensichtlich nichts.

»Was ist es dann?«

Ich seufzte.

»Meine Mutter ... Sie hat auf mich gewartet, als ich vorhin zu ihnen kam, statt nach Hause zu fahren«, begann ich langsam und vorsichtig zu erzählen. »Sie wollte wissen, was da zwischen dir und mir läuft. Warum ich die letzten Tage immer wieder bei dir war und das auch noch den ganzen Tag lang«, erklärte ich und erkannte in ihrem Blick, dass Angst und Panik in ihr aufstieg.

»Und was hast du gesagt?«, krächzte sie leise.

»Na, was wohl, Alexis? Ich sagte ihr natürlich die Wahrheit! Schließlich ist sie meine Mutter und hat ein Recht es zu wissen, meinst du nicht auch?«

Ich sah sie hart und mühevoll schlucken, ihre Hand legte sie unbewusste auf ihr Herz und sah mich angsterfüllt an. »Deine Mutter weiß es also? Sie weiß, dass ...«

Ich nickte. »Alexis, ich hatte keine Wahl! Sie hat sich Sorgen gemacht und ging davon aus, dass wir wieder Gefühle füreinander bekommen und zusammenkommen würden. Und da sie wusste, dass du eine Tochter hast, begann sie plötzlich mich zu warnen, wie schwierig so etwas doch werden könnte. Wenn man mit einem Kind zurechtkommen muss, das von einem anderen Mann ist ... Verstehst du? Ich konnte sie nicht in diesem Glauben lassen, denn Josie war nun mal nicht von irgendeinem anderen Mann, sie ist von *mir*. Josie ist meine Tochter und das sollte sie wissen.«

Eine Weile saß Alexis einfach nur stumm da und starrte ins Leere. Ich wusste nicht, ob sie die Tatsache erst einmal verarbeiten musste, dass meine Mutter nun Bescheid wusste, oder ob sie bereits darüber nachdachte, was sie meiner Familie sagen wollte, wie sie das alles erklären wollte. »Alexis, verstehst du, was ich dir damit sagen will? Ich wollte dir damit wirklich nicht in den Rücken fallen, glaub mir. Ich habe meine Mutter sogar gebeten, bis morgen früh zu warten, habe ihr keine Erklärung für all das geliefert, denn ich bin der Meinung, das kannst nur *du*. Nur *du* kannst es ihr und den anderen vermitteln, wieso und warum du dich damals so entschieden hast.«

Kurz nickte sie verstehend und sah dann endlich wieder zu mir auf. Ihr Blick schien traurig und voller Reue. »Danke, Cage«, hauchte sie nur erstickt, schien ihre Tränen zurückhalten zu wollen, doch es gelang ihr nicht. Sie rollten dennoch erbarmungslos über ihre Wangen. »Danke, dass du mir das jetzt noch gesagt hast. Ich weiß, das hättest du nicht tun müssen. Immerhin bin ich selbst an all dem Schuld und sollte es auch ganz allein ausbaden müssen.«

»Nein, das musst du nicht. Das habe ich dir bereits gesagt. Ich werde natürlich hinter dir stehen und dir trotz allem den Rücken stärken, auch gegenüber meiner Familie. *Du* bist die Mutter meiner Tochter und bis auf diesen einen sehr fatalen Fehler, diese Fehlentscheidung damals, hast du bis heute, meiner Meinung nach, absolut alles richtig gemacht. Josie geht es gut, sie ist glücklich und zufrieden. Und *das* ist bisher ganz allein dein Verdienst.«

Alexis schluchzte verzweifelt und versuchte sich die Tränen von den Wangen zu wischen, doch das musste sie nicht. Ich wusste, wie schwer es für sie war, meiner Familie unter die Augen zu treten und ihnen gestehen zu müssen, dass sie mir unsere Tochter vier Jahre lang vorenthalten hatte. Ja, ich wusste es nur zu gut. Denn trotz allem hatte sich Alexis in dieser Hinsicht kein bisschen verändert. Meine Familie lag ihr nach wie vor sehr am Herzen und sie wollte ihnen nicht wehtun, wollte sie nicht verletzen. Schon gar nicht meine Mutter. Doch da musste sie morgen leider dennoch durch, sie musste ihnen alles erklären. Und genau deswegen würde ich an ihrer Seite stehen und ihr den Rücken stärken.

»Hey, es ist okay, wenn du Angst vor morgen hast. Ich verstehe das, glaub mir. Doch du sollst trotzdem wissen, du hast keinen Grund dazu. Du kennst meine Familie und genauso kennst du mich. Wenn *ich* damit zurechtkomme und dir irgendwann verzeihe, dann ... werden sie das auch können.« Zögerlich griff ich nach ihrer Hand und kniete mich vor ihr auf den Boden. »Sobald sie alle in Josies große, blaue Kulleraugen sehen, werden sie unsere Tochter lieben. Genauso wie ich es tue.«

Überrascht sah Alexis zu mir herunter und wischte sich noch einmal mit der freien Hand die Tränen aus dem Gesicht. »Du liebst sie wirklich, oder?«, fragte sie lächelnd.

Ich nickte. »Natürlich tue ich das. Selbst wenn ich sie erst seit ein paar Tagen kenne, scheint es mir, als wäre sie schon ihr Leben lang bei mir gewesen, als wären wir nie getrennt. Sie ist ein unglaublich tolles Mädchen. Und sie ist so verdammt klug, Alexis.« Tränen stiegen auch in meine Augen. »Ja, ich liebe sie sehr. Ich liebe unsere kleine Josie über alles!«

21

Alexis

Schrecklich nervös faltete ich meine Hände in meinem Schoß, nachdem sich Cage wieder erhoben hatte.

»Ich ... Ich sollte dann mal wieder gehen, denke ich«, murmelte er leise und nachdenklich vor sich hin, beinahe so, als wäre er sich dabei gar nicht mal so sicher. »Wir sehen uns morgen früh, richtig? Ich komme dann vorbei und wir erklären es beide Josie, bevor wir dann zu meiner Familie fahren.« Cage sah mich erwartungsvoll an.

»Das wäre wohl das Beste, ja«, nickte ich nur verunsichert und stand ebenfalls auf, um ihn noch zur Tür zu begleiten.

»Gute Nacht, Alexis«, hauchte Cage etwas verloren, als ich ihm die Tür öffnete und er in den kalten Flur des Mietshauses trat.

»Gute Nacht, Cage«, wisperte ich leise. »Danke, dass du noch einmal vorbeigekommen bist. Und danke auch für alles, was du für mich tust. Ich weiß, du müsstest es nicht und könntest mich genauso gut für all das hassen, doch ...«

Cage lächelte warm. »Das wäre dann aber nicht *ich*, das weißt du. So könnte ich nie sein, zu dir schon gar nicht.«

Ich nickte zustimmend und musste schmunzeln. »Ich wusste schon immer, dass ich dich nicht verdient habe. Jetzt sogar mehr denn je«, flüsterte ich, um Josie nicht zu wecken. »Doch für unseren kleinen Engel ... Ich weiß, sie könnte keinen besseren Vater haben als dich.«

Cage fuhr sich stumm über das Gesicht und schien nicht so recht zu wissen, was er dazu sagen sollte. Ich sah ihm den inneren Konflikt geradezu an. Er verstand immer noch nicht, warum ich damals diese Entscheidung getroffen hatte. Er verstand nicht, wie ich so etwas sagen und gleichzeitig Josie all die Jahre ihren Vater wegnehmen konnte. Und ehrlich gesagt, so langsam verstand ich es selbst nicht mehr. All meine Argumentation, die ich mir über die Jahre hinweg verinnerlicht hatte, nur um nicht von meinem Gewissen zerfressen zu werden, verschwand in den tiefsten Abgründen meines Herzens. Ich konnte nicht einmal mehr wirklich erklären, weshalb ich mir damals so sicher war, das Richtige zu tun.

»Schlaf gut, Alexis.« Cage lächelte erneut unsicher und nachdenklich und anstatt ihn zu verabschieden und gehen zu lassen, zog ich ihn plötzlich unüberlegt in die Arme.

Keine Ahnung, warum ich das tat, doch in diesem Moment fühlte es sich irgendwie richtig und vor allem gut an. Zwar hatte ich mit seinem Protest gerechnet, doch Cage blieb zunächst regungslos und ließ es geschehen, sagte kein Wort, schien viel zu überrumpelt von meiner spontanen Umarmung. Doch als ich ihn auch nach einer kurzen Weile nicht loslassen wollte, spürte ich auf einmal zwei starke Arme um mich greifen, die mich fest an sich drückten.

Cage erwiderte die Umarmung stumm und ich atmete erleichtert aus.

»Mommy? ... Daddy?«

Erschrocken zuckten wir zusammen, als wir die zarte, verschlafene Stimme unserer Tochter wahrnahmen, und fuhren schnell auseinander. Josie stand im Pyjama und mit ihrem Plüschhund im Arm vor uns und musterte uns beide etwas verwirrt und skeptisch.

»Wieso bist du denn auf, kleiner Engel, hm? Haben wir dich etwa geweckt?«, stotterte ich unsicher und kniete mich zu meiner Tochter herunter, die mich jedoch kaum beachtete. Stattdessen sah sie zu ihrem Vater und blickte ihn hoffnungsvoll an. »Bleibst du heute Nacht hier, Daddy? Bitte!«, begann sie zu betteln.

Natürlich, das hätte mir eigentlich klar sein müssen, dass sie es versuchte. Und ich konnte es ihr nicht einmal verübeln, schließlich wollte ich eigentlich auch, dass Cage heute Nacht bei uns blieb. Dies zu leugnen wäre der reinste Selbstbetrug.

»Ich werde schon morgen früh wieder bei dir sein, Josie! Einverstanden? Dafür musst du jetzt aber wieder brav ins Bett, damit du auch fit bist für den Tag morgen.«

Josie musterte Cage kurz abschätzend, nickte dann aber lächelnd. »Und dann gehen wir ein Eis essen!«

War das eigentlich Bestechung? Vermutlich.

»Ist gut, dann gehen wir auch morgen ganz bestimmt zusammen ein Eis essen«, bestätigte Cage grinsend. Dass Josie morgen erst einmal ihre andere, für sie neue Familie kennenlernen würde, das verriet er ihr zunächst nicht. Das war auch sicher besser so. Josie würde dann garantiert kein Auge mehr zu kriegen. »Jetzt aber wieder ab ins Bett, Sonnenschein. Und schlaf schön«, hauchte Cage unserer Tochter einen Kuss auf das blonde Haar, bevor sie ihn noch einmal an sich drückte und zurück in ihr Zimmer schlich. »Gute Nacht, Daddy!«

Schmunzelnd sah ich zu Cage, der erneut draußen im Flur stand und jetzt endlich gehen wollte. Doch sein Blick schien unsicher gen Boden gerichtet und er machte auch keinerlei Anstalten zu verschwinden, weswegen ich einen kurzen Blick zu Josies angelehnter Zimmertür warf und mir hart auf die Lippe biss.

Ich wollte wirklich nicht, dass er geht. Ich wollte, dass er hierbleibt. Bei uns. Mindestens genauso sehr wie unsere Kleine es wollte. Und kein Eis und kein Versprechen, er würde morgen früh wieder hier sein, würden diesen Wunsch schmälern.

»Bitte bleib heute Nacht hier, Cage. Bleib bitte ... bei uns.« *Bei mir.* Unkontrolliert purzelten die Worte aus mir heraus, ohne, dass ich es verhindern konnte. Dabei hatte ich Angst vor seiner Reaktion, vor seiner Antwort.

Seufzend und etwas ungläubig sah Cage mich an. »Wir wissen beide, ich sollte das nicht tun, Alexis.«

Ja, verdammt. Das wusste ich nur zu gut. Und dennoch bat ich ihn darum.

»Bist du dir überhaupt sicher, dass du das möchtest?«

Erstaunt sah ich erneut zu ihm auf. »Sonst hätte ich mich sicher nicht getraut, dich zu fragen«, wisperte ich und versank immer tiefer in seinen Augen. Wie sehr ich sie doch vermisst hatte. »Bitte«, hauchte ich ein letztes Mal, sah die Unsicherheit in seinen Augen, doch er seufzte nur erneut.

»Okay.« Cage nickte sachte, auch wenn er immer noch überaus unschlüssig wirkte. »Ich bleibe hier, aber ... Wir sollten Josie nicht extra dafür wecken, oder?«

Lächelnd nickte diesmal ich und zog ihn leise zurück in die Wohnung. »Du kannst gerne in meinem Schlafzimmer ...«

»Nein, sicher nicht. Die Couch im Wohnzimmer reicht völlig und ich will auch keinerlei Diskussionen darüber«, unterbrach Cage mich flüsternd, noch ehe ich ihm mein Bett anbieten konnte.

»Ist gut. Ich bin nur froh, dass du ...« *Eigentlich* sollte ich das nicht sagen. Und *eigentlich* sollte er nicht hier sein. Doch *eigentlich* ... hatte meine Vernunft endlich eine Pause verdient. »Ich bin froh, dass du hierbleibst, ehrlich«, gestand ich und lächelte Cage an, als wir zusammen zurück ins Wohnzimmer schlichen. »Danke dafür.«

Er nickte nur knapp und sah sich dann etwas verloren im Raum um, auch wenn er ihn doch eigentlich längst gut kennen sollte.

»Warte, ich hole dir ein paar Kissen, eine Decke und alles, was du brauchst, um es dir gemütlich zu machen«, stammelte ich total verunsichert. Nicht nur, dass es Ewigkeiten her war, seitdem ein Mann das letzte Mal bei mir übernachtet hatte. Nein, noch schlimmer war die Tatsache, dass ich *diesen* Mann eigentlich viel zu gut kannte und es eher seltsam und falsch schien, dass er lediglich in meinem Wohnzimmer auf der Couch schlafen würde. Ich wollte es mir nicht eingestehen, aber es war ungewohnt, trotz der vielen Jahre der Trennung.

Schnell sammelte ich frisch bezogenes Bettzeug zusammen, versuchte dabei, so leise wie möglich zu sein, und stolperte etwas nervös ins Wohnzimmer, wo Cage nachdenklich und still aus dem großen Balkonfenster sah.

»Die Wohnung ist echt winzig und obwohl sie etwas außerhalb im Grünen liegt, ist die Aussicht nicht gerade etwas Besonderes und schon gar nicht schön«, bemerkte er flüsternd, als ich die Couch ausklappte und die Bettsachen, samt Kissen und Decke, darauf ausbreitete.

»Das stimmt zwar, aber ... es erfüllt dennoch seinen Zweck, weißt du? Und mit meinem neuen Job geht es momentan auch leider gar nicht anders«, erzählte ich ihm frei heraus, als er sich zu mir umdrehte und mich erneut mit seinen warmen Augen durchbohrte.

»Gefällt es euch denn hier überhaupt? Ich meine, fühlt ihr euch wohl in dieser Wohnung?«

Ich seufzte. »Ich denke schon. Irgendwie zumindest«, hauchte ich und setzte mich nachdenklich auf die zum Bett umfunktionierte Couch.

Cage tat es mir gleich, zog seine Schuhe und den Sweater aus und machte es sich neben mir gemütlich, während er immer noch nachzudenken schien. »Du weißt, ich ... Ich kann euch Besseres ermöglichen, Alexis.«

Natürlich. Das wusste ich sehr wohl. Und dennoch wollte ich es nicht.

»Du kannst gerne deiner Tochter alles ermöglichen, was für dich als sinnvoll und gut für sie erscheint, aber ... Lass mich da bitte raus, Cage. Ich möchte nicht, dass du uns einen neuen Wagen kaufst oder uns eine bessere, größere und schönere Wohnung besorgst. Das schaff ich schon allein. Irgendwann zumindest.« Cage musterte mich stumm und nach langer Zeit kam mir seine Nähe wieder angenehm gewohnt und schützend vor. So wie es früher einst war.

»Über den neuen Wagen brauchen wir auch nicht zu diskutieren, Alexis. Das hat nichts damit zu tun, dass ich irgendwem zeigen oder beweisen will, dass ich mir alles leisten könnte. Es hat absolut und ausschließlich mit der Sicherheit von euch beiden zu tun. Deine alte Mühle packt es nicht mehr lange und ist das reinste Risiko, erst recht für unsere Tochter. Da musst du einfach mal über deinen eigenen Schatten springen und meine finanzielle Hilfe annehmen. Ob du willst oder nicht. Es ist das Beste für Josie. Und auch für dich.«

Ich wusste, dass er recht hatte. Und dennoch fiel es mir so unheimlich schwer, sein Geld anzunehmen. Ich war schlicht nicht für so etwas gemacht. Noch nie hatte ich irgendwen um Hilfe gebeten. Schon gar nicht um Geld. Ich versuchte immer, alles selbst und von allein zu schaffen. Vermutlich war das auch einer der Aspekte, der mich glauben ließ, dass meine Entscheidung richtig war, Cage nichts von seiner Tochter zu erzählen.

»Und ganz ehrlich, Alexis«, wisperte Cage leise und rückte ein wenig zu mir auf, um mir besser in die Augen sehen zu können. »Wenn ich sehe oder merke, dass Josie hier in dieser Wohnung nicht glücklich ist, dann …« Sein Blick beendete den Satz stumm. Ich wusste genau, was er meinte und was er mir damit sagen wollte. Und ich verstand ihn natürlich. Gewissermaßen zumindest. Er wollte eben nur das Beste für seine Kleine. Dennoch kränkte es mich ein wenig. Schließlich gab ich alles, damit Josie glücklich war. Nur allzu viel leisten konnten wir uns nun mal trotzdem noch nicht.

»Hey.« Es war auf einmal seine warme Hand, die sanft unter meinem Kinn lag und es vorsichtig und behutsam nach oben hob, damit ich anstatt starr auf den Boden in seine Augen sah. »Du kannst nichts dafür«, hauchte Cage leise und sein Blick schien unendlich warm. »Du musst dich nicht schlecht deswegen fühlen, nur weil du unserer Tochter nicht alles geben kannst, was sie sich vielleicht wünscht. Das ist doch vollkommen normal. Die Hauptsache ist, dass du trotzdem dein Bestes gibst, Alexis. Und das tust du! Das sehe ich von Mal zu Mal immer deutlicher, je mehr Zeit ich mit euch beiden verbringe. Du bist eine unbeschreiblich tolle Mutter, ich bewundere das stark, glaub mir.

Doch ... Lass mich nun auch ein toller Vater sein. Lass mich diesen Part übernehmen, mit allem, was dazugehört – also auch das Finanzielle. Bitte gib mir diese Chance, ohne dich dadurch eingeschüchtert oder herausgefordert zu fühlen.«

Hart schluckte ich den Kloß in meinem Hals herunter.

Er wusste es. Cage wusste noch immer, dass mir genau so etwas immer unheimlich schwerfiel. Ich gab verdammt ungern die Kontrolle aus der Hand. Und doch hatte ich es einst. Bei einem einzigen Menschen hatte ich es damals gewagt. Und wenn ich ehrlich war, ich wurde nie enttäuscht. Cage hatte es also verdient, dass ich es erneut versuchte und ihm auf halbem Wege entgegenkam. Ich vertraute ihm.

»Okay«, sagte ich leise und lächelte. »Ich verspreche, ich gebe mein Bestes, um dich Vater sein zu lassen. Und wenn das bedeuten sollte, dass du ihr später einmal ein Äffchen und ein Pferd kaufst, nur damit sie glücklich ist, dann ist das so«, hauchte ich grinsend, während seine Finger immer noch zärtlich unter meinem Kinn lagen und mir warme Schauer bescherten.

Wieso fühlte sich das nur so verdammt gut an?

Genauso wie früher.

22

Cage

Als ich am Morgen aufwachte, war ich allein. Alexis und ich waren zwar offensichtlich gemeinsam auf der Couch eingeschlafen, so viel und lange, wie wir uns gegenseitig aus unserer Vergangenheit erzählt hatten, doch wahrscheinlich war sie irgendwann in der Nacht aufgewacht und in ihr Zimmer gegangen. Und es war besser so, redete ich mir ein.

Gähnend streckte ich mich, als ich auch schon Geräusche aus der Küche hörte. Alexis schien also gar nicht mehr zu schlafen, sie war bereits wach. Neugierig stand ich auf, angezogen war ich schließlich noch, nachdem ich einfach so eingeschlafen war. Schnell zupfte ich meine Sachen zurecht, strich meine Haare aus dem Gesicht und verließ das Wohnzimmer.

Im Flur roch es angenehm nach frischem Kaffee, also schlich ich mich, nachdem ich einen kurzen Blick zu Josies Tür geworfen hatte, die immer noch geschlossen schien, auf leisen Sohlen zu Alexis in die Küche.

Nachdenklich stand sie am Fenster und starrte hinaus. Worüber sie wohl nachdachte? Vielleicht war sie ja gar nicht mitten in der Nacht aufgewacht und in ihr Schlafzimmer gegangen? Was, wenn sie sogar erst vor wenigen Minuten direkt neben mir aufgewacht war – im Wohnzimmer auf der Couch? Und was, wenn sie dieser Anblick und die ganze Situation verunsichert hatten? Schließlich war es das Letzte, was ich wollte.

Leise räusperte ich mich, um mich bemerkbar zu machen, und beobachtete sie dabei, wie sie sichtbar zusammenzuckte. »Entschuldige«, nuschelte ich leise. »Ich wollte dich nicht erschrecken.«

Alexis drehte sich milde lächelnd zu mir um und sah mich nervös an. »Schon gut. Ist ja nichts passiert«, flüsterte sie und ich wurde das Gefühl nicht los, dass wir hier gerade von etwas vollkommen anderem sprachen.

»Möchtest du auch einen Kaffee?«, fragte Alexis ein wenig hektisch, beinahe so, als würde sie schnellstmöglich das Thema wechseln wollen. Hatten wir also doch die ganze Nacht zusammen auf der Couch geschlafen?

»Nein, danke«, erwiderte ich kopfschüttelnd und sah dann noch einmal kurz zu Josies Tür. »Was meinst du, wann sie ungefähr aufwacht?«, wollte ich wissen, da auch ich mittlerweile tierisch nervös war. Schließlich würde meine Familie heute meine Tochter kennenlernen.

»Normalerweise ist sie immer vor mir wach, aber ...« Alexis brach ihre Erklärung ab, stattdessen lächelte sie entschuldigend und nippte an ihrem Kaffee, bevor sie sich räusperte und erneut unsicher aus dem Fenster sah. »Ich denke, sie wird gleich wach sein«, murmelte sie nur leise.

Was war nur los heute Morgen? Irgendetwas lief hier nicht so, wie ich mir das vorgestellt hatte und das lag nur daran, dass ich die letzte Nacht hier verbracht hatte. Ich hätte es nicht tun sollen, das war nicht richtig gewesen. Vermutlich waren Alexis und ich noch lange nicht für so etwas bereit. Nicht für diese vertraute Nähe.

»Wenn du möchtest, kannst du sie auch einfach wecken gehen. Ich bin sicher, sie wird sich sehr darüber freuen«, hörte ich Alexis nachdenklich wispern, während sie stur in ihre Tasse starrte, um zu vermeiden, mir direkt in die Augen blicken zu müssen.

»Bist du sicher, dass es okay wäre? Ich mein, ich will sie ja jetzt nicht einfach aus dem Schlaf reißen, sie soll ruhig ...«

»Du bist ihr Vater, Cage! Es gehört sogar zu deinen Aufgaben, sie zu wecken, wenn sie zu lange im Bett liegt und von selbst nicht wach werden will«, unterbrach Alexis mich schmunzelnd und sah nun doch endlich zu mir auf. Ihre blauen Augen bohrten sich bitter süß in meine und plötzlich hatte ich meine Gewissheit. Wir waren tatsächlich zusammen auf der winzigen Couch eingeschlafen und hatten die restliche Nacht nebeneinander verbracht. Ich hatte es mir also nicht eingebildet, diese wohlbekannte Wärme, die mich umgab, als sie neben mir lag.

»Gut, ähm ...«, krächzte ich, während ich mich unsicher am Hinterkopf kratzte. »Dann versuch ich es einfach mal.«

Auf leisen Sohlen schlich ich in das Zimmer meiner Tochter und versuchte in der Dunkelheit irgendetwas zu erkennen. Ihre Rollläden waren heruntergelassen, damit das Licht der Sonne sie nicht weckte, also ging ich vorsichtig und ohne mich irgendwo zu stoßen ans Fenster und öffnete den Rollladen ein klein wenig, damit man durch die winzigen Schlitze zumindest etwas Licht bekam. Schmunzelnd registrierte ich, wie Josie quer auf dem Bauch liegend – genauso wie ihre Mutter früher immer neben mir schlief – noch friedlich schlummerte.

Leise setzte ich mich an ihre Bettkante und beobachtete sie eine kurze Weile, während sie ruhige Atemgeräusche von sich gab. Es war beinahe unheimlich, wie sehr mich das automatisch zu beruhigen schien. Es war ein unglaublich schönes Geräusch, vermutlich das schönste auf Erden. Und eigentlich wollte ich Josie aus diesem Grund noch gar nicht wecken. Doch ich wusste, ich musste es tun.

Seufzend beugte ich mich vorsichtig über meine Kleine und strich ihr sanft die blonden Haarsträhnen aus dem Gesicht. »Sonnenschein«, flüsterte ich liebevoll an ihrem Ohr, »aufwachen.« Grummelnd drehte sich Josie in meine Richtung und öffnete blinzelnd die Augen. »Guten Morgen, Engel.« Ich lächelte sie an, während sie mich nur verdutzt und sichtlich verwirrt anstarrte.

»Daddy?«

Ich musste grinsen. Es würde sicher noch einige Zeit dauern, bis ich mich vollständig an diesen Kosenamen gewöhnt hatte, doch es gefiel mir, von ihr so genannt zu werden.

Es war faszinierend zu beobachten, wie ihre blauen Kulleraugen immer größer wurden und sich ein unbeschreiblich glückliches Lächeln auf ihre Lippen stahl und noch ehe ich mich versah, sprang Josie in ihrem Pyjama auf mich zu, schmiss ihre Bettdecke beiseite und umklammerte meinen Hals mit ihren kleinen Ärmchen.

»Daddy! Du bist hier?«, strahlte sie mir entgegen und ein kleiner Stich fuhr durch meine Brust, als ich den ungläubigen Unterton in ihrer Stimme bemerkte. Offenbar war sie sich gestern Abend selbst nicht ganz sicher, ob ich tatsächlich am Morgen wiederkommen würde – so schien es mir zumindest.

»Natürlich bin ich hier, mein Engel. Ich habe es doch versprochen«, sagte ich grinsend. Dass ich die ganze Nacht hier bei ihrer Mutter verbracht hatte, das erzählte ich ihr aber nicht.

»Gehen wir jetzt Eis essen?«, fragte sie aufgeregt und brachte mich damit zum Lachen.

»Du willst also noch vor dem Frühstück Eis? Ich fürchte, deine Mutter würde mich dafür steinigen.« Ich grinste und strich ihr die vom Schlaf abstehenden Locken glatt. »Ich hab eine viel bessere Idee, kleiner Sonnenschein«, meinte ich, während sie mich gespannt ansah. »Was hältst du davon, wenn wir dich jetzt schnell anziehen und du, deine Mom und ich dann zusammen zu deiner Grandma fahren? Zu ... deiner anderen Grandma«, versuchte ich mich verständlich für sie auszudrücken, doch bedachte ich dabei leider mal wieder nicht, dass sie bereits ziemlich smart war, und längst begriff, was ich ihr damit sagen wollte.

Strahlend hüpfte Josie auf ihrem kleinen Kinderbett auf und ab und freute sich sichtlich darüber, ihre Großeltern endlich kennenlernen zu können. »Und dann kann ich auch mit Grandma und Grandpa Eis essen gehen«, verkündete sie lachend und Alexis und ich stimmten in das kindliche Lachen mit ein. »Mommy, hast du gehört? Wir fahren zu Grandma! Zu meiner anderen Grandma«, gackerte Josie zufrieden und erneut fiel mir auf, wie problemlos und einfach die Kleine mit der ganzen Situation umzugehen schien.

Manchmal wünschte ich mir ehrlich, dieses kindliche Gemüt, so sorgenfrei und leicht, wäre auch bei Alexis und mir erhalten geblieben. Vielleicht wären wir dann jetzt ein ganz normales Paar. Verheiratet und glücklich. Mit unserem kleinen Sonnenschein als Geschenk Gottes.

Meine Nervosität stieg von Minute zu Minute, doch anmerken durfte ich es mir nicht. Allein um Alexis' Willen, die bereits verkrampft und steif im Beifahrersitz meines Wagens saß, während Josie hinter uns irgendein mir unbekanntes Kinderlied trällerte. Es schien ihr tatsächlich gut zu gehen, sie hatte keinerlei Bedenken, ihre anderen und für sie nun neuen Großeltern endlich kennenzulernen. Im Gegenteil. Josie freute sich sogar sehr darüber und konnte es kaum erwarten.

Ich musste gestehen, das erleichterte mich ungemein. Auch wenn mir Alexis leidtat. Ich konnte mir vorstellen, was in diesem Augenblick in ihrem Kopf vor sich gehen musste, welche Ängste sie durchstand, schließlich wusste sie, dass meine Familie alles andere als begeistert von der Neuigkeit sein würde, ausgerechnet Alexis – meine einst so große Liebe – hatte mir vier Jahre lang mein eigenes Kind vorenthalten. Doch da musste sie jetzt leider durch. Im Grunde hatte sie es sich selbst und ihrer damaligen Entscheidung zuzuschreiben. Trotzdem stand für mich fest, dass ich ihr bei diesem schweren Gang beistand und sie nicht im Stich ließ. Ich würde ihr den Rücken stärken, so wie ich es ihr in der Nacht zuvor versprochen hatte. Immerhin war sie die Mutter meiner wundervollen

Tochter und würde es bis an unser Lebensende auch bleiben.

Gerade als ich den Wagen vor meinem alten Elternhaus abstellte, bemerkte ich, wie die Frau neben mir zu zittern begann. Alexis‘ Anspannung schien unendlich groß, daher überlegte ich nicht lange, sondern legte meine Hand über ihre und lächelte ihr aufmunternd zu.

Als ich ausstieg und Josie von ihrem Kindersitz abschnallte, hörte ich hinter mir bereits die Tür aufgehen. Mit breitem Grinsen strahlte Laney uns entgegen, die offensichtlich erleichtert war, dass meine ganze Familie jetzt die Neuigkeit erfuhr und sie ihr Schweigen brechen konnte.

»Na, kleine Maus?«, begrüßte sie meine Tochter, während auch Alexis endlich aus dem Wagen stieg und meiner Schwester ein gequältes Lächeln schenkte. Josie freute sich darüber, ihre Tante – und diesmal wusste sie schließlich, dass Laney ihre richtige Tante war – wiederzusehen und sprang ihr direkt in die Arme.

»Sind alle da?«, fragte ich meine Schwester eher beiläufig, während ich meinen Blick an Alexis geheftet hatte. Sie wirkte unheimlich schutzbedürftig und ich wusste wirklich nicht, wie ich ihr helfen konnte. Was ich tun konnte, um es ihr leichter zu machen.

»Mom und Dad sind im Haus und warten auf euch«, erwiderte Laney lächelnd und nickte mir nun ebenso aufmunternd zu. Doch noch bevor wir ins Haus gehen konnten, kam uns plötzlich meine Mutter entgegen und ich erkannte, wie Alexis vor Schreck erstarrte und regungslos stehenblieb.

Ich wusste nicht so recht, um wen ich mich zuerst kümmern sollte – meine Mutter, die nun zum ersten Mal mein kleines Mädchen sehen würde oder Alexis, die vor Angst der Reaktion meiner Mutter wie versteinert dastand –, also ergriff ich geistesgegenwärtig Alexis' Hand und zog sie sanft zu mir und Laney, die immer noch unsere Tochter auf dem Arm hielt und mit ihr spaßte.

Ergriffen blieb meine Mutter stumm vor uns Vieren stehen, während Alexis sich beinahe hinter meinem Rücken zu verstecken versuchte. Doch da hatte sie offensichtlich nicht mit der Neugier ihrer eigenen Tochter gerechnet, die meine Mutter jetzt aus großen Augen musterte.

»Mommy, wer ist das?«, fragte unsere Kleine an ihre Mutter gewandt, anstatt an mich. Vielleicht war sie ja doch ein klein wenig verunsichert.

Nervös schluckte Alexis ihren dicken Kloß hinunter, schob sich hinter meinem Rücken hervor und blickte ehrfürchtig und mit purer Reue in die Augen meiner Mutter. Die Schuldgefühle standen ihr quasi auf der Stirn geschrieben, das erkannte auch meine Mom recht schnell und schenkte ihr deswegen ein mildes Lächeln, ehe Josie sich erneut zu mir und Alexis drehte und flüsternd fragte, wer denn die Frau war, die vor ihr stand.

»Das ist deine Grandma, mein Schatz. Grandma Carol, sie ist die Mutter von deinem Dad«, antwortete Alexis und räusperte sich umständlich, bevor ihre Stimme leise abbrach.

Doch unserem Sonnenschein reichte diese Erklärung bereits völlig und sie begann neugierig aber glücklich zu strahlen. »Grandma Carol?«, fragte sie schüchtern lächelnd und musterte meine Mutter, die Josie nicht mehr widerstehen konnte und ebenfalls glücklich und beinahe schon erleichtert zu lachen begann.

»Ja, kleiner Engel – ich bin deine Grandma Carol. Wie schön, dich endlich kennenlernen zu können, du kleine Maus.« Meine Mutter wirkte mit einem Mal gelöst und Freudentränen stiegen ihr in die Augen, die sie jedoch versuchte im Zaum zu halten.

Ein erleichterter Seufzer drang an meine Ohren, als ich mich zu Alexis drehte, die ein zartes, aber dennoch ein wenig ängstliches Lächeln auf den Lippen hatte.

»Siehst du«, wisperte ich in ihre Richtung. »Es wird alles gut.«

Dads Reaktion erstaunte mich unglaublich. Nachdem er Josie kennengelernt und verstanden hatte, dass ich Vater einer Vierjährigen war, von der ich bis vor ein paar Tagen noch nichts wusste, schien er, anders als meine Mutter, Alexis nicht dafür zu verurteilen oder ihre damalige Entscheidung in Frage zu stellen. Er vertraute scheinbar darauf, dass sie gute Gründe gehabt haben musste. Und sowieso schien er der Auffassung, dass die Vergangenheit nicht wichtig war – und das, was zählte, der Augenblick jetzt und die Zukunft waren.

Ich hatte nicht das Gefühl, er würde Alexis auch nur eine einzige Sekunde lang böse sein oder wäre gar enttäuscht von ihr. Nein, vielmehr hatte ich sogar das Gefühl, als würde er sie auf Anhieb verstehen können, ohne, dass sie ihm erklären musste, weshalb sie sich damals zu diesem Entschluss entschieden hatte.

»Sie ist ein wahrlich kleiner Engel«, sagte er lächelnd, als er Laney und Josie draußen im Garten beim Spielen zuschaute, während er, Mom, Alexis und ich drinnen am Tisch bei Kaffee und Kuchen saßen, nachdem sich die erste Welle der Überraschung gelegt hatte.

Meine Mutter war hin und wieder etwas abwesend und musterte Alexis immer wieder fragend. Ich vermutete, sie verstand nicht, warum Alexis in all den Jahren niemals zu ihr kam – sei es nur, um sie um Hilfe zu bitten, vor allem aber um Rat bei dieser Entscheidung. Trotzdem merkte ich, dass sie sich Mühe gab, Alexis' Sichtweise zu begreifen und mit all dem klarzukommen. Sie wollte ihr nicht noch mehr ein schlechtes Gewissen bereiten, das sie schließlich ohnehin hatte und das man ihr auch problemlos ansehen konnte. Meine Mutter schob all ihre Fragen beiseite und versuchte einfach nur den Moment zu genießen, den Moment, ihre eigene, kleine Enkelin endlich in ihrem Garten toben zu sehen.

Alexis schien sich all dessen nicht so bewusst wie ich. Sie schien nicht zu merken, dass meine Familie ihr nicht böse war. Natürlich war vor allem bei meiner Mutter eine Art Enttäuschung zu spüren, das war schließlich normal und nur verständlich.

Doch dass Laney und vor allem mein Vater keinerlei Verurteilung und Enttäuschung Alexis gegenüber zeigten, sondern sich einfach nur an der Tatsache erfreuten, meine kleine Tochter nun um sich zu haben, das schien Alexis keinesfalls bewusst.

Immer noch saß sie neben mir, wie ein scheues, angeschossenes Reh, traute sich kaum etwas zu sagen, geschweige denn ein wenig aus Josies und ihrem Leben zu erzählen. Aus diesem Grund ergriff meist ich das Wort und gab meiner Familie zumindest das wider, was ich bisher von Alexis gehört oder mit Josie bereits selbst erlebt hatte.

Ich zeigte voller Stolz, dass dieses Mädchen *mein* war, meine kleine Tochter. Und dass ich sie bereits jetzt aus tiefstem Herzen liebte, obwohl ich sie so gesehen immer noch kaum kannte.

»Ich kann wirklich nicht in Worte fassen, wie sehr mir meine damalige Entscheidung leidtut«, wisperte Alexis plötzlich leise in die Runde, mit beschämtem Blick gen Boden.

Zu meiner Verwunderung war es aber nicht mein Vater, der etwas darauf erwiderte, sondern meine Mutter. »Weißt du, Alexis, wir alle machen im Leben Fehler. Manche wiegen schwer, manche weniger. Doch eines haben sie alle gemeinsam. Sie liegen in der Vergangenheit und wir können die

Zeit nicht mehr zurückdrehen und alles anders machen, so sehr wir das auch wollen.« Sie griff sanft nach Alexis' Hand, damit diese vom Boden zu ihr aufsah. »Wir können unsere einstigen Entscheidungen nicht mehr rückgängig machen und so macht es auch überhaupt keinen Sinn, tausendfach über unsere Fehler nachzudenken und sich sein Leben lang schuldig deswegen zu fühlen. Scheinbar hattest du damals – zu diesem bestimmten Zeitpunkt – eine tiefe Überzeugung, richtig zu handeln und somit nicht nur deine Tochter, sondern auch Cage damit zu schützen. Dass du dich dabei allerdings geirrt hast, das weißt du erst heute. Du wusstest es damals nicht besser und hast nur das getan, was dir richtig erschien, Alexis. Doch das ist Vergangenheit und nicht mehr zu ändern. Daher solltest du dich nun darauf konzentrieren, was *vor* und nicht hinter dir liegt. Nur das ist jetzt wichtig.«

Jedes einzelne Wort meiner Mutter sprach mir aus der Seele, denn es war schlicht die Wahrheit. Meine Mom würde Alexis nicht belügen, nur damit diese sich besser fühlte, sie meinte jedes Wort genauso, wie sie es sagte.

Und was mich betraf …

Ich stimmte ihr zu hundert Prozent zu.

So sehr mich die Enttäuschung noch quälte, dass ausgerechnet Alexis mir und Josie das alles angetan hatte, so sehr wusste ich aber auch, dass ich jetzt glücklich war, die beiden bei mir und in meinem Leben zu haben.

Fehler gehörten zum Leben dazu. Denn nur durch sie erkannten wir immer letztendlich, was uns wichtig war. Nur durch Fehler sahen wir die Wahrheit und lernten daraus. Und Alexis lernte so auf bittere Art und Weise, dass sie das, was sich wirklich liebte, was schlicht zusammengehörte, nicht voneinander trennen durfte. Weder den Vater von seiner Tochter, noch ... zwei Vertraute, die nicht ohneeinander sein konnten. Zwei beste Freunde, Partner und Eltern, die zusammengehörten. Denn so sehr ich mich auch dagegen sträubte, ich wusste, Alexis gehörte immer noch zu mir.

23

Cage

Es war bereits später Abend, als wir endlich von meinen Eltern loskamen und Josie war noch während der Rückfahrt in meinem Wagen eingeschlafen, als ich sie und Alexis nach Hause bringen wollte. Selbst als ich sie später hochgetragen und sie ins Bett gelegt hatte, wachte sie nicht davon auf, so unglaublich müde schien sie von diesem Tag.

»Ich schätze, ich sollte jetzt besser nicht fragen, ob du heute wieder über Nacht bleibst«, merkte Alexis leise flüsternd an, als wir bei ihr im Flur standen und ich gerade gehen wollte. Ihre Augen wirkten ähnlich müde wie die meiner Tochter vorhin, doch ich bemerkte auch, dass Alexis noch ziemlich aufgewühlt schien, um jetzt einfach Schlafengehen zu können und ihre Gedanken auszuschalten.

Lächelnd warf ich einen Blick zur Küche und zuckte dann mit den Schultern. »Ich denke aber, gegen einen Kaffee spricht nichts, oder?«

Alexis hob überrascht beide Augenbrauen und begann leicht zu grinsen. »Kaffee? Jetzt noch um diese Uhrzeit?«, fragte sie leise lachend, deutete mir aber, ihr in die Küche zu folgen.

»Von mir aus auch gerne etwas Anderes, je nachdem, was du da hast«, erwiderte ich ihr Grinsen und setzte mich an den Esstisch, an dem ich bereits ein paar Mal gesessen und mit meiner neuen, kleinen Familie zusammen gegessen hatte.

Seltsamer Gedanke, wenn ich daran dachte, dass ich noch vor wenigen Tagen überhaupt nichts von einer Familie wusste und mir schon gar nicht hatte vorstellen können, Vater zu werden oder einer zu sein. Ich dachte, ich wäre eine totale Null im Umgang mit Kindern, doch bei Josie ging das alles irgendwie ganz automatisch und ich musste nicht einmal darüber nachdenken. Ich dachte, ich wäre ein grauenhafter Dad, wenn es denn irgendwann einmal soweit sein sollte und ich Kinder hätte, doch ich glaube, ich stellte mich bei meiner Tochter gar nicht mal so blöd an, wenn ich Alexis Glauben schenken konnte.

»Wie wäre es mit …« Alexis warf einen kurzen Blick in ihre Schränke und holte plötzlich mit zufriedenem Lächeln eine Flasche mit klarer Flüssigkeit hervor. »Gin?«

Ich lachte leise. »Du weißt schon, dass ich danach noch fahren muss?«, erinnerte ich sie, konnte ihr die Bitte aber nicht abschlagen, weil ich wusste, sie brauchte das gerade einfach, um ihren Kopf freizubekommen. »Ein halbes Glas, mehr nicht«, warnte ich sie, als sie zwei Gläser auf dem Tisch abstellte und mich fragend musterte.

»Du bist Profisportler, die zwei Meilen schaffst du doch später auch zu Fuß ganz locker«, protestierte sie immer noch grinsend und füllte den Gin in beide Gläser, jeweils fast bis zum oberen Rand. Dass er weder mit Tonic noch mit Eis verdünnt war, störte sie scheinbar wenig und ich wollte mich sicher nicht beschweren.

»Auf deine Familie und darauf, dass sie die wunderbarsten Menschen auf Erden sind«, flüsterte Alexis nachdenklich und hob ihr Glas, um mit mir darauf anstoßen zu können.

Doch ich schüttelte den Kopf. »Auf Josie.«

Alexis begann sanft zu lächeln und seufzte. »Auf Josie.«

Wir stießen an und tranken einen tiefen Schluck, denn der Tag war auch für mich nicht gerade leicht. Nicht nur, weil ich nicht wusste, wie meine Familie, vor allem auch mein Dad auf Josie reagieren könnte, sondern wie sie mit Alexis umgehen würden. Ich wollte nicht, dass die Mutter meiner Tochter von meiner eigenen Familie gemieden oder gehasst wurde. Denn wenn es jemanden gab, der das Recht dazu hatte, dann war das ganz allein ich.

Doch ich tat es nicht. Weder hasste ich Alexis, noch konnte ich sie meiden. Ich wollte es auch gar nicht. Denn dazu war sie mir zu wichtig. Nach wie vor und trotz allem, was sie mir angetan hatte.

»Sag mal, was ist das eigentlich für ein Job, den du in der Stadt angenommen hast? Du hast gestern erwähnt, dass du dir dadurch keine größere Wohnung leisten kannst, hast aber nicht gesagt, was es ist.« Erwartungsvoll sah ich sie an und nippte an meinem Drink, der angenehm warm meine Kehle hinunterlief.

Alexis schluckte hart und blickte leicht beschämt zu Boden. Weshalb, verstand ich jedoch nicht. »Ich arbeite momentan bei *Joe's*«, sagte sie schrecklich leise und beinahe so, als würde sie hoffen, ich könnte sie nicht verstehen und würde nicht noch einmal danach fragen. Zu ihrem Pech hatte ich aber sehr wohl verstanden, was sie gesagt hatte, und runzelte daher die Stirn.

»Du meinst, Joe's Bar? Die, direkt neben der Tankstelle?«, fragte ich irritiert, weil ich nicht begriff, was zum Teufel sie dort machen sollte. Alexis war extra damals nach England gegangen, um eines Tages ihren Traumjob ausüben zu können. Stattdessen tat sie jetzt was? Kellern etwa? Das konnte ich nicht glauben.

»Es ist nur ein Übergangsjob, bis eine Stelle in der *Art Gallery* in Ontario frei wird. Sie haben mir vor ein paar Monaten zugesichert, dass es bald so weit sein könnte und sie dann an mich denken und sich melden würden.« Alexis schien es unglaublich unangenehm, dass ich sie auf dieses Thema ansprach und deswegen trank sie ihr halbes Glas in einem Zug leer und verzog daraufhin das Gesicht.

»Scheiße, Alexis, du hast doch nicht umsonst Kunstgeschichte studiert. Wieso willst du denn in einer lächerlichen Kunstgalerie arbeiten? Du hast viel mehr auf dem Kasten, viel mehr Wissen und Erfahrung. Wieso bewirbst du dich nicht im *Museum of Arts* oder *History* oder so?«

Alexis verschluckte sich beinahe an ihrem Gin. »Du meinst, in Ottawa? Das ... das ist doch viel zu weit weg von hier«, protestierte sie.

»Und wenn schon, wo ist das Problem? Du hast das doch nicht umsonst studiert, warst dafür extra auf der besten Uni der Welt!« Ich schnaubte unzufrieden. Schließlich war das der Grund, warum wir uns damals nach der Highschool getrennt hatten. Sie wollte unbedingt nach England und Kunstgeschichte studieren, während ich in die Staaten wollte. Wenn nur einer von uns beiden eingelenkt hätte, dann ...

Tja, was wäre wohl dann? Was wäre auch uns beiden geworden? Wären wir dann noch immer zusammen? Hätten wir dann trotzdem Josie an unserer Seite? Ich hatte wirklich keinen blassen Schimmer, doch ich war mir sicher, es wäre vieles anders gelaufen und Alexis und ich, wir könnten jetzt tatsächlich noch zusammen und glücklich miteinander sein.

»Cage, ich kann Josie nicht schon wieder entwurzeln, verstehst du das denn nicht? Sie fühlt sich hier echt wohl, hat Freunde im Kindergarten gefunden und meine Eltern sind hier und ... jetzt auch du und deine Familie. Sie hat hier alles, was sie braucht.«

»Und was ist mit dir?«, fragte ich leise und sah sie durchdringend an. »Es war doch schon immer dein Traum gewesen, Alexis.«

»Träume ändern sich manchmal«, wisperte sie etwas verloren vor sich hin und nippte noch einmal an ihrem Drink. »Jetzt ist Josie mein Traum.«

Natürlich war sie das. Ich verstand absolut, was sie damit meinte und mir damit sagen wollte, doch …

»Du hast mich damals wegen dieses Studiums sitzenlassen, verdammt. Du bist gegangen und hast mich verlassen, weil du unbedingt nach England wolltest, um später einmal das tun zu können, was du liebst und was dich erfüllt. Und jetzt … Jetzt kellnerst du in Joe's alter Spelunke? Ist das dein Ernst, Alexis?« Wütend starrte ich sie an, konnte es nicht verhindern, dass die pure Kränkung aus mir heraussprudelte.

Und wie es schien, traf ich damit genau ins Schwarze. Denn Alexis war so schockiert und von meiner Anschuldigung überrumpelt, dass sie beinahe ihr Glas fallen ließ.

Fassungslos sah sie mich an und wusste einen kurzen Augenblick nicht, was sie sagen sollte. Bis sie plötzlich den Kopf zu schütteln begann und die Augenbrauen wütend zusammenzog. »Du bist damals in die USA gegangen, weil du dein Sportstipendium annehmen und Karriere machen wolltest. Es war also nicht meine Schuld, dass wir uns getrennt haben. Es ging nicht nur allein von mir aus, das weißt du ganz genau, Cage!«

»Aber dann hättest du wenigstens mitkommen können, statt nach England zu gehen und etwas zu studieren, das du später sowieso nicht brauchst, weil du lieber in einer dreckigen Bar arbeitest, als weiter deinen Traum zu verfolgen.«

Alexis starrte mich perplex an. »Wie kommst du darauf, dass ich mitgekommen wäre?«

Ertappt fuhr ich zusammen und schluckte. »Wärst du nicht?«

Seltsam, dass ich immer davon ausgegangen war. Doch jetzt, da ich es einmal ausgesprochen hatte, klang es so, als wäre ich das größte Arschloch auf Erden. Wie konnte ich nur davon ausgehen, dass sie alles für mich aufgegeben hätte und mir in die Staaten gefolgt wäre, wenn sie diesen Traum nicht gehabt hätte?

Vielleicht einfach, weil ich sie unfassbar geliebt hatte. Ich hatte Alexis so sehr geliebt wie noch nie einen anderen Menschen zuvor und ich konnte mir damals kein Leben mehr ohne sie vorstellen. Deswegen!

»Ich wäre mit dir in die USA gegangen, Cage. Natürlich wäre ich das, wenn das Studium und England nicht gewesen wären.« Alexis seufzte leise und mein schlechtes Gewissen ließ etwas in meiner Brust unangenehm zusammenziehen, während mir nach ihrer Antwort nur noch eine – dafür aber eine ganz bestimmte – Frage auf der Zunge brannte.

»Glaubst du, wir ... wir wären dann noch immer zusammen? Heute, meine ich?« Mit angehaltener Luft sah ich sie durchdringend an und hoffte, sie verstand die Frage nicht falsch. Es war nicht so, dass ich damit etwas andeuten wollte. Es war nur ...

»Ich weiß es nicht«, wisperte Alexis schrecklich leise, stellte ihr mittlerweile leeres Glas auf dem Tisch ab und starrte zu Boden. »Du ... du hattest schließlich Kelsey, die dir später in die Staaten gefolgt ist und ...«

»Ich habe Kelsey nie so sehr geliebt wie dich«, platzte es leise aus mir heraus, wofür ich mich nur eine Sekunde darauf hätte ohrfeigen können.

Mit zusammengepressten Lippen und einem vor Scham zugedrücktem Auge biss ich die Zähne fest aufeinander und warf Alexis einen vorsichtigen Blick zu, die mich jedoch mit weit aufgerissenen und schockierten Augen anstarrte.

»Shit, das hätte ich nicht sagen dürfen, tut mir leid«, nuschelte ich nervös und für meine Verhältnisse ungewohnt verlegen vor mich hin, während ich von meinem Platz aufstand, um so schnell es ging abhauen zu können. Ich musste jetzt sofort verschwinden, bevor der Alkohol meine Zunge noch weiter lockerte und ich Dinge sagte oder aussprach, die zu etwas führen würden, das nicht mehr rückgängig gemacht werden konnte. »Es wäre besser, wenn ich jetzt gehe.«

Alexis sagte dazu kein Wort, widersprach mir nicht und folgte mir stattdessen in den Flur und zur Tür, in der sie mich dann aber doch noch einmal kurz stoppte, bevor ich flüchten und meinen peinlichen und absolut unangebrachten Kommentar von eben vergessen konnte. »Wie lange bist du noch hier, bis du wieder zum nächsten Auswärtsspiel musst?«, fragte sie noch etwas durcheinander, versuchte jedoch, sich davon nichts anmerken zu lassen.

»Nur noch zwei Tage, danach bin ich erst einmal für zwei Wochen unterwegs und im Ausland.« Ich verzog entschuldigend das Gesicht, denn erst jetzt wurde mir klar, was das für Josie, aber auch für mich, bedeuten würde.

Alexis nickte verstehend und schluckte. »Möchtest du diese zwei letzten Tage dann vielleicht lieber allein mit Josie verbringen? Ich meine ...«

»Nein«, schoss es regelrecht aus mir heraus, weil ich nicht einmal darüber nachdenken musste. Und das lag keineswegs daran, dass ich Angst hatte, mit Josie allein zu sein. Es war viel eher die Vorstellung, ohne Alexis zu sein, die seltsam und irgendwie nicht richtig schien. »Nein, es ist okay, wenn du dabei bist. Es wäre ... schön, wenn du bei uns bleibst.« Nervös kratzte ich mich am Hinterkopf und räusperte mich umständlich, als sie mich mit einem Blick ansah, den ich nicht so recht deuten konnte. Oder es auch lieber nicht wollte.

»Hast du etwas Bestimmtes geplant oder ...?«

Ich nickte und räusperte mich erneut. »Ich glaube, es wäre ganz gut und auch nicht verkehrt, wenn Josie mein Zuhause endlich kennenlernt – mein Haus und ... alles, was dazu gehört«, gestand ich und versuchte zu lächeln.

Alexis erwiderte das Lächeln und nickte zustimmend. »Okay. Dann komme ich morgen mit Josie zu dir.«

Wie ein Idiot nickte ich erneut. »Okay.«

Alexis begann zu grinsen. »Okay.«

Wie zwei pubertierende, nervöse Teenager standen wir uns gegenüber und wussten nicht, wie wir uns voneinander verabschieden sollten. Denn eigentlich ... würde ich sie verdammt gern in den Arm nehmen. Nur einen kurzen Moment lang, um zu spüren, ob es noch genauso war wie früher. Ob es sich noch genauso anfühlte. Doch stattdessen ging ich einen Schritt zurück, um mich davon abzuhalten, und nickte nur unbeholfen lächelnd. »Gute Nacht, Alexis.«

Ich drehte mich um, noch ehe sie etwas sagen oder mich aufhalten konnte, und rannte regelrecht die Treppen nach unten, um schnellstmöglich aus diesem Haus zu verschwinden und Alexis' vertrauter Nähe zu entkommen.

24

Alexis

Gedankenverloren starrte ich vor mich hin, nachdem Josie und ich Cage‘ Einfahrt hochgelaufen waren und jetzt vor einem riesigen Anwesen standen, das ich noch aus meiner Kindheit kannte. Dieses Haus gehörte einmal dem Bürgermeister, soweit erinnerte ich mich noch. Doch wie Cage dazu gekommen war, es zu kaufen und zu seinem Zuhause zu machen, hatte ich keine Ahnung. Genauso wie ich nicht wusste, wie Josies und meine kleine, bescheidene Welt in Cage‘ gigantisch große und funkelnde passen sollte.

»Mommy, du hast noch nicht geklingelt«, bemerkte meine Tochter mit gehobener Augenbraue und musterte mich skeptisch, während sie meine Hand hielt und ungeduldig von einem Bein auf das andere trat. »Ist das nicht Daddys Haus?«, wollte sie wissen und sah sich leicht enttäuscht um. Wahrscheinlich hatte sie Hoffnung, der Rest dieses

Anwesen würde genauso traumhaft aussehen wie diese Einfahrt mit seinem wunderschönen Vorgarten, der rechts und links davon angelegt war. Josies Augen hatten geleuchtet, als wir Cage' Grundstück betreten hatten. Fest fürchtete sie, dass es gar nicht das Haus ihres Vaters war und ihre Aufregung daher umsonst.

Hart schluckend versuchte ich zu lächeln und betätigte endlich die Klingel an der Tür. »Alles gut, mein Schatz. Wir sind hier richtig. Ich war nur abgelenkt von den schönen Säulen dieser Veranda«, flunkerte ich ein wenig, um sie nicht zu beunruhigen. Schließlich musste sie nicht wissen, wie durcheinander ich seit einigen Tagen war und dass es mir von Mal zu Mal schwerer fiel, Cage in die Augen zu blicken. Gerade jetzt und heute, nachdem er mir gestern erst gestanden hatte, dass er Kelsey nie auf diese Art geliebt hatte wie mich.

Verdammt! Wie sollte ich damit bloß umgehen? Mein Herz schlug ohnehin schon schneller, wenn er in meiner Nähe war. Genauso wie früher einmal. Und das jagte mir eine Heidenangst ein. Denn ich wusste, Cage würde nie wieder mehr für mich empfinden können als reine Freundschaft. Dazu hatte ich ihn zu sehr verletzt, hatte ihn hintergangen und ihm das Wichtigste genommen, das ein

Mann haben und erleben konnte – die ersten Jahre seiner kleinen Tochter.

»Hey.« Cage' Lächeln begrüßte mich, als die Tür vor uns aufging und er zuerst mich, dann Josie mit breitem Grinsen ansah, bevor sie ihm regelrecht in die Arme sprang, als er sich zu ihr herunterkniete. »Hallo, mein Sonnenschein. Hast du Lust auf ein kleines Abenteuer?«, fragte er sie lachend und Josie schnappte überrascht nach Luft, nickte dann aber eifrig und voller Begeisterung.

»Kommt rein, ich habe gerade zufällig eine heiße Milch mit Honig gemacht«, verkündete er zwinkernd und ließ mich damit ebenfalls grinsen. Mir war klar, dass er genau wusste, dass ich pünktlich sein würde und seine Tochter heiße Milch mit Honig liebte. Von Zufall konnte also keine Rede sein.

Josie kaufte es ihm dennoch ab und rannte ihm fröhlich glucksend hinterher – scheinbar geradewegs in die große, offene Küche, die mich sprachlos und vollkommen beeindruckt zurückließ, sobald ich sie hinter den beiden betreten hatte.

Cage hatte offensichtlich das ganze Haus neu renovieren lassen, denn ich war sicher, *so* hatte der alte Bürgermeister Fanning nicht gelebt. Dafür war es eindeutig zu modern eingerichtet und die Elektrogeräte scheinbar auf dem allerneusten Stand.

»Nicht so schnell, Engel, sie könnte vielleicht noch zu heiß sein«, hörte ich Cage im Hintergrund Josie warnen, nachdem er sie auf einen der Stühle an der Kochinsel abgesetzt hatte und sie sich das volle Glas Milch gierig schnappte.

Ich fühlte mich wie betäubt. Nicht nur, weil es für mich noch immer ungewohnt war, die beiden zusammen zu sehen – vor allem, weil sie längst sehr vertraut miteinander umgingen. Sondern auch weil mich dieses Haus, die ganze Einrichtung und alles, was ich bis jetzt davon gesehen hatte, völlig umhauten. Mir war schon klar, dass Cage verdammt viel Geld mit seinem Sport verdienen musste. Doch waren mir die Ausmaße davon bis eben nicht so recht bewusst. Dieses Anwesen musste ihn mehrere Millionen gekostet haben. Und ich war sicher, er wollte dennoch nie ein anderes. Cage liebte seine Heimat, ganz egal, wie lange er sie für seinen Traum hatte aufgeben und verlassen müssen. Ich wusste schon immer, er würde irgendwann hierher zurückkehren. Dass es allerdings bereits jetzt soweit war, damit hatte ich nie gerechnet.

»Ich habe hier auch einen Tee für dich, Alexis. Zumindest wenn du einen möchtest.« Cage warf mir einen kurzen, leicht verunsicherten Blick zu und ich wusste, es war wegen gestern – wegen dem, was er mir gesagt hatte. Cage war sich genauso unsicher, wie er sich nach seinem scheinbar unfreiwilligen Geständnis mir gegenüber verhalten sollte, wie ich ihm gegenüber.

Dankend nahm ich den Tee an und setzte mich neben unsere Tochter, die mit zufriedenen und leisen Geräuschen ihre Milch trank, während Cage uns gegenüber stand und sich räuspernd durch die Haare fuhr. »Ist es okay, wenn ich ihr das Haus erst einmal allein zeige?«, fragte er leise und sah mich mit zusammengekniffenen Augen an. »Ich wollte eine kleine Schatzsuche daraus machen, damit sie dieses Haus besser kennenlernt und direkt etwas Positives damit verknüpft«, flüsterte er in meine Richtung, sodass Josie nichts davon verstand.

Überrascht hob ich beide Augenbrauen. »Das ist eine wirklich schöne Idee.«

Cage lächelte verlegen. »Hab ich letzte Nacht in so einem Ratgeber gelesen«, gestand er und brachte mich damit unweigerlich zum Grinsen.

»Ich habe nichts dagegen, keine Sorge. Macht ruhig eure Schatzsuche, ich halte mich da erst einmal raus und mache es mir in deinem Wohnzimmer gemütlich, wenn ich darf.«

Cage nickte erleichtert und erwiderte mein Grinsen. »Fühl dich wie zu Hause.«

Ich biss mir auf die Unterlippe und verkniff mir den Kommentar, dass mir das in diesem Haus ganz sicher leichter fallen würde als es sollte.

»Fertig!«, verkündete Josie und leckte sich mit der Zunge noch einmal genüsslich den Mund ab, bevor sie ihren Vater erwartungsvoll ansah. »Wo ist das Abenteuer?«

Cage und ich lachten.

»Ich habe gehört, der alte Mann, der früher hier gewohnt hat, war so reich, dass er in diesem Haus irgendwo, in irgendeinem der Zimmer, einen kleinen Schatz versteckt hat. Und da ich ihn bis heute allein noch nicht gefunden habe, kannst du mir ja dabei helfen. Hast du Lust, kleiner Engel? Willst du deinem Dad bei der Schatzsuche helfen?« Cage lächelte verschwörerisch und Josies Augen begannen zu Leuchten wie zwei kleine Sterne.

Noch bevor ich meine Tochter warnen konnte, auf keinen Fall zu schnell vom Stuhl zu springen oder die Treppen hoch zu rennen, hüpfte sie von ihrem Hocker, griff nach Cage' Hand und zerrte ihn hinaus in den Flur – nicht ohne vorher einen kleinen Jubelschrei durch das ganze Haus hallen zu lassen.

Josie und Cage ließen mich in der großen Küche allein und ich seufzte leise, als ich aus dem Nebenraum ihre schnellen Schritte und Josies fröhliches Lachen hörte, das schrecklich ansteckend war. Ich grinste stumm vor mich hin, bevor ich meine Tasse Tee nahm und damit neugierig zurück in den Flur ging, der beinahe so groß war, wie meine ganze Wohnung.

Augenblicklich beneidete ich Cage um den vielen Platz, den er hier unumstritten hatte. Josie würde es lieben, hier zu leben, das wurde mir in diesem Moment nicht nur bewusst, die Gewissheit erdrückte mich regelrecht. Sobald sie auch noch den Rest dieses Anwesens sehen würde, würde sie sicher nicht mehr zurück in unsere winzige Wohnung wollen, sie würde nicht nach Hause wollen. Und das tat unerwartet weh. Weil ich wusste, ich konnte meiner Tochter nicht alles bieten, was sie sich wünschte, was sie brauchte. Ich konnte ihr mit meinem mickrigen Lohn nicht das geben, was sie wollte. Cage konnte es. Natürlich konnte er das. Und ich war sicher, es würde nicht lange dauern, bis Josie mich fragen würde, warum sie nicht lieber bei ihrem Dad leben konnte.

Ich würde sie verlieren. Früher oder später. Es war unvermeidbar und nur logisch. Und so sehr es schmerzte, ich wusste, ich durfte ihr diesen Wunsch nicht ausschlagen. Ich hatte ihr schließlich schon vier Jahre mit ihrem Dad genommen, ich würde ihr nicht noch mehr wegnehmen wollen – auf keinen Fall.

Mit zugeschnürter Kehle versuchte ich tief Luft zu holen und meine Gedanken beiseitezuschieben, während Josie aus dem Wohnzimmer gestürmt kam, ihr Vater dicht hinter ihr, und um mich herum direkt in das nächste Zimmer lief. Cage warf mir nur einen entschuldigenden Blick zu, zuckte mit den Schultern und verschwand dann hinter seiner Tochter in einem der Gästezimmer, wie es schien.

Ich drehte mich kopfschüttelnd um und blinzelte hinein in Cage' Wohnzimmer, das zu meiner Überraschung gemütlich und weniger modern eingerichtet war. Viel Holz, massiv und dunkel – dazu eine riesige, breite Wildledercouch, die gerade dazu einlud, sich zu setzen und sich in die flauschige Kunstfelldecke einzukuscheln, die neben den Sofakissen lag. Der Kamin direkt neben der großen, weiten Fensterfront, die einen atemberaubenden Blick in den Garten hinaus bot, knisterte leise vor sich hin. Cage musste ihn erst kurz vor unserer Ankunft befeuert haben.

Selig vor mich hinlächelnd machte ich es mir mit meinem Tee auf dem Sofa gemütlich, wickelte die Decke um mich und starrte hinein in das wärmende Feuer des Kamins, während meine Gedanken Karussell fuhren.

Wie würde es mit uns dreien jetzt weitergehen? Würde Josie mir jemals verzeihen können? Und was war mit Cage? Hatte er seine Worte von gestern wirklich ernst gemeint und würde er mir irgendwann wieder vertrauen können? Bekamen wir durch Josie vielleicht eine neue Chance, uns näher zu kommen? Ich konnte es mir nicht vorstellen. Dabei war ich unsicher, ob es mir gefallen würde, wenn es doch so wäre. Doch Cage würde es niemals zulassen, da war ich mir wiederum mehr als sicher.

Müde seufzte ich leise vor mich hin und nippte an dem Tee, den Cage mir zubereitet hatte. Er wusste noch immer, dass ich am liebsten einen beerigen Früchtetee trank und allein dieser kleine Gedanke säte eine Hoffnung in mir, die nicht sein durfte.

»Alexis?«

Blinzelnd öffnete ich die Augen und sah in das amüsiert grinsende Gesicht von Cage, das über mir schwebte und mir so nah war wie noch nie in den letzten Jahren. »Ich bin eingeschlafen, oder?«, fragte ich peinlich berührt und biss mir auf die Unterlippe, als sein Grinsen nur noch breiter wurde und er zu nicken begann.

Cage nahm mir vorsichtig die leere Tasse aus der Hand, die ich noch immer fest umklammerte und stellte sie auf dem hübschen Couchtisch ab, während er prüfend einen Blick durch die Fensterfront uns gegenüber nach draußen in den Garten warf, wo Josie mit zufriedenem Lächeln auf den Lippen im Gras saß und mit einem kleinen Kätzchen spielte.

»Ist das etwa …?«, fragte ich erstaunt und Cage nickte erneut.

»Ich war heute Morgen bei Farmer Jones und habe es mitnehmen können. Ich hoffe, es war das richtige Kätzchen, aber so wie ich Josies Gesichtsausdruck sehe, scheine ich alles richtig gemacht zu haben.« Cage grinste zufrieden.

Ich lachte leise und setzte mich ein wenig auf. »Sag bloß, das ist das Ergebnis eurer Schatzsuche?«

»Raffiniert, oder?«, lobte Cage sich selbst und setzte sich neben mich. »Aber keine Sorge, das bleibt ein einmaliges Erlebnis. Eine weitere Schatzsuche, bei der unsere Tochter ein neues Haustier bekommt, werde ich nicht veranstalten. Versprochen.«

Ich lächelte. »Du schenkst ihr das Kätzchen wirklich?«

»Sie sah vor ein paar Tagen so glücklich aus, ich konnte nicht anders. Vor allem, als sie mir dann von Paul, ihrem verstorbenen Kater, erzählte ... Ich hatte keine andere Wahl«, gestand er mit entschuldigendem Blick und lächelte.

»Und wo soll das Kätzchen leben? Ich meine, in unserer Wohnung ist nicht wirklich viel Platz und ich würde nicht genug Zeit haben, um mich um das arme Tier zu kümmern.«

»Ich habe das schon alles geregelt, mach dir keine Sorgen deswegen. Laney wird sich um das Kätzchen – ich glaube, es ist ein Kater – kümmern, wenn ich nicht hier bin. Dann kann Josie es immer bei ihr besuchen. Und wenn ich in der Stadt bin, wird es bei mir sein. Du musst dich also nicht darum kümmern.«

Grinsend sah ich ihn von der Seite an. »Du hast dir ja wirklich schon viele Gedanken darum gemacht, oder? Ich meine, um die Zeit, wenn du nicht in der Stadt bist und Josie dich nicht sehen kann.«

Cage seufzte leise. »Ich hatte kaum eine andere Wahl, findest du nicht? Ich meine, ich bin ab morgen Abend wieder unterwegs und habe absolut keine Ahnung, wie ich das meiner Tochter beibringen soll. Deswegen habe ich versucht, mich wenigsten um die anderen Dinge zu kümmern und ihr meine Abwesenheit so angenehm wie möglich zu gestalten.«

»Vielleicht kannst du sie irgendwann einmal mitnehmen, wenn sie etwas älter ist?«, schlug ich aufmunternd lächelnd vor.

Cage sah mich überrascht an. »Das würdest du wollen?«, fragte er leise. »Du würdest zulassen, dass ich mit ihr quer durch das Land reise, während Presse und Medien nur darauf warten, wieder etwas Privates von mir preiszugeben, das nicht in die Öffentlichkeit gehört?«

Ich schluckte schwer. »Die Presse wird es sowieso früh genug erfahren, fürchte ich. Und ich kann nur hoffen, dass sie irgendwann wieder das Interesse daran verlieren darüber zu berichten und Josie ein normales Leben führen kann.«

Cage schnaubte. »Daran hättest du besser denken sollen, *bevor* du entschieden hast, meine Tochter vor mir geheim zu halten, Alexis. Die Presse wird jetzt umso mehr Interesse an ihr zeigen, sollten sie Wind davon bekommen, was du getan hast. Das alles wäre nicht der Fall gewesen, hätten sie direkt bei ihrer Geburt von ihr erfahren. Dann wäre es eine einmalige Schlagzeile gewesen und hin und wieder hätte es vielleicht ein Foto von ihr in den Klatschzeitungen gegeben. Doch jetzt ...? Jetzt wird die Hölle über sie einbrechen, wenn ich nicht sofort etwas dagegen unternehme.«

»Was hast du vor?«, fragte ich mit zittriger Stimme und mied seinen Blick, weil ich mich schämte, ihm in die Augen zu sehen. Cage hatte absolut recht. Meine Angst damals war zwar begründet, doch hatte ich die Konsequenzen nicht bedacht, die jetzt weitaus schlimmer waren, als sie damals gewesen wären.

»Ich habe bereits mit meinen Anwälten gesprochen. Und auch mit meinem Manager und dem Trainer. Sie alle mussten es erfahren, Alexis, denn nur so können sie mir – uns – helfen, Josie so gut es geht vor der Presse zu schützen.« Cage sah mich durchdringend an und ich konnte nichts weiter tun, als stumm zu nicken. Ich schämte mich so unglaublich für alles, was ich ihm damit angetan hatte. Ihm und Josie.

25

Cage

Ich wollte gerade meine Hand auf Alexis Arm legen, um ihr zu zeigen, dass ich trotz allem, was sie getan hatte, immer hinter ihr stehen würde, doch da klingelte es plötzlich an meiner Tür und unterbrach den angespannten Moment zwischen uns.

Überrascht blickte Alexis zu mir auf. »Hast du etwa Laney eingeladen? Oder deine Eltern?«, fragte sie leicht verunsichert, weil ihr all das noch immer schrecklich unangenehm war.

»Nein, ich denke, das ist nur Tray, der mir meinen Wagen zurückbringen will«, sagte ich schulterzuckend und stand vom Sofa auf, um im Flur die Haustür zu öffnen. Doch noch bevor ich das Wohnzimmer verlassen konnte, griff Alexis mit panisch aufgerissenen Augen nach meinem Arm und hielt mich auf.

»Tray ist hier?«, fragte sie mit lauter, schriller Stimme und wirkte mit einem Mal mehr als nervös.

»Ich dachte, er wäre wegen seines neuen Jobs zurzeit in Seattle?«

Verwirrt runzelte ich die Stirn. Woher wusste sie von seiner neuen Stelle? Ich dachte, sie hatte seit Jahren keinen Kontakt mehr zu unseren alten Freunden.

»Onkel Tray!«, hörten wir beide unsere Tochter plötzlich aus dem Garten rufen und drehten uns um. Josie sprang gerade meinem alten Kumpel freudestrahlend in die Arme, als er meinen Garten durchquerte – vermutlich weil ihm vorne an der Tür niemand geöffnet hatte.

»Was zum –?«, fluchte ich überrascht, als ich Tray dabei beobachtete, wie er meiner Tochter durch die Haare wuschelte und sie sich an ihn drückte.

»Cage.« Alexis sah mich mit bleicher Miene und entschuldigendem Blick an und allein an ihrer Stimme erkannte ich, dass Trays Auftauchen nichts Gutes verhieß.

»Woher zum Teufel kennt sie ihn?«, fragte ich rau und starrte fassungslos zu Josie, die mit meinem Freund herumalberte, als würde sie ihn bereits ihr ganzes Leben kennen. Mein Herz schlug auf einmal so schnell, ich hatte Angst, es würde mir aus der Brust springen. Und meine Kehle ... sie war so trocken und zugeschnürt, dass ich weder schlucken noch richtig Luftholen konnte. »Alexis!«, knurrte ich leise aber bedrohlich, als sie mir noch immer keine Antwort gab. »Was bedeutet das alles?«

Die Mutter meiner Tochter wurde immer blasser und ich sah ihr an, dass sie am liebsten verschwinden und der unangenehmen Situation entkommen wollte. Doch dazu gab ich ihr keine Möglichkeit. Fest hielt ich ihren Blick gefangen und hörte sie resigniert ausatmen.

»Tray und ich ...«

Verdammt, nein! »Das ist jetzt nicht dein verfluchter Ernst, oder? Das würdest du mir nicht antun«, unterbrach ich sie wütend und spürte, wie mein Puls regelrecht in meinen Venen rauschte.

Alexis seufzte erneut und senkte den Blick zu Boden. »Es ist schon ewig her. Jahre! Ich hatte ja keine Ahnung, dass sie sich an ihn erinnert«, gestand sie beinahe flüsternd und ließ damit meine kleine, so mühevoll zusammengesetzte Welt erneut auseinanderbrechen.

Ich wollte es nicht hören. Ich konnte nicht! Die Vorstellung von ihr und Tray ... von Josie und Tray ... Es zerriss mich innerlich.

»Und ich bin wieder der letzte Idiot, der davon erfährt, hab ich recht?«

Alexis schüttelte schnell den Kopf, wagte es dennoch nicht, mir in die Augen zu sehen. »Niemand wusste es. Ich hatte ihn darum gebeten, es niemandem zu sagen.«

Als ob es das Ganze besser machen würde ... Ich war fassungslos. Entsetzt. Und so ungern ich es auch zugab, ich war verflucht nochmal gekränkt und angepisst.

»Scheiße, Alexis ... Du und Tray? Ernsthaft? Wie ...? Wann ...?« Ich hatte keine Ahnung, ob ich das alles überhaupt wissen wollte, doch ich konnte nicht anders, als darüber nachzudenken, während Tray noch immer draußen bei meiner Tochter stand und sich mit ihr unterhielt. »Wusste er, dass *ich* Josies Vater bin?«

»Nein«, hauchte Alexis leise, beinahe erstickt. »Tray wusste gar nichts, er hatte auch nie danach gefragt, weil er scheinbar gemerkt hatte, dass ich nicht darüber reden wollte – und es auch nicht würde.«

Auch das linderte meine Wut, meine Fassungslosigkeit noch immer kein bisschen.

»Das ist doch alles ein schlechter Scherz, oder? Bitte sag mir, dass du mich verarschst, Alexis! Sag mir, dass du nicht mit ...«

»Hey, ihr zwei«, hörte ich Tray vorsichtig hinter mir sagen, bevor ich mich zu ihm umdrehte und ihn voller Enttäuschung und Wut anstarrte. Er betrat gerade das Wohnzimmer und warf Alexis einen kurzen, prüfenden Blick zu, bevor er wieder zu mir sah, schwer seufzte und entschuldigend lächelte. »Sorry, Kumpel, ich ... ich hatte ja keine Ahnung, dass sie von dir ist.«

Ach, nein?! »Aber du hast es auch nicht für nötig gehalten, mir zu sagen, dass du mit meiner ... Ich meine, dass du mit Alexis vögelst!«, knurrte ich ungehalten, denn allein dieser Gedanke brachte mich bereits um den Verstand und am liebsten würde ich ihm dafür eine verpassen – direkt auf die Nase!

»Cage«, wisperte Alexis leise und versuchte mich damit ein wenig zu beruhigen, doch es bewirkte nur das Gegenteil.

»Ich habe sie nicht nur gevögelt, ich habe sie geliebt. Alexis und ich waren zusammen«, korrigierte Tray mich und begann damit den nächsten blöden Fehler. Denn seine Worte brachten das Fass endgültig zum Überlaufen und beinahe wäre ich auf ihn gestürzt und hätte ihm meine Faust ins Gesicht gerammt.

»Geliebt?! Scheiße, Tray, du weißt doch nicht mal, was Liebe ist«, fuhr ich ihn aber stattdessen an und packte ihn am Kragen, weswegen Alexis alarmiert nach meinem Arm griff.

»Und du schon? Schließlich hast *du* sie damals gehen lassen. Wieso darf ich es dann also nicht bei ihr versuchen?«, winselte mein Freund und versuchte sich aus meinem Griff zu befreien.

»Ich habe sie niemals gehen lassen, verdammt nochmal! Sie ...«

»Cage!«, unterbrach Alexis mich erneut, bevor ich etwas sagen konnte, dass ich nicht mehr korrigieren oder rückgängig machen konnte. »Das ist jetzt nicht der richtige Zeitpunkt dafür.« Sie deutete mit einem leichten Nicken zur offenstehenden Terrassentür, in der plötzlich Josies Kopf auftauchte und meine Tochter uns drei skeptisch und beunruhigt ansah.

Sofort ließ ich Tray los und schubste ihn leicht von mir, bevor ich mühevoll versuchte meine Wut herunterzuschlucken und mir vor Josie nichts anmerken zu lassen.

»Daddy, ist Tray dein Freund?«, fragte meine Kleine verunsichert und ich nickte, auch wenn mir gerade nicht danach war, und ich mir bei dieser Frage gar nicht mehr so sicher war. Bis eben war er zumindest noch mein Freund. »Wieso streitet ihr dann? Geht es um Mommy?«, wollte der kleine, blonde Engel wissen und ließ mich hart schlucken. Ich fühlte mich nicht nur ertappt, sondern in die Enge gedrängt. Ich wollte meine Tochter nicht anlügen, doch gleichzeitig wollte ich sie nicht verängstigen oder ihr Sorgen bereiten. Deswegen schwieg ich lieber und hoffte auf Alexis' Hilfe.

»Daddy und Tray streiten nicht, kleiner Engel. Sie diskutieren nur über etwas, was schon ganz lange in der Vergangenheit liegt. Es ist alles in Ordnung, Schatz. Geh ruhig mit deinem Kätzchen im Garten spielen. Daddy, Tray und ich trinken jetzt erst einmal einen Tee zusammen, okay?«

Josie schien sich fürs Erste mit der Antwort zufriedenzugeben und verschwand wieder im Garten, wo das kleine, schwarze Kätzchen mit den weißen Pfoten noch munter auf dem Rasen tollte. Ich wünschte, ich hätte ein wenig dieser Unbeschwertheit, doch in diesem Augenblick wusste ich gar nicht mehr wohin mit all der Wut und Enttäuschung.

»Sie ist also tatsächlich deine Tochter«, sagte Tray leise und zu meiner Überraschung war es keine Frage, sondern eine Feststellung. »Ich hatte schon immer diese Ahnung, aber …«

»Aber du hast dennoch deinen Mund gehalten und hast nichts gesagt. Zumindest nicht zu mir«, raunte ich aufgebracht und wollte ihn im nächsten Moment wieder am Kragen packen, als Alexis dazwischen ging und mich davon abhielt. »Genauso wie du darüber geschwiegen hast, dass du mit Alexis zusammen warst.« Denn wenn ich ehrlich war, tat diese Tatsache genauso sehr weh, wie das Wissen darüber, dass Josie ihn *vor mir* kennengelernt hatte.

»Alexis hatte mich darum gebeten, Cage. Was hätte ich denn machen sollen?« Tray sah mich entschuldigend an und doch wusste ich, dass er nicht im Geringsten verstand, was das alles für mich bedeutete.

»Du hättest verdammt nochmal das Richtige tun müssen natürlich«, knurrte ich erneut, als Alexis ihre Hand beruhigend auf meine Brust legte, direkt an die Stelle über meinem Herzen, das gerade dabei war zu explodieren.

Tray schnaubte. »Wieso flippst du überhaupt aus? Du und Alexis, ihr wart schon lange Geschichte, als ich meine Chance bekam. Und wie du siehst, hat es nicht lange gehalten. Was also stört dich so sehr daran?«

War das sein Ernst? Begriff er denn überhaupt nichts? Er wusste doch genau, wie sehr ich Alexis geliebt hatte! Und er wusste auch, dass sie mir nach all den Jahren noch immer die Welt bedeutete. Wie konnte er das alles also vor mir verschweigen?

»Mich stört es, dass du *meine* Tochter früher kennengelernt hast als ich, dass du gemeinsame Erinnerungen mit ihr teilst, die ich nicht habe, und mich stört, dass du die Mutter meiner Tochter angefasst und weiß Gott was mit ihr gemacht hast.« Bei der Vorstellung daran wurde mir unglaublich übel.

»Alexis ist eben nicht dein Eigentum, ganz egal, ob sie die Mutter deiner Tochter ist oder einfach nur deine *Ex*. Und für die Sache mit Josie ... das tut mir ehrlich leid. Doch ich wusste es damals schließlich auch noch nicht.«

Ex. Ganz genau – nichts weiter war Alexis für mich. Sie war meine Ex und zufällig auch die Mutter meines Kindes. Doch genau *darin* lag das Problem. Möglicherweise wollte ich nicht, dass sie nur *das* war. Denn möglicherweise ... wollte ich mehr?

»Cage«, hörte ich Alexis leise wispern, als ich meine Hand auf ihre legte, nur um sie dann aber von mir zu stoßen.

»Nein«, erwiderte ich rau und schüttelte den Kopf, während ich ihr fest in die Augen sah und hart schluckte. »Sag jetzt bloß kein Wort, Alexis. Lass es lieber, du würdest alles nur noch schlimmer machen.«

»Ich wollte dich nicht verletzen«, sagte sie dennoch und griff erneut nach meiner Hand.

»Dafür ist es reichlich zu spät.« Ich ließ sie los und verschwand nach draußen in den Garten zu meiner Tochter. Bei ihr wusste ich wenigstens, dass sie mich niemals verletzen würde.

Fortsetzung folgt

Danksagung

Liebe Mama,

dieses Buch widme ich dir – weil es mich beim Schreiben jedes Mal an dich erinnert hat. In dieser Geschichte geht es nämlich auch um die unendliche Mutterliebe zu ihrer Tochter und du, liebe Mama, du hattest ganz viel davon für meine Schwestern und mich übrig. Du hast uns alles gegeben, was du konntest, hast alles dafür getan, dass es uns gut geht, dass es uns an nichts fehlt. Dadurch hast du dich manchmal auch selbst ein bisschen verloren und ich wünsche mir, dass du in Zukunft mehr Zeit für dich hast und wir, deine Kinder und dein Mann, dir all das zurückgeben können, was du *uns* all die Jahre geschenkt hast. Wir lieben dich über alles und möchten dir sagen: Du bist die Allerbeste und hast alles richtig gemacht, hast uns zu glücklichen und zufriedenen Menschen erzogen. Danke dafür und für alles, was du für uns getan hast.

Ganz lieben Dank an alle meine Leser und Fans für eure Unterstützung und die lieben Worte, die ihr mir täglich zukommen lasst. Dankeschön für eure Rezensionen, eure Kommentare und Nachrichten. Es bedeutet mir unglaublich viel, dass ihr hinter mir und meinen Büchern steht und mit mir dieses Abenteuer bestreitet.

Ganz herzlichen und lieben Dank auch diesmal wieder an meine wundervollen Testleser Sina, Manja, Ivonne, Susann, Sandra »Schurtzi«, Jacqueline Marie, Nicole, Vanessa, Lilly, Jana und Sandra R. Ihr seid einfach die Allerbesten, tausend Dank für eure Hilfe, euer motivierendes Feedback und eure Anregungen.

Dankeschön auch diesmal wieder an die fantastische Nathalie für ihr Korrektorat. Und das obwohl sie eigentlich überhaupt keine Zeit dazu hatte. Ich bin dir so unendlich dankbar für deine Hilfe, meine Liebe! Ich wüsste wirklich nicht, was ich ohne dich machen würde und weiß deine Zeit und Mühe, die du in meine Bücher steckst, wirklich sehr zu schätzen. Danke dir für alles!

Viel Liebe sende ich natürlich auch diesmal an meine Familie im nordischen Hessen, an meine Geschwister, Nichten und Neffen, an meinen Papa und auch an meine Schwager und Marc – schön, dich in unserer Familie zu haben! Ebenso ganz viel Liebe geht an meine Schwiegereltern in spe, an Oma Erika, Lukas, Julia, Werner, Manuela, Alisa, Jonas und alle, die zu dieser wundervollen Familie dazugehören.

Und zum Schluss wie immer das größte Dankeschön an meine bessere Hälfte, an meinen Fels in der Brandung und meinen Superhelden. Ich liebe dich und kann dir nicht genug für all deine Unterstützung danken, für alles, was du für mich tust und mit mir durchstehst. Du bist mein Herz, meine Seele, mein Leben. Danke, dass du bei mir bist!

LESEPROBE

one Memory

Katie Weber

INCOMPLETE I

Ab 23. November 2018 erhältlich

Prolog
Elisa

Vogelgezwitscher durchflutete die Räume. Der Duft vom warmen Sommerregen lag in der Luft.

Erlösend atmete ich tief ein, nachdem ich alle Fenster und Türen im Haus geöffnet hatte, um das zu tun, was ich seit meinem überstürzten Umzug nach Old Creek jeden Tag tat, um mich lebendig und gesegnet zu fühlen – ich versuchte mich zu erinnern. An die Ruhe und den Frieden, die mich stets umgaben, seitdem ich hier war und daran, ob es wohl schon immer so gewesen sein mag.

In mich gekehrt schloss ich die Augen und genoss das Gefühl, endlich wieder zu Hause zu sein. Angekommen. Oder zurückgekehrt. Ganz egal, wie ich es nannte, es fühlte sich richtig an. Warm und geborgen. Als gehörte ich hierher, hier und nirgendwo anders.

Wie ich jemals außerhalb dieses Provinznestes landen konnte, würde mir auf ewig ein Rätsel bleiben. Ich konnte mich ohnehin nicht mehr daran erinnern. An nichts und niemanden aus meinem früheren Leben, nicht einmal an mein eigenes Selbst.

Ich fühlte mich fremd; fremd in meinem Körper, fremd in meinen Gedanken. Das Einzige, was mich wissen ließ, dass ich nach dem Unfall noch immer dieselbe Person war, für die mich alle hielten, war dieser Ort am Rande des schönsten Waldes, den ich wohl je gesehen hatte. Eine kleine Lichtung direkt am Ufer des malerischen Waldsees und mittendrin das alte Holzblockhaus, das ich jetzt mein Eigen nannte.

Wie oft war ich wohl schon hier gewesen? Früher, in meinem alten Leben. Niemand konnte es mir sagen. Denn alles, was von meiner Vergangenheit übrig schien, war kaum mehr als mein Name und ein paar wertlose Habseligkeiten, die mich weder an etwas erinnerten, noch einen besonderen Wert besaßen.

Nachdem ich vor einigen Wochen im *Saint John's Memorial* aufgewacht war, wusste ich plötzlich nichts mehr über mich. Ich kannte weder meinen Namen, noch wusste ich, woher ich kam, wo ich lebte oder wer der junge Mann war, der bei demselben Unfall ums Leben kam, bei dem ich mein Gedächtnis verlor. Die Ärzte sagten mir, es wäre mein Ehemann. Doch ... auch *daran* erinnerte ich mich nicht mehr.

1

Caden

Es war nicht leicht, dem gerecht zu werden, was andere von dir erwarteten. Entweder sie setzten die Messlatte zu hoch, sodass du sie niemals erreichen würdest, oder sie zwängten dich in etwas hinein, für das du schlicht und ergreifend nicht geschaffen warst.

In meinem Fall war es weder noch. Zumindest war es das, was ich mir seit einigen Jahren einzureden versuchte.

Obwohl ich tagtäglich in einem schicken Maklerbüro hinter dem Schreibtisch saß, die interessantesten Immobilienobjekte und Kunden kennenlernte, hatte ich ständig das Gefühl, es würde etwas fehlen. Als wäre irgendetwas nicht richtig. Oder am falschen Platz.

Gelangweilt sah ich auf die Uhr, die über meinem Collegediplom hing, und begann meinen Schreibtisch aufzuräumen.

»Schon Feierabend?«

Aus vor Wut verengten Augen sah ich auf zu meinem Boss. »Es ist gleich fünf, Gerry. Ich habe meine Termine für heute bereits abgearbeitet und muss erst wieder morgen früh um acht bei meinen neuen Interessenten sein.«

Unzufrieden verzog er das Gesicht und zupfte grübelnd an seinem penibel getrimmten Schnurrbart. »Wenn du meiner kleinen Prinzessin etwas bieten willst, Foster, solltest du langsam anfangen, mehr Kunden an Land zu ziehen und von den Immobilien hier in Old Creek zu überzeugen.«

Wütend spannte ich meinen Kiefer an und packte demonstrativ meine Sachen zusammen. »Keine Sorge, Jane wird es an nichts fehlen. Dafür werde ich sorgen.«

Ungläubig lachte der Alte auf und schüttelte den Kopf, als hätte ich einen Scherz gemacht. »Wir sehen uns morgen, Foster. Sei pünktlich beim Kunden.«

War ich das jemals nicht?

Ich verkniff mir meinen Kommentar und ließ ihn davonstapfen. In diesem Moment erinnerte ich mich wieder daran, welch unglaublich dumme Idee es gewesen war, ausgerechnet im Maklerbüro von Gerry Greenberg anzufangen. Nicht nur dass der Typ mehr als schwierig war, noch dazu war er auch noch der Vater meiner Verlobten.

Jane und ich kannten uns seit der Highschool und waren bereits damals gute Freunde. Dass wir eines Tages mehr füreinander empfinden würden, war für mich bis vor zwei Jahren unvorstellbar. Doch gerade als ich als frischgebackener Absolvent vom College zurück in meine Heimat kehrte und mein Leben neu zu ordnen versuchte, war Jane immer für mich da gewesen. Ganz egal, wie schwierig es manchmal war ...

Sie war anders als ihr Dad, anders als ihre gesamte, restliche Familie, die im Grunde nur aus verwöhnten und verzogenen Snobs bestand. Ihre Mutter schien kaufsüchtig, ihr Bruder spielte für sein Leben gern. Wie viel Geld er bereits von seinem Vater verzockt und aus dem Fenster geschmissen hatte, wagte ich nicht zu schätzen. Doch es mussten abertausende Dollar gewesen sein, die Clive in Spielautomaten gesteckt hatte.

Jane wäre so etwas nicht einmal im Traum eingefallen. Sie verdiente schließlich ihr eigenes Geld und versuchte nicht, auf die Hilfe ihres reichen

Vaters angewiesen zu sein. Vor einigen Monaten hatte sie erst ihre eigene, kleine Boutique eröffnet und ich war deswegen mächtig stolz auf sie.

»Wir haben schon nach fünf, Foster! Wo bleibst du endlich? Ich dachte, wir wollten noch kurz zum Friedhof, bevor wir zu Vince gehen und uns das Spiel ansehen?« Perry streckte seinen Kopf durch meine verglaste Bürotür und sah mich abwartend an. Auch mit ihm war ich bereits seit der Highschool befreundet, genau wie mit Vince und Cole Anderson, unserem damaligen Rudelführer, wie wir ihn nannten.

Cole und ich waren einmal beste Freunde gewesen. Jetzt besuchten wir ihn seit einigen Wochen regelmäßig an seinem Grab.

Seufzend schaltete ich den Computer aus und griff zu meinen Autoschlüsseln. »Meinst du nicht, es ist seltsam, wenn ich jedes Mal mitkomme? Ich bin sicher, Cole hätte gerne darauf verzichtet, dass ausgerechnet ich an seinem Grab stehe und ihn darum bemitleide, nicht mehr am Leben zu sein.«

Perry verzog das Gesicht. »Du gehörst genauso zu uns, wie er zu uns gehört hatte, Foster. Ganz egal, ob ihr zerstritten wart, ich bin sicher, unser Kumpel würde sich freuen, wenn du ihn hin und wieder besuchst.«

Bitter lachte ich auf. »Das kannst du unmöglich ernst meinen, Peters. Schließlich war er derjenige, der abgehauen ist und sich danach nie wieder gemeldet hat – bei keinem von uns. Cole wäre es egal gewesen, ob ihn jemals einer von uns an seinem beschissenen Grab besucht hätte. Darauf würde ich meinen Arsch verwetten.«

Perry hielt mir die Tür auf, als ich mit einem dicken Stapel Ordner, die ich zu Hause für die Recherche der neuen Immobilien benötigte, hinausging. »Er ist tot, Caden. Zeig ein bisschen Respekt. Ich weiß, den hast du selbst für jemanden wie Cole übrig. Ganz egal, was damals zwischen euch vorgefallen war.«

Schnaubend hievte ich die unvermeidliche Heimarbeit für heute Nacht auf die Rückbank meines Tesla und sah meinen Freund resigniert an. »Von mir aus.«

Als Perry, Vince und ich eine halbe Stunde später am Friedhof von Old Creek ankamen, war die Stimmung wie immer gedrückt. Niemand von uns verstand, was vor einigen Wochen in der Nähe von Saint John's vorgefallen war und wie unser alter Freund letztlich ums Leben kam. Bis heute rätselte die ganze Stadt darüber. Denn nicht einmal seine

Eltern oder die Polizei hatten bisher einen Anhaltspunkt.

»Ich glaube, er hat sich selbst das Leben genommen«, sprach Vincent die Worte aus, die uns alle schon einige Male durch den Kopf gegangen waren.

Gemeinsam liefen wir mit gesenkten Schultern durch die schmalen Gänge und Pfade des alten Friedhofs in Richtung Coles Grab.

»Dass er sich vor seinem Tod offenbar seit einiger Zeit nicht mal mehr bei seiner Familie gemeldet hat, wundert mich ehrlich gesagt auch nicht. Coles Beziehung zu seiner Mom und auch zu seinem Dad war nicht gerade die Beste«, meinte Perry nachdenklich, als Vince uns beide plötzlich einige Meter vor dem Grab unseres Freundes zum Anhalten zwang.

Verständnislos wechselten Perry und ich einen Blick, bevor wir dem von Vince folgten und mein Herz mit einem Mal aussetzte.

»Ist das etwa ...?«, flüsterte Peters leise, konnte es aber scheinbar genauso wenig glauben wie ich, wen er da gerade an Coles Grab stehen sah.

»Elisa.« Es war nur ein Wispern, das meine Lippen verließ und doch fühlte es sich merkwürdig an, diesen Namen nach so langer Zeit wieder auszusprechen.

»Was macht sie hier? Ich dachte, sie wäre weg. Zurück in Irland oder wo auch immer ihre leiblichen Eltern herkamen.« Vincent sah uns an und nicht nur Verwunderung, sondern auch Verwirrung und Unglaube spiegelten sich in seinem Blick wider.

Vermutlich genau wie in meinem.

»Ist sie es denn wirklich?«, fragte Perry unsicher und sah mich erwartungsvoll an. »Caden, ist sie es?« Perry Peters wusste, warum er diese Frage nur mir stellen konnte. Auch wenn er damals immer so tat, als würde er es nicht bemerken oder es nicht sehen können, er wusste um meine Gefühle für Elisa.

»Sie ist es.« Ohne jeden Zweifel.

»Warum stehen wir dann noch hier? Gehen wir zu ihr!«, beschloss Vincent entschlossen. »Ich meine, vielleicht weiß sie ja, was mit Cole passiert ist und wo er die ganzen Jahre war?«

Perry und ich schüttelten gleichzeitig den Kopf. »Das halte ich für keine so gute Idee, Vince«, sagte Peters leise und sah wieder herüber zu Elisa. »Sie wirkt irgendwie ... anders.«

»Fremd«, korrigierte ich ihn flüsternd, drehte mich im nächsten Moment um und machte mich auf den Weg zurück zum Wagen.

Ich hielt es keine Sekunde länger aus, Elisa Murphy dabei zuzusehen, wie sie teilnahmslos vor Coles Grab stand und dabei so distanziert und kalt wirkte, wie ich es bei ihr noch nie gesehen hatte.

Diese Frau war genau wie unser Freund über mehrere Jahre spurlos verschwunden, niemand wusste, wo sie sich aufhielt und ob sie gemeinsam geflüchtet waren. Keiner konnte mir sagen, ob sie überhaupt noch am Leben war oder ob es ihr gut ging. Und nach drei Jahren hatte ich es irgendwann aufgegeben, nach ihr zu suchen wie ein Vollidiot, der nicht loslassen konnte. Der nicht wahrhaben wollte, dass sie sich endgültig entschieden hatte – nur eben nicht für mich.

Nachdem die Jungs und ich uns am Abend das Footballspiel angesehen hatten und niemand von uns ein weiteres Wort über den Vorfall auf dem Friedhof verlor, kreisten meine Gedanken dennoch nur um diese eine Sache.

»Ich glaube, ich habe vorhin Elisa Murphy an Coles Grab gesehen«, sagte ich zu Jane, als ich auf unserem Bett im Schlafzimmer saß, während sie sich im angrenzenden Badezimmer zum Schlafen fertig machte.

»Kann sein«, kam es zu meiner Verwunderung knapp zurück.

»Wusstest du, dass sie wieder hier ist?«, fragte ich irritiert und spannte mich unweigerlich an.

»Dad hat es mir vor ein paar Tagen erzählt.« Jane kam mit der Zahnbürste im Mund ins Schlafzimmer und holte sich aus dem Schrank ein frisches T-Shirt heraus.

»Dein Vater? Woher wusste er davon?« Ich beobachtete meine Verlobte dabei, wie sie sich mit nur einer Hand ihren BH aus- und das T-Shirt anzog, doch auch da waren meine Gedanken vollkommen woanders.

»Er hat ihr anscheinend ein Haus angedreht.«

Ich runzelte die Stirn. »Sie lebt also hier? Wie lange schon?«

»Keine Ahnung. Vielleicht ein paar wenige Wochen.« Jane zuckte gleichgültig mit den Schultern und wollte gerade wieder zurück ins Badezimmer, als ich sie aufhielt.

»Und du hast dich bisher nicht mit ihr getroffen und hast es mir auch nicht erzählt?«

Wütend funkelte sie mich an, verschwand kurz im Badezimmer, um sich den Mund mit Wasser auszuspülen, kam wieder zurück und sah mich eindringlich und lauernd an. »Wieso hätte ich das deiner Meinung nach tun sollen, Caden?«

Ich wusste worauf ihre eigentliche Frage abzielte, doch auf dieses Thema würde ich mich sicher nicht noch einmal einlassen. Wir hatten in der Vergangenheit oft genug darüber gestritten und das, obwohl Elisa schon lange kein Teil mehr meines Lebens war.

Mit verständnislosem Blick sah ich meine Verlobte an und griff nach ihrer Hand. »Weil wir alle einmal Freunde waren, Jane. Sehr gute Freunde.«

»Sie scheint sich aber nicht mehr an uns zu erinnern. An nichts von früher«, erwiderte sie schnaubend und legte sich ins Bett.

Verwirrt sah ich ihr nach und drehte mich um. »Wie meinst du das?«

Erneut zuckte sie mit den Schultern, als wäre es ihr egal. »Dad hat erzählt, sie hätte sich ziemlich komisch verhalten, wusste nicht mehr, dass sie sich kennen und dass sie hier zur Schule gegangen war.«

Blödsinn!

Ich lachte ungläubig auf. »Das ist unmöglich. So etwas vergisst man schließlich nicht einfach so.«

Jane musterte mich einen Moment lang. »Offenbar schon.«

Ich verstand es einfach nicht. War es ihr denn wirklich gleichgültig, dass ihre frühere beste Freundin wieder in der Stadt war? Und wieso erzählte Gerry diesen Schwachsinn, Elisa würde sich nicht mehr erinnern? Wollte er seine Tochter nur schützen? Gerry Greenberg hatte noch nie etwas von Elisa Murphy gehalten. Aus dem simplen wie auch perfiden Grund, weil sie Waise war. Elisas leibliche Eltern stammten aus Irland und damit galt sie unter den Alteingesessenen aus Old Creek als Einwanderin, als Eindringling, der keine Berechtigung hatte, hierbleiben zu dürfen.

Warum er ihr dann trotzdem erst vor wenigen Wochen oder Tagen ein Haus verkaufte, war nur ein weiteres Rätsel, das ich unbedingt lösen wollte.

»Vielleicht weiß Elisa, was mit Cole passiert ist? Weswegen er diesen Unfall hatte und wo er die letzten Jahre war«, überlegte ich laut und starrte gedankenverloren zu Boden.

»Sie war *bei ihm*, Caden. All die Jahre war sie bei ihm. Ist dir das nicht klar gewesen?«

Überrascht sah ich Jane an. »Woher willst du das so genau wissen?«

»Dad sagt, sie hat das Haus, das sie von ihm gekauft hat, zu einem großen Teil von Coles Erbe bezahlt.« Meine Verlobte sah mich eindringlich an und seufzte schwer, weil ich noch immer nicht verstand, was sie mir damit sagen wollte. »Sie waren verheiratet, Caden. Elisa und Cole haben geheiratet.«

Wie schon einige Stunden zuvor auf dem Friedhof setzte mein Herz für einen kurzen Schlag aus und ich erstarrte ob der Erkenntnis. Meine Kehle trocknete aus und schnürte sich bei dem Gedanken zu. Protest kroch aus meinem tiefsten Inneren nach außen und ich konnte es nicht verhindern. Auch wenn ich wusste, es war falsch und hätte mir eigentlich längst egal sein sollen, so war es das nicht. Die Vorstellung davon, Cole hatte Elisa wirklich zu seiner Frau gemacht, ließ nicht nur Übelkeit in mir aufsteigen, sie ließ mich wütend die Hände zu Fäusten ballen und Cole Anderson zum Teufel wünschen. Ganz egal, ob er tot war oder lebendig. Das machte für mich in diesem Moment keinen Unterschied.

»Welches Haus hat dein Dad ihr verkauft? Für welches hatte sie sich interessiert?«, fragte ich, mich mühevoll zusammenreißend, und aus zusammengebissenen Zähnen, um Jane nicht zu zeigen, dass ihre Sorge all die Jahre doch begründet war und Elisa immer ein Teil meines Herzens gehören würde.

»Ich glaube, die alte Blockhütte am Waldsee, soweit ich verstanden habe. Keine Ahnung, was sie damit will, aber du kennst ja meinen Dad. Wenn er ein Geschäft wittert, verkauft er dem Interessenten auch die letzte Bruchbude, wenn es sein muss.«

Ja, ich kannte ihren Dad. Doch genauso und noch viel mehr kannte ich Elisa. Und deswegen wusste ich in diesem Augenblick, dass sie noch immer da war – das rothaarige Mädchen von früher, das mich vom ersten Moment an verzaubert hatte.

Acht Jahre zuvor

»Caden Foster! Ich habe Sie vorhin zum allerletzten Mal gewarnt. Da Sie noch immer kein Interesse daran zu haben scheinen, sich am Unterricht zu beteiligen, können Sie den Klassenraum jetzt verlassen. Sofort!« Mrs. Simmons' Stimme klang schrecklich schrill und ich wusste, jetzt war ihre Geduld am Ende. Sie duldete keine Widerrede und schon gar keine dummen Kommentare meinerseits.

Würde ich dennoch meinen Mund aufmachen, nur um ihr zu sagen, dass ihr ohnehin niemand außer Fred, dem offensichtlich autistischen Streber, zuhörte, würde ich schneller beim Rektor landen, als mir lieb war. Und nur aus diesem Grund blieb ich ausnahmsweise still, klatschte mich mit einem breiten Grinsen bei Cole ab und verließ erhobenen Hauptes den Raum.

Die alte Schrulle Simmons konnte mich mal kreuzweise! Geschichte war sowieso noch nie mein Fach gewesen. Wer brauchte den Stuss überhaupt? Vergangenheit war nicht ohne Grund *vergangen*. Was interessierte mich der alte Scheiß von gestern?

Ich hatte Wichtigeres zu tun. Schließlich war ich erst seit nicht einmal einer Woche auf der Old Creek High und musste mir hier einen Ruf aufbauen. Auf meiner alten Schule war ich bekannt wie ein bunter Hund. Ich war derjenige, dessen Namen alle kannten und bei dem die Mädchen Schlange standen, um einmal mit mir ausgehen zu können.

Auf der Old Creek High schien es jedoch Cole zu sein, der diese Rolle offenbar seit Jahren eingenommen hatte. Kein Wunder also, dass wir uns auf Anhieb verstanden. Wir beide waren uns schlichtweg zu ähnlich und passten wie Arsch auf Eimer. Es dauerte nur zwei Stunden gähnend langweilige Englische Literatur und wir waren beinahe die besten Freunde.

Cole war im Schwimmteam der Schule, ein Sportler durch und durch. Ebenso wie ich. Nur dass meine Leidenschaft eher dem Hockey galt. Ich wusste, mit Cole als Freund an meiner Seite, würde ich auch auf der Old Creek High bald wieder derjenige sein, der ich vor unserem Umzug in dieses gottverlassene Provinznest im Nordosten Kanadas war –, ein Weiberheld mit viel zu großer Klappe und der verdammte Captain der Schulhockeymannschaft.

»Entschuldige bitte?«

Gerade als ich die Tür hinter mir geschlossen hatte und mitten auf dem schmalen Schulflur trat, tippte mich jemand vorsichtig von hinten an.

»Bist du etwa gerade von Mrs. Simmons aus dem Klassenraum geschmissen worden?«

Ein wahnsinnig niedliches, leises Lachen hallte durch meine Ohren und als ich mich neugierig umdrehte, schaute ich unbestreitbar in das schönste Paar Augen, das ich in meinem Leben je gesehen hatte.

Grün wie ein Gummibärchen. Nein, wie frisch gemähtes Gras. Falsch! Es war eindeutig dunkler und intensiver. Vor allem magisch und unfassbar geheimnisvoll. Wie ein echter und kostbarer Smaragd.

Shit! Das machte mich unerwartet nervös. Und das war keinesfalls etwas, das normal für mich war. Nicht in Gegenwart eines Mädchens.

Schnell riss ich mich zusammen und straffte die Schulter.

»Kennen wir uns?«, fragte ich unnötigerweise, jedoch mit vollster Absicht. Wir wussten beide, dass wir uns nicht kannten. Doch, verflucht nochmal, das wollte ich auf der Stelle ändern!

»Ich nehme an, du bist der Neue, richtig?« Das Mädchen mit den ungewöhnlich roten Haaren lächelte mich an. Schüchtern und dennoch neugierig. Einige Sommersprossen tanzten dabei um ihre Nase, ließen mich automatisch ihr Lächeln erwidern.

»Caden. Caden Foster«, sagte ich selbstbewusst und hielt ihr meine Hand entgegen. »Und du bist?«

»Elisabeth Murphy. Du kannst mich aber gerne Elisa nennen«, erwiderte sie schmunzelnd und schüttelte meine Hand.

Heilige Scheiße, sie war purer Zucker und ich wusste in diesem Moment sofort, ich musste dieses Mädchen haben. Unbedingt!

»Wie kommst du eigentlich darauf, dass mich die alte Simmons rausgeschmissen hat? Ich hätte schließlich auch von selbst gehen können.« Ich grinste siegessicher und hoffte, ich könnte sie damit beeindrucken. Schließlich klappte das auch bei anderen Mädchen bisher ganz gut.

Allerdings nicht bei Elisa Murphy. Sie durchschaute mich sofort und hob skeptisch eine Augenbraue, während sie mich abschätzend musterte. »Weshalb hättest du das tun sollen? Freiwillig den Klassenraum verlassen, meine ich. Das ergibt überhaupt keinen Sinn.«

Clever war sie also auch noch!

Ertappt kratzte ich mich am Hinterkopf und grinste wie ein Idiot. »Na ... Um aufs Klo zu gehen, zum Beispiel.« Nicht gerade eine romantische Antwort, aber immerhin lachte sie darüber.

»Und? Wolltest du aufs Klo gehen?«, fragte Elisa prüfend und grinste breit. Sie hatte auch diese kleine Notlüge längst durchschaut und das wusste sie ganz genau. Ihr Gesichtsausdruck dabei war schlicht unbezahlbar. Unfassbar niedlich und gleichzeitig wahnsinnig anziehend –, ich liebte es!

Einsichtig presste ich die Lippen aufeinander und schüttelte den Kopf. »Nein, du hast recht. Die alte Simmons hat mich rausgeschmissen.«

Elisa begann amüsiert zu grinsen, biss sich kurz auf die Unterlippe und machte, ohne ein weiteres Wort zu sagen, auf dem Absatz kehrt, um wieder in die Richtung zu verschwinden, aus der sie gerade noch aufgetaucht war.

Ich hatte offensichtlich nicht den Hauch einer Chance, bei ihr zu landen. Doch genau das war es, was mich fasziniert und beeindruckt zurückließ.

In diesem Augenblick dämmerte es mir längst. Dieses Mädchen könnte mein ganzes Leben verändern. Wenn ich sie ließ ...

Über die Autorin

Katie Weber wurde 1986 in Sibirien geboren. Seit 1992 lebt sie in Deutschland. Schon als Kind wollte sie Schriftstellerin werden und schrieb oft und gerne Kurzgeschichten. Bereits seit 2012 schreibt sie Bücher und hat sich 2016 dazu entschieden, diese zu veröffentlichen. Mit ihrem Lebensgefährten lebt sie in der Nähe von Heidelberg im schönen Odenwald.

https://fuchsteufelsmild.com
https://wolfswild.com

Instagram: https://www.instagram.com/katieweberautorin
Facebook: https://www.facebook.com/katieweberautorin